U0540319

兰波作品全集 典藏版

[法]阿尔蒂尔·兰波 / 著
王以培 / 译

作家出版社

阿尔蒂尔·兰波

目录

1 / 序 阿尔蒂尔·兰波

1 / 第一部 诗歌

1869 年—1870 年

3 / 孤儿的新年礼物
9 / 感觉
10 / 初夜
12 / 铁匠
22 / 太阳与肉身
32 / 奥菲利娅
35 / 吊死鬼舞会
38 / 达尔杜夫的惩罚
40 / 出浴的维纳斯
42 / 妮娜的妙答

49 / 乐曲声中

51 / 惊呆的孩子

54 / 传奇故事

57 / 九二与九三年的死者

59 / 罪恶

61 / 恺撒的疯狂

63 / 冬梦

64 / 深谷睡人

66 / 绿色小酒店

68 / 狡黠的女孩

69 / 萨尔布吕肯的胜利庆典

71 / 橱柜

72 / 流浪（幻想）

1871 年

74 / 牧神头像

75 / 坐客

78 / 海关检查员

80 / 晚祷

81 / 巴黎战歌

85 / 我的小情人

88 / 蹲着

90 / 七岁诗人

94 / 教堂穷人

97 / 被盗的心

99 / 巴黎狂欢节或人口剧增

105 / 让娜-玛利之手

110 / 仁慈的姐妹

113 / 捉虱的姐妹

115 / 初领圣体

125 / 正义者

129 / 与诗人谈花

141 / 醉舟

148 / 元音

149 / 星星在哭泣……

150 / 乌鸦

1872 年

152 / 记忆

155 / 这对我们意味着什么？

157 / 米歇尔与克利斯蒂娜

160 / 泪

162 / 加西河

164 / 渴的喜剧

169 / 晨思

171 / 耐心的节日

180 / 年轻夫妇

182 / 布鲁塞尔

185 / 她是东方舞女？
186 / 饥饿佳节
188 / 狼嚎
189 / 你听，四月里……
191 / 哦，城堡，哦，季节
193 / 耻辱

195 / 第二部　地狱一季

197 / 往昔，如果我没记错……
199 / 坏血统
208 / 地狱之夜
211 / 妄想狂
225 / 不可能
228 / 闪亮
230 / 清晨
231 / 永别

235 / 第三部　彩图集

童年

237 / 洪水过后
239 / 黎明

240 / 童年

244 / 青春

247 / 战争

248 / 焦虑

249 / 民主

250 / H

诗人生涯

251 / 童话

252 / 滑稽表演

253 / 古代艺术

254 / Bottom

255 / Being Beauteous

256 / 舞台

257 / 生命

259 / 断章

262 / 沉醉的清晨

263 / 流浪者

自然

264 / 低俗夜曲

266 / 花

267 / 海景画

268 / 冬天的节日

269 / Fairy

270 / 工人们

271 / 桥

272 / 城市

273 / 车辙

274 / 城市（Ⅰ）

276 / 城市（Ⅱ）

278 / 大都会

280 / 蛮荒

281 / 海岬

神秘幻象

283 / 出发

284 / 王位

285 / 致一种理性

286 / 神秘

287 / 守夜

289 / 历史性的黄昏

291 / 运动

293 / 虔诚祷告

296 / Solde

298 / 精灵

301 / 第四部　圣袍下的心：一个修士的内心世界

323 / 第五部　爱情的沙漠（残卷）

　　325 / 沙漠中的爱情
　　329 /《反福音书》

335 / 第六部　书信选（1870—1891）

410 / 在荒野遇见兰波

序／阿尔蒂尔·兰波

Arthur Rimbaud

1854 年 10 月 20 日生于夏尔维勒，1891 年 11 月 10 日卒于马赛：这位《地狱一季》的作者只活了 37 个春秋。早在童年时期，阿尔蒂尔·兰波就在学习上表现出过人的天赋，令他的教师深感震惊。而兰波从小就在街上和野孩子一起玩，他的母亲为此大为恼火（他的父亲很早就离开了家庭）。14 岁，兰波就用拉丁文写了一首 60 行的诗歌寄给拿破仑三世的儿子。1870 年，兰波，这个军官的儿子成了一名反军国主义者，他的父亲曾跟随比热尔的军队参加过征服阿尔及利亚的战争。

第一次离家出走，兰波便创作出光辉诗篇。而作为一名修辞班[1]的学生，他本来可以上大学深造，但由于充满反抗精神，曾在墙上写"上帝去死"被看成一个坏小子而告吹。

1871 年 9 月，他遇见魏尔伦。当时魏尔伦 26 岁，刚刚放弃了放荡生活并结婚。读了兰波的诗，魏尔伦寄钱给他，让他去巴黎。兰波与魏尔伦的暧昧交情在巴黎的咖啡馆里引起热议；在那里，兰波像魏尔伦一样沉醉，辱骂作家，并为巴黎公社的遇难者举杯。而

1　旧时法国中学的最高班。

后，他们一起上路，先到比利时，后来又去伦敦流浪。

1873年7月10日，魏尔伦醉后开枪打伤兰波的手臂，因为兰波不愿意再和他一起漂泊。魏尔伦被判两年监禁。两个月以后，兰波出版了《地狱一季》。他相信能通过这种戏剧性的忏悔给自己赢得声誉，没想到反应冷淡。

此后，他与一位名叫热尔曼·努沃的诗人一起住在伦敦，并在那里完成了《彩图集》，之后便对创作绝望而放弃了文学。那时他才19岁，梦想着奇遇，想徒步游历、漂泊欧洲。1876年，他参加了荷兰雇佣军，三星期之后便开小差，在斯堪的纳维亚半岛和意大利等地旅行。他不再写作，作为诗人的兰波已经死去。1875年3月，他又去斯图加特看望魏尔伦，在那几个月里，他当过家庭教师。此后他们一刀两断，再没见过面。

1878年南方征召，他去塞浦路斯当了一名监工。1880年，在得了一场伤寒病之后，他又去了埃塞俄比亚、亚丁……做过武器贩子、咖啡出口商、摄影记者、地质勘探队员……从一个放肆的孩子，变成一个严峻的男人，面孔瘦削，深邃的目光中蕴藏着屡屡的失败。债主们追着他逼债；在法国，没有一个人愿意出版他的旅行记……这个曾被功课学位吓跑了的人后来学过阿拉伯语（他父亲在阿尔及利亚居住期间曾翻译过《古兰经》）、俄语和他所在国家的语言；他想通过中学毕业会考，进入巴黎综合理工学校，挽回失去的时间……多亏了魏尔伦，他的《彩图集》于1886年，在他不知道的情况下得以出版。

直到1891年2月，膝上生了肿瘤，他才不得不回到法国做截肢手术。他临终前的日子漫长而痛苦，他的妹妹伊莎贝拉照顾着他。这个曾经亵渎神明的人开始相信上帝，并接受了圣事。他知道自己已无可救药，表示愿意死在埃塞俄比亚，他曾在那里找到过安宁。而他最终未能走出马赛。临终前他的最后一句话是对法国邮轮公司的经理说的："告诉我，什么时候才能把我送到码头……"

在巴黎的魏尔伦后来一直生活在痛苦之中，往来于小酒吧和医院之间。当从报上得知这位他称之为"履风之人"去世的消息，他极为震惊："对他的记忆有如太阳照耀着我，永不熄灭。"

这本通灵诗人兰波的诗集收录了他从17岁到19岁的作品。他的早熟并早逝的天才之中混合了儿童的怀旧与幻觉——一些诗句还含有麻醉品的影响——忧郁和眩晕标明了整个19世纪的诗歌特征。至于马拉美，那个时代的一位罕见的诗人理解了他的先驱者兰波，称他是"艺术史上独特的奇迹。横空出世的一颗流星，漫无目的地照亮自身的存在，转瞬即逝"。

译自1966，芝加哥大学版《阿尔蒂尔·兰波作品全集》原序

第一部

诗　歌
Poèmes

孤儿的新年礼物[1]

I

卧室布满阴影;隐约传来两个孩子
窸窸窣窣,温柔伤心的低语,
他们歪着脑袋,还在沉沉梦想,
长长的白窗帘瑟瑟颤抖、飘扬……
——窗外瑟缩的鸟儿正相互依偎;
冻僵的翅膀如何抵御天色暗灰;
新年正随着一场晨雾降临,
拖着她雪白的褶裙,
颤栗着歌吟,微笑着哭泣……

II

那飘动的窗帘后面,孩童的悄声细语,
仿佛来自模糊不清的夜晚。

---

[1] 根据让-卢克·斯坦梅兹(Jean-Luc Steinmetz)的注释:这是人们所知的兰波最早的一首诗,创作于1869年12月,未见抄本,1870年1月发表于《大众文学杂志》(《La Revue pour tous》)。

凝神静听，又如远方流水潺潺……
他们时常在清晨清脆的金铃中战栗，
那金属的清音，在玻璃罩里
反复敲击、震荡……
——随后，卧室结满冰霜……
人们看见丧服摊在床边，散落一地：
冬日呼啸的寒流穿堂入室，
吹来阵阵悲风凛冽！
屋里缺了什么……人们这才发觉，
——两个小孩没了母亲，没了笑吟吟
望着他们，为他们骄傲的母亲？
她一定忘了在静夜良宵
独自俯身，从灰烬中燃起火苗，
忘了给他们盖上鸭绒被和毛毯，
忘了在临别之前说声：抱歉。
她或许没想到清晨地冻天寒，
忘了将冬夜北风关在门外面？……
——母亲的梦，是一床温软的羊绒，
是孩子们栖居的巢，暖洋洋，毛茸茸，
有如美丽的小鸟被树枝轻轻摇晃，
他们温柔的睡眠，一片白茫茫！
——可这是没有羽毛，没有温暖的巢，
两个孩子又冷又怕，怎么也睡不着；
一个冷风瑟瑟的巢，挂满冰凌……

Ⅲ

您已心领神会：——这两个孩子没了母亲。
家里失去了母亲！——父亲太遥远！……
——孩子只有一位年迈的女仆照看。
待在冰冷的房间，孤苦伶仃；
四岁孤儿，心意渐渐苏醒，
生出一连串的回忆，轻轻微笑……
就像人们拨弄着念珠，默默祈祷，
——啊！新年礼物，来自美好的清晨！
这一夜，每个人都梦见自己的那一份，
稀奇古怪的梦里，孩子们梦见玩具，
金光闪闪的糖果，亮晶晶的首饰，
旋转着，踏着音乐舞步，
先躲到窗帘后面，再蜂拥而出！
孩子们兴高采烈，在醒来的清晨，
揉揉眼睛，努努嘴唇，
清早起来，光着小脚在地板上磨蹭，
眼睛亮晶晶，头发乱蓬蓬，
就像每逢盛大节日，
轻触父母的房门……走进去！
然后，穿着睡衣，连连亲吻，
绵绵祝福……快乐、温存！

IV

啊！曾经多美，这些话常萦绕耳边！
——可如今发生了怎样的变迁：
壁炉熊熊烈焰，闪闪火光，
将老宅卧室照得通亮；
宽大的炉膛，火焰鲜红，
映在清漆家具上，欣欣跃动……
——橱柜没有钥匙！……钥匙没了，
那个大橱！只见褐色橱门黑乎乎的……
没有钥匙！……真不可思议！……
他们多少次梦见板壁间沉睡的秘密，
似乎听见从张开的锁眼深处，
传来袅袅回音，细语欢快、模糊……
——可如今，父母的卧室空荡荡：
门缝里没有一丝反射的火光；
没了父母，没了炉火，没了钥匙；
走进去，也没有亲吻，没有甜蜜的惊喜，
哦，新年这天，对于他们将是多么凄楚！
一滴泪，静静地从蓝色大眼睛夺眶而出，
——当他们苦思冥想，苦涩、悲哀，
并喃喃自语："妈妈什么时候回来？"

V

这会儿,两个孩子伤心地睡去:
看见他们,您就会说,他们在梦里
哭泣,眼睛浮肿,呼吸艰难!
孩子的心,都异常敏感!
——而摇篮天使擦去他们的泪水,
并投下美梦,哄他们沉沉入睡,
瞧他们嘴唇翕动,在梦里笑着,
仿佛正轻轻说着什么……
——梦见自己侧身枕着圆润的小手,
他们懒洋洋醒来,抬起头,
迷迷糊糊,四下张望……
感觉自己正躺在玫瑰色的天堂……
炉火正兴高采烈地歌咏……
窗口呈现纯净的碧空;
大自然苏醒,大地半裸着,
在光中沉醉,并欣然复活,
在太阳的热吻中,瑟瑟颤动……
老宅中的一切都温热、鲜红:
阴暗的丧服不再散落一地,
门外的寒风也悄然止息……
听说有位仙女刚经过这边!……
孩子们兴奋地大声呼喊……
在那儿,母亲床边宽大的地毯上,

一束玫瑰色的金光将什么照亮,
……那是一枚银质徽章,色泽黑白,
折射出珍珠和乌玉的光彩,
配有玻璃花环,黑色小镜框,刻着
À Notre Mère[1]三个字,金光闪烁!

---

[1] À Notre Mère,"怀念我们的母亲"。

感觉

夏日蔚蓝的傍晚,我将踏上小径,
脚踩青青嫩草,身刺尖尖麦芒,
梦想者,我将从脚底感受清凉:
任长风吹过我裸露的头顶。

什么也不说,什么也不想……
无尽的爱将升入我的灵魂;
我将远去,到很远,就像波西米亚人,
顺从自然,快乐的如同身边伴着女郎。

初夜[1]

她就这样赫然袒露，
玻璃窗上的树荫，
源自冒失、狡黠的大树，
越来越近，越来越近。

坐在我的大椅子当中，
她半裸着，交叉双手，
双足小巧，纤细玲珑，
在地板上轻轻颤抖。

——我注视着一缕微光，
蜡样的色泽，闪烁在她前胸，
在微笑间逃逸，仿佛蝴蝶翅膀，
——玫瑰丛中的飞虫。

——我亲吻她纤细的脚踝。

---

[1] 这首诗最早于1870年8月13日发表在巴黎的一份《责任》(《La Charge》)周刊上，之前的题目为《三吻》，在另外的刊物上，还曾叫作《三吻的喜剧》。

她嫣然一笑,野性十足,
水晶般迷人的笑声,
抖落闪亮的音符。

双脚往衬衣里逃:
"到此为止!"
——一阵浪笑,
假装是在惩罚初次的非礼!

可怜的人儿在我的唇下颤栗,
我轻吻她的眼眸:
——她的头娇羞地向后仰起:
"哦,这还不够!……

"先生,让我对你说……"
——我把其余的话,吻在她胸前,
这一吻,逗她一乐,
这一乐,表明心甘情愿……

——她就这样赫然袒露,
玻璃窗上的树荫,
源自冒失、狡黠的大树,
越来越近,越来越近。

铁匠

杜伊勒利宫[1]，大约1792年6月10日

手持大铁锤，庄严、沉醉，
额头宽阔，令人生畏，
开怀大笑，像一只铜喇叭，
捉住那个胖家伙，狠狠瞪着他，
这一日，铁匠教训路易十六，
人潮汹涌，人民聚集在四周，
金碧辉煌的宫殿挂满脏衣裳，
好国王脸色煞白，立在他的肚子上[2]，
像个战败者，被送上绞刑台，
像狗一样驯服，不敢乱来，
因为这些打铁的恶棍，铁肩宽大，
跟他旧事重提，说些可笑的话，
而这些话，直戳他心窝！

---

1 杜伊勒利宫，Tuileries，巴黎旧时王宫，现已改成公园。1792年6月10日，一大群饥民冲进宫中，并质问站在窗口的路易十六。
2 原文 debout sur son ventre……字面意思为"立在他的肚子上"，这是兰波式的幽默，或指国王挺着大肚子，站着或趴在地上，看起来好像"立在他的肚子上"。

"你很清楚,先生,我们曾唱着歌,
得啦啦赶着耕牛[1],到别人家的田地开垦:
神甫们站在太阳底下,念着主祷文,
数着金币做成的明晃晃的念珠。
号角声声,老爷骑在马上,飞奔逐鹿,
一个用绞索,一个用马鞭抽打我们。——
目光像母牛一样迟钝,但眼里再没有泪痕;
我们前进,前进,开荒拓土,将部分肉体
埋进黑土……这才得到一点儿赏赐:
——半夜回家,望着棚屋炉火闪闪;
我们的小孩就在火上烤出一块酥脆的糕点!

……"哦!我并不抱怨。跟你说说
我干的蠢事,在你我之间,你可以反驳。
看到六月间,装满干草的大车赶进谷仓;
闻到果园里,橙红的牧草在细雨中散发清香;
看见麦田里麦穗金黄,颗粒饱满,
想到这些可以做成面包……能不喜欢?
哦!当然,人们笑逐颜开,欣喜若狂,
在炉火旁欢快打铁,尽情歌唱,
如果我们最终可以分享劳动果实,
作为一个人,领受这上帝恩赐!……
——然而,总是这古老的故事,相同的命运!……

---

[1] 原文为 nous piquions les boeufs……直译为"我们刺着牛",这是当时法国农民赶牛的一种方式:用锐器刺牛背。

"而现在,我终于明白!再不相信,
只要我有一双好手,一把铁锤,一颗脑袋,
一个身披斗篷、腰佩短剑的人就向我走来,
对我说:小家伙,快给我种田去。
要是战争爆发,他们还会再来我家里,
抓走我的儿子!——我作为一个人;
而你,你是皇帝,你看这有多愚蠢,
你总对我说:我要!你以为我会
满心喜欢地看见你蓬荜生辉,
看见你那些成群的流氓无赖,金色官员[1],
和你那些该死的私生子像孔雀一样旋转:
他们让你的巢穴充满我们女儿的气息,
却将我们填入通往巴士底狱的票据,
我们还会说:这很好,穷人都下跪!
我们来装饰你的卢浮宫,奉献钱财如流水!
而你可以花天酒地,欢度佳节良宵,
——这些先生们可以骑在我们头上哈哈大笑!

"不!这些污秽从我们的主教开始!
哦!人民已不再是娼妓,我们一齐
向前三步,就让你的巴士底狱灰飞烟灭!
这头畜生,每一块砖石都渗出鲜血,

---

[1] 原文 tes officiers dorés,"你的金色官员",形容词 doré 本意为"镀金的",这里引申为"奢华的"。

令人恶心；巴士底狱斑驳的石墙，
向我们讲述着一切过往。
而我们总是笼罩在它的阴影里。
——公民！公民！这只是阴暗的过去，
当我们占领城楼，它即刻土崩瓦解，
我们心中有种东西如爱情般强烈，
我们把孩子紧紧搂在怀里。
就像战马，鼻孔喘着粗气，
我们前进，孔武有力，内心激荡；
我们昂首走向太阳，——就这样，——
走进巴黎！人们都来围观衣衫褴褛的我们，
脸色煞白，但终于！我们感觉到自己是人！
老爷，我们陶醉在可怕的希望中：
当我们站在那里，在黑色城堡前挥动
我们的橡树枝叶[1]和我们的军号，
我们心里没有仇恨，手持梭镖；
——我们感到自己强壮而充满柔情！
....

"自从这一天起，我们就像是发了疯！
成群的工人们拥上街头，
这些被诅咒的人群如滚滚洪流，
暗潮卷土重来，聚在阔佬家门前。

---

1 原文 nos feuilles de chêne，"我们的橡树枝叶"，在法国大革命中，这是人民力量的象征。

我和他们一同奔跑，痛打密探：
满面尘灰，肩扛铁锤，我从巴黎穿过，
愤然扫清每个角落里的坏家伙，
如果你胆敢嘲笑我，我就杀了你！
——然后，你就回去好好合计，
花钱请来黑衣人[1]，他们诡计多端，
将我们一次次的申诉驳回，如击球一般，
他们低声说：'这帮蠢货！'
为了炮制法律，他们将葫芦涂成玫瑰色，
那些美妙的法令，像毒品一样令人迷醉，
他们乐于收割新的人头税，
而当我们走近，他们便捏着鼻子，
——我们温和的代表也嫌我们浑身脏兮兮！——
他们什么都不担心，只怕刺刀……
让我们戳穿他们的骗局！这很好。
我们早已受够了，在这里，
这些扁头、大肚子的神仙，啊，资产阶级，
就是你们为我们准备的盘中餐，
当我们残酷无情，粉碎了王权与神权！……"

他抓住他的胳膊，扯下天鹅绒窗帘，
指给他看下面好大的庭院，

---

[1] 原文 avec tes hommes noirs，"伙同你的黑衣人"，这里指律师。在皮埃尔·布鲁奈勒编注的《兰波作品全集》中，此处为 avec tes avocats，即"伙同你的律师们"。

在那里，人头攒动，人潮起伏，
可怕的人流，呐喊欢呼，
像母狗一样狂吠，如山呼海啸，
高举坚硬的大棒，挥舞铁矛，
鼓声隆隆，号叫声响彻菜市场、小酒馆，
一顶顶红帽子[1]流淌在破衣烂衫之间：
那人[2]让他好好看看窗外——
国王踉踉跄跄，虚汗涟涟，脸色惨白，
这一切，把他吓出病来！……

      "就是这群饿鬼，
陛下，他们翻墙而过，冲着墙壁流口水，
他们成群结队：——因为他们饿得慌，
这是一帮乞丐，陛下！我是一名铁匠：
我的妻子也在其中，她疯了！
居然要来杜伊勒利宫找吃的！
——因为面包店不欢迎我们。

---

1 原文 de bonnets rouges，"红帽子"（复数），在法国大革命中，又称"自由帽"（Bonnet de la liberté），原本指古代小亚细亚的弗里吉亚人所戴的一种无边软帽，帽尖向前弯曲，通常颜色鲜红。在古希腊、罗马文化中，弗里吉亚帽是东方的象征。在法国大革命中，这种红帽子成为自由与革命的标志。比如在《自由引导人民》（La Liberté guidant le peuple）这幅名画中，自由女神就佩戴着红帽子。1791 年，被软禁的路易十六批准了宪法之后，政府的印刷品上出现的路易十六也戴上了这种红帽子。2003 年由意大利导演贝纳尔多·贝托鲁奇执导的电影《The Dreamers》（《梦想家》，又译《戏梦巴黎》）中，女主角伊莎贝拉出场时就戴着这样一顶"红帽子"。20 世纪初，在中国和日本，人们也不约而同地将"红帽子"作为革命党或者激进党人的代名词。

2 原文 L'Homme，"那人"，大写的"人"。

我有三个孩子。我是一个恶棍。——

我认识出门的老妇人,她们在帽檐下掩面哭泣,

因为人们抓走了她们的儿女:

——一个被判服苦役,另一个被关进

巴士底狱,两位都是诚实的公民:

这群恶棍,他们像狗一样被释放:受尽侮辱!

他们终于忍无可忍,冲啊!不惜粉身碎骨,

这太可怕了!不怕下地狱,

他们此刻就在您鼻子底下号叫,就在这里!

恶棍。——他们中间也有堕落的女人,

因为您知道,女人是软弱的,宫廷老爷们,

——女人总是心甘情愿——

你们侮辱了她们的灵魂,却不以为然!

你们的美人如今也站在那里:——这群恶棍。

....

"哦!全天下所有的'受苦人'[1],

他们在烈日下疲于奔命,奔波劳累

在劳动中,殚精竭虑,濒临崩溃,

脱帽致敬,我的资产阶级!他们作为'人'[2]

站在这里!我们是工人,陛下!工人们!

对于伟大的新时代,我们渴望了解:

---

1 原文 les Malheureux,大写,"不幸的人们","受苦人"。
2 原文 les Hommes,大写的"人",复数。

那时，作为'人'[1]，人们将从早到晚打铁，
追寻伟大的事业，崇高的目标，
渐渐成为征服者，并逐步登高，
登临一切，驾驭万物，如跨上战马！
哦！在那光辉灿烂的炉火映照下，
再也没有邪恶，再也没有——未知的所有
或许很恐怖，我们将知晓——铁锤在手，
厘清所有已知，然后，兄弟们，前进！
我们有时也会有动人的大梦降临：
单纯而热烈地生活，从不谈论
邪恶，怀着崇高的爱情去爱一个女人，
在她微笑的注视下辛勤劳动，
为每天的工作感到自豪、光荣。
如听从号角一般，听从责任：
人们深深感受到幸福；没有人，
哦，再没有人能让你们弯下脊梁……
人们把长枪挂在壁炉之上……

………………………………………

"然而，空气中充满了战斗气息！
我只是贱民，让我从何说起？
这里满是投机商和告密者。

---

1 原文 l'Homme，大写的"人"，单数。

我们感到害怕,我们,我们自由了!
这才发现自己很伟大,如此伟大,
我刚说起平静的职责,谈到家……
仰望苍天,——这对我们太琐碎,
我们将因炽热而崩溃,我们将双膝下跪!
仰望苍天,——我回归人群,
重新加入恐怖而伟大的贱民,
在肮脏的大街上推动你们那些老式大炮,
殿下,当我们死去,我们会将街道清扫!
——如果面对我们的呐喊与复仇,
金色老国王胆敢伸出魔爪,调集所有
盛装舞会上的华丽军团[1],
都到齐了?——这帮狗杂种、混蛋!"

....

——他重新将大铁锤扛在肩头。

众人

在此人身边,都感到自身陶醉的灵魂,
而在大皇宫,在所有房间里,
巴黎在咆哮、怒吼,呼呼喘息,
震荡着潮水般的贱民。尽管大肚子国王

---

[1] 原文 leurs régiments en habits de gala,指身着晚礼服的军队。兰波在此讽刺国王派去抗击普鲁士军队的华丽军团不堪一击,等于白白送死。

兰波手稿，《感觉》，1870年3月。

十三岁的兰波

已虚汗涟涟，恐怖的铁匠
仍用他那沾满炉灰的神奇大手，
将一顶红帽子，扔向他的额头！

太阳与肉身[1]

I

太阳,这温情与生命的火炉,
将燃烧的爱情注入沉醉的泥土;
当你躺进山谷,你会感觉
大地已到了青春期,渗出鲜血;
感到她硕大的乳房,被一个灵魂
隆起,仿佛出自女性的肉身,
饱含光明乳汁,上帝之爱,
哺育一切萌芽、胚胎!

一切都在生长、上升!

——哦,维纳斯,哦,女神!
我痛惜那良辰美景,古老的青春,

---

[1] 原文《Soleil et Chair》,这是最初的版本。之后兰波将题目改为拉丁文:《Credo in Unam》(《信仰惟一》("一"在此为阴性,表示女性),字句也略作修改、删节。此文根据初稿翻译。兰波的老师伊桑巴尔认为,这首诗是兰波在阅读了雨果《诸世纪的传说》中的《森林之神》以及《诸神的流放》之后受启发而创作。

多情的林神，野性的牧神，在细枝
密叶间，众神缠绵地撕咬着树皮，
在睡莲间，亲吻那林间金发女郎[1]！
我痛惜那乳汁遍地的时光，
滔滔河水，绿树丛中的玫瑰色血液，
从牧神潘的静脉里，注入整个世界！
在那里，青青草地在羊蹄下欢蹦乱跳，
大地的芳唇，轻吻墨绿的排箫，
在碧空下吹奏伟大的爱情；
他站在原野上侧耳倾听，
大自然欣欣向荣，四周回音袅袅；
沉寂的森林轻摇着歌唱的群鸟，
大地轻摇着人类，整个蓝色沧海，
和所有走兽飞禽，都在上帝的光辉里恋爱！

我痛惜那伟大的库柏勒[2]的时日，
相传她游遍光辉的城池，
美轮美奂，乘着巨大的青铜马车，
她的双乳向着无垠的辽阔，
倾注了无限生命的琼浆。
幸福的人类吮吸着她盈满祝福的乳房，
就像孩童在她的膝上玩耍！

---

1 原文 Nymphe，指希腊神话中山林水泽的仙女。
2 原文 Cybèle，库柏勒，希腊神话中天地万物之母，使大地轮回，五谷丰登。库柏勒居住在山顶，外出时乘坐由狮、豹牵引的三轮青铜车。

只因那时的人类,强壮温柔,纯洁无瑕!

....

真不幸!如今他却如是说:
我[1]洞悉了一切,将闭上眼睛,捂住耳朵:
——然而,再无神灵,再无神灵,人[2]就是国王!
人就是上帝!爱[3]即是伟大的"信仰"[4]!
——哦!假如人类继续吮吸你,
库柏勒,众神与人类的伟大母亲的乳汁;
假如人类未曾背弃不朽的阿斯塔耳忒[5],
她曾显现于浩瀚的蓝色碧波,
波浪散发出肉体之花的芳香。
玫瑰色肚脐涌出雪沫、细浪,
这位女神,眼含征服者的黑色明眸,
让林间夜莺与心中爱情纵情放歌!

---

1 原文 Je,大写的"我"。
2 原文 L'Homme,大写的"人"。
3 原文 L'Amour,大写的"爱","爱情"。
4 原文 Foi,大写的"信仰"。
5 原文 Astarté,阿斯塔耳忒,叙利亚神话中腓尼基的丰产女神,同时是保护自然生殖力的月神,保护婚姻和爱情的女神。古希腊时代,她常与阿芙洛狄忒在一起。

II

我相信你！相信你！海生的阿芙洛狄忒[1]！
神圣的母亲，——哦！道路苦涩，
自从另一位上帝给我们套上他的十字架，
而我只相信你，维纳斯，肉体，大理石，鲜花！
——是的，人类穿上衣衫，忧郁而丑陋，
因为不再纯洁而在苍穹之下忧愁，
因为他玷污了神灵高贵的玉体，
他的奥林匹斯神的身躯，
如火中圣像，因肮脏的奴役而枯萎！
是的，即使死后，他仍蔑视原初之美，
还想在白骨堆中继续存活！
——你在偶像[2]之中寄托了太多
纯真，你用黏土将女性塑造成神，
只为人类能照亮自身可怜的灵魂，
并从巨大的爱情中缓缓升起，
从人间牢狱，走进辉煌壮丽，
——女人再不似名花妩媚妖娆[3]！
——好一出闹剧！世人竟嘲笑
伟大的维纳斯温柔、神圣的芳名！

1　原文 Aphroditè，阿芙洛狄忒，希腊神话中的爱神、美神，宙斯与海洋女神狄俄涅之女，本意是"从海水泡沫中诞生"。
2　原文 L'Idole，大写的"偶像"。
3　原文 Coutisane，大写，阴性名词，原本指高级妓女，上流社会的交际花。

Ⅲ

假如时光重来,那逝去的光景!
——人类已然终结,演完所有角色!
伟大的时日,他将重生复活,
他已摆脱众神,倦于打碎偶像,
只因来自苍穹,他将探索苍茫!
理想,一切,无敌的永恒求索;
神在他肉体的黏土中存活,
在他额头下熊熊燃烧,冉冉升起!
当你看见他抛开一切恐惧,
轻蔑古老的枷锁,去探索天地万物,
你将到来,并赋予他神圣的"救赎"[1]!
——你将在大海的胸膛辉煌靠岸,
赫然现身于永恒的微笑间,
并纵身跃入浩瀚宇宙的无限之爱!
世界像一张巨大的竖琴瑟瑟展开,
在无边的亲吻中深深颤栗!

——世界渴望爱情:你来让它平息。
……………………………………

哦!人类已将重新昂起自由高贵的头颅!

---

[1] 原文 Rédemption,大写的(宗教意义上的)"救赎"。

让神在肉体的祭坛上悸动！一如原初
之美春光乍现，因现时之美
而欢快，因忍受苦难而憔悴，
人类渴望探求一切，——认知所有！
思想，这匹野马被禁锢得太久太久，
让它从额头里蹿出！它知道这是为什么！……
让它自由奔腾，"信仰"，"人"终将获得！
——为什么苍穹静默，空间无涯？
为什么金色星群，浩渺如沙？
如果一直上升上升，从高处会看见什么？
赶着人间这一大群羊，一位牧者
正缓缓走进浩渺时空？
这茫茫太空拥抱的世界是否在颤动，
随着永恒的天籁之音？
——人类真能看见？敢说"我相信"？
思想的回声不正是一场幻梦？
既然生命如此短暂，人类早已诞生，
——他源自何处？是否沉入
"萌芽""胚胎"之深海，"自然之母"
又在"大熔炉"深处让他重生复活？
这重生的造物，朝气蓬勃，
只为在麦田生长，在玫瑰丛中爱恋？……

我们无从知晓！——被无知所遮掩，
被狭隘的空想所压迫！

猴子似的人类从母体中坠落，
我们苍白的理智遮蔽了无限，
——怀疑惩罚了我们！我们渴望看见；
怀疑，这只忧郁的鸟儿用翅膀拍打我们……
地平线在永恒的流逝中逃遁！……
　　……………………………………

巨大的苍穹开了！神秘在人类面前
死去！人类叉着强壮的臂腕，
在缤纷的自然无尽的辉煌中屹立！
他歌唱……树林高唱，河流低语，
歌声回荡着幸福，飞向光明！……
——这便是"救赎"！这就是爱情！爱情！
　　……………………………………

IV

哦，肉体的光辉！哦，理想的辉煌！
哦，爱情的复活，胜利的曙光，
众神与英雄们都拜倒在她们的石榴裙下，
维纳斯[1]和小厄洛斯[2]身披红玫瑰的雪花，

---

[1] 原文 Kallipyge，爱神维纳斯的别称。
[2] 小厄洛斯，le petit Eros，希腊神话中的小爱神。传说厄洛斯诞生时，宙斯曾想杀死他，阿芙洛狄忒由顽皮的老虎与棕红色的豹子引路，将他藏进密林，由母狮将他养大。厄洛斯是爱的使者，随身携带金箭，射中谁，谁的心里就产生爱情。在另一些传说故事中，厄洛斯是阿芙洛狄忒的儿子，是一群带翅膀的小爱神之一。

在她们美丽的脚下，匆匆掠过，

轻抚女人和初开的花朵！

哦，伟大的阿里阿德涅[1]站在岸边，

忒修斯挥泪呜咽[2]，望着阳光下远去的白帆，

哦，温柔少女毁于一旦，别说了！

吕科斯[3]乘坐镶着黑葡萄的双轮马车[4]，

在弗里吉亚的原野[5]漫步，顽皮的老虎

和棕红的豹子在前面引路，

沿途的蓝色河流染红了阴暗的泡沫。

——宙斯，这头白牛，欧罗巴[6]浑身赤裸

骑在他的脖子上，像个孩子似的晃动，

张开洁白的手臂，扑进波浪之中

颤抖的天帝[7]强劲的脖颈，

---

1 阿里阿德涅，Ariadnè，希腊神话中米诺斯与帕西法厄的女儿。在忒修斯要进入迷宫与牛首人身的妖怪决斗时，阿里阿德涅给了他一只线团。忒修斯把线头拴在门口，在杀死妖怪之后，顺利走出迷宫。

2 忒修斯，Thésée，接上一注释。杀死妖怪走出迷宫之后，忒修斯原本要和阿里阿德涅一起逃走，但由于某种魔力驱使，当阿里阿德涅在那克索斯岛上睡觉时，忒修斯竟然忘记她而独自离开。传说忒修斯扬帆离去时，阿里阿德涅正临产，并在分娩中死去。

3 吕科斯，Lysios，希腊神话中的雅典英雄，曾遭遇迫害，流落小亚细亚。

4 原文 char，阳性名词，古罗马时期作战或比赛用的双轮马车，节日彩车。

5 弗里吉亚的原野，les champs Phrygiens，小亚细亚古地名。

6 欧罗巴，Europè，前希腊时期的农业神。在后期神话中，为福尼客亚王阿革诺耳和忒勒法萨之女。天神宙斯爱上欧罗巴，化身为一头白牛，慢慢走近她。欧罗巴与白牛渐渐熟悉，一次竟骑到牛背上；白牛突然跳入大海，踏浪飞奔。欧罗巴大声惊叫，抱紧白牛。宙斯将欧罗巴带到地中海对岸，这片土地从此就叫欧罗巴，即欧洲。

7 原文 Dieu，指宙斯。

宙斯暧昧的目光缓缓转向她,她闭上眼睛,
花容失色,在宙斯的额上垂落,
在神圣一吻中死去,河水呜咽,金色泡沫
在她的秀发间开满鲜花……在低语的睡莲
与夹竹桃间,一只寻梦的大天鹅柔情缱绻,
悠悠滑行,张开雪翅,拥抱丽达[1];
——当美妙绝伦的库普里斯[2]经过,弯下
她圆润灿烂的腰身,骄傲地露出
丰盈的金色双乳,雪白的腹部
点缀着黑色青苔;——赫拉克勒斯[3],
这位驯兽师,魁梧的上身披着狮皮,
这光荣与力量的象征,
昂起温柔可怕的头,向着地平线前行!

在夏日朦胧的月光里,林中仙女[4]
站立在镀金的苍白中,赤身裸体,
披着幽蓝的长发,沉沉暗影清波,
寻梦,凝视着寂静的苍穹,
阴暗的林间空地,青苔群星闪烁;

---

1 丽达,Léda,希腊神话中忒斯提俄斯之女。宙斯为丽达的美貌所诱惑,化身为一只天鹅,趁丽达在欧罗塔斯河沐浴时同她幽会。
2 库普里斯,Cypris,阿芙洛狄忒的别名。
3 赫拉克勒斯,Héraclès,希腊神话中的大力神。由于其出身而被宙斯的妻子赫拉所憎恶,因此遭到赫拉诅咒,导致其在疯狂中杀害了自己的孩子。为了赎罪,他完成了12项"不可能完成"的任务。
4 原文 Dryade,德律阿得斯,山林仙女,树神。

皎洁的月神[1]披着面纱，诚惶诚恐，
走到俊美的恩底弥翁[2]脚前，
轻轻一吻，在苍白的清辉间，
——泉水在远方呜咽，心醉神迷……
玉臂斜倚花瓶，山林水泽的仙女
梦想着洁白的美少年，春心潮涌。
——逝去的长夜，吹过爱的微风，
从神圣的丛林与恐怖的大树间
吹过，阴暗的大理石肃穆庄严，
在众神的额上筑巢，那跳动的"灰雀"[3]，
——众神倾听着人类与无限世界！

       1870年4月29日

---

1 原文 Sélenè，塞勒涅，希腊神话中的月神，爱上美少年恩底弥翁。
2 恩底弥翁，Endymion，是个凡人，神赐予他永久青春，但他必须长睡。塞勒涅每晚乘车从天空经过，都会来到恩底弥翁熟睡的特拉摩斯山洞，与这位甜睡的美少年亲吻一次。正是这无望的爱情，使得月神脸色苍白。
3 原文 Bouvreuil，大写的"灰雀"。

奥菲利娅[1]

I

群星在幽暗、平静的波浪上安睡，
洁白的奥菲利娅枕着长长的纱巾，
像一朵盛大的百合，缓缓漂移……
猎人的角声隐约来自遥远的森林。

千年就这样过去，自从忧伤的奥菲利娅，
这白色幽灵，从幽暗的长河上漂过：
千年就这样过去，自从她
温柔的疯癫，在夜风中喃喃诉说……

---

[1] 奥菲利娅，Ophélie，莎士比亚悲剧《哈姆雷特》中哈姆雷特的情人：哈姆雷特误杀了她的父亲并离开她，奥菲利娅精神失常，不幸掉进呜咽的溪水而丧身。原剧是在奥菲利娅离世之后，通过哈姆雷特的母亲向奥菲利娅的哥哥雷欧提斯描述："她爬上一根横垂的树枝，想要把她的花冠挂在上面；就在这时候，一根心怀恶意的树枝折断了，她就连人带花一起落进呜咽的溪水里。她的衣服四散展开，使她暂时像人鱼一样漂浮水上；她嘴里还在断断续续唱着古老的谣曲，好像一点感觉不到她处境的险恶，又好像她本来就是生长在水中一般。可是不多一会儿，她的衣服就给水浸得重起来，这可怜的人儿歌儿还没有唱完，就已经沉到泥里去了。"（引自《莎士比亚全集》卷九，117—118页，朱生豪翻译，人民文学出版社）

微风亲吻她的前胸,绽开花朵,
她的长纱巾被河水浸湿,
柳枝在她肩头哭泣、婆娑,
芦苇在她多梦的额上轻轻弯曲。

低垂的睡莲在四周叹息,
熟睡的桤木间,她偶尔惊醒,
一阵羽翼的轻颤,从巢中瑟瑟逃离,
一支神秘的歌,降自金色群星。

II

哦,洁白的奥菲利娅,雪一样美!
是的,孩子,你已被河流卷走!
——只因那挪威的高山上冷风吹,
曾向你讲述着苦涩的自由;

只因吹乱了你长发的那阵微风,
给你精神的幻梦带来奇异的回音;
在树木的呻吟和夜的叹息声中,
你的心听见"自然"的歌吟。

只因那疯狂的大海发出的嘶哑喘息,
撕裂了你那过于柔弱的孩童心魂;

只因四月的清晨,一位苍白的英俊骑士,
默坐在你膝下,这疯狂的可怜人!

苍天!爱情!自由!哦,疯癫的痴情女!
如此幻梦,你融于他,就像雪融于火:
伟大的幻象窒息了你的言语,
——可怕的无限又让你的蓝眼睛惊慌失措!

III

——诗人说,在灿烂星光下,
你来长夜,找寻你采撷的花朵,
说他曾在水上看见洁白的奥菲利娅,
枕着长长的纱巾在水上漂浮,像一朵盛大的百合。

吊死鬼舞会

黑色绞刑架,垂着可爱的独臂,
游侠骑士吊在上面,尽情跳舞,
瘦骨嶙峋的魔鬼骑士,
萨拉丁[1]的铮铮铁骨。

贝尔塞毕斯[2]阁下一拉绳索,
小黑木偶就朝天做了个鬼脸。
一鞋帮拍中他们的脑壳,
他们即刻随古老的圣诞乐起舞翩跹。

被击打的木偶抱住自己细长的胳膊:
就像抱着黑色管风琴,又像
昔日的贵族小姐担心走光,而抱紧着
袒露的胸脯,在丑陋的爱情中连连碰撞。

乌拉!快乐舞者,再没肚子!

---

1 萨拉丁,Saladin,埃及苏丹,1171—1193年在位。曾统一埃及和叙利亚,1187年率领埃及和叙利亚联军攻占耶路撒冷。
2 贝尔塞毕斯,Belzébuth,迦南的神,日后在犹太人及基督徒眼中变成魔王。

舞台那么大,任意翻跟头!
吼!疯狂的贝尔塞毕斯
胡乱拉琴,管他是舞蹈,还是战斗!

哦,硬邦邦的脚后跟,坚不可摧!
几乎所有人都脱去了皮肤的衬衣:
其他人面面相觑,不害羞,无所谓。
雪花给他们的颅骨戴上白帽子:

乌鸦在这些迸裂的脑袋上飞舞,
一块肉拖在尖下巴上不停地颤动。
有人说,这是在混乱的阴影中比武,
僵硬的骑士向着纸糊的盔甲猛冲。

乌拉!北风从盛大的骷髅舞会上吹过!
黑色绞刑架如铁制管风琴!
狼群从紫色森林声声应和:
地平线上,天空是地狱的红云……

哎呀,这些葬礼上充好汉的人物
鱼贯而入,滑稽、阴险,
粗壮的断指拨弄着苍白脊椎上的爱情念珠,
可吊死鬼,这儿可不是念经的修道院!

哦!正当骷髅们群魔乱舞,

其中一具疯魔大骨骼蹿入赤色天空,
感觉到脖子上缰绳坚固,
仍像一匹烈马抑制不住冲动。

小指蜷缩进咔咔作响的股骨,
声声尖叫,如冷笑呵呵,
就像小丑回到了小木屋,
舞会上重新回响起骷髅之歌。

黑色绞刑架,垂着可爱的独臂,
游侠骑士在上面,尽情跳舞,
瘦骨嶙峋的魔鬼骑士,
萨拉丁的铮铮铁骨。

达尔杜夫的惩罚[1]

戴手套的手,在圣洁的黑袍下,
快乐地拨弄着,拨弄着他多情的心肠,
这天出门,他温柔得可怕,
脸色蜡黄,缺牙的口中流淌着虔诚的信仰。

这一天,他正要前去"祈祷"[2],
——一个"恶棍"[3]狠狠揪住了他的耳朵,
从他湿乎乎的皮肤上扯下圣洁的黑袍,
甩出几句狠话,吓得他直哆嗦!

惩罚!……他的衣扣全被扯开,
"神圣的"达尔杜夫脸色惨白!
一长串被赦免的罪恶,念珠似的在他心里打转……

于是,他开始撕心裂肺地忏悔,祈祷连连,

---

1 达尔杜夫,Tartufe,莫里哀喜剧《伪君子》中披着宗教外衣的伪君子。
2 "让我们祈祷",原文为拉丁文 Orémus。
3 原文为大写的 un Méchant,指恶人,坏人。这里应为"反语"。

而那人还是乐意将他教士的衣领[1]扯下……
瞧,达尔杜夫从头到脚,一丝不挂!

---

[1] 原文 rabat,阳性名词,指旧时教士或法官佩戴的领圈、领巾;旧时男士服装的大翻领。

出浴的维纳斯[1]

一颗棕发女人头从浴缸里渐渐浮出,
抹着厚厚的发蜡,缓慢、迟钝,
仿佛从铁皮绿棺材里显露,
带着糟糕的修修补补的裂痕;

然后是灰白、肥厚的脖颈,
宽大的肩胛骨明显突出;粗短的背
伸缩、起伏;皮下脂肪如树叶般扁平,
层层叠叠,那是肥胖的腰,像是要飞;

脊柱微红,浑身散发出一股
难闻的怪味;要发现她的独特之处,
必须用放大镜仔细察看……

---

[1] 原文 Vénus Anadyomène,其中形容词 Anadyomène 源自希腊语,意思是"从大海的怀抱中升起"。根据神话传说,维纳斯(即古希腊神话中阿芙洛狄忒式)从海浪泡沫中诞生,被西风用珍珠贝壳带到塞浦路斯岛。维纳斯原本是美的象征,其光辉形象在此被兰波彻底颠覆。参见意大利文艺复兴时期画家桑德罗·波提切利于公元 1487 年创作的《维纳斯的诞生》、提香·韦切利奥于 1538 年创作的《乌尔比诺的维纳斯》。

腰间刻着:"杰出的维纳斯"[1],
——浑身扭动与肥臀之美丽、
丑恶地舒展,都缘于肛门溃烂。

---

[1] 原文为拉丁语 Clara Vénus,"杰出的维纳斯"。这首诗明显是对传统美学的颠覆与讽刺。

妮娜的妙答

他：心贴心，
走？我们一起去
阳光清新
我们深呼吸。

蓝色清晨，会让你
沐浴日光美酒？……
当所有树枝
都因为爱，默默流血、颤抖。

每一株闪烁的蓓蕾，每一滴绿色朝露，
每一根树枝，
所有张开的事物，
都让人感受到肉体的颤栗：

沉浸于紫苜蓿，
你身上的白浴袍将随着
你黑色大眼睛四周的蓝色空气，
变成玫瑰色，

乡村情人[1],
你撒种、春播[2],
狂笑阵阵,
如香槟泡沫,

笑我醉得野蛮,
就这样,一把揪住你的
——美丽的小辫,
哦!——我要痛饮狂喝

你覆盆子与草莓的滋味,
哦!花一样的玉体!
笑劲风像个窃贼,
疯狂吻你,

笑野蔷薇亲切温存,
将你缠绕:
尤其笑你的情人,
哦,那疯狂的头脑!……

---

[1] 原文 Amoureuse de la campagne,这里是个双关语:"乡村情人"或"爱上乡村"。
[2] 原文 semant,"撒种""春播",发音如同 s'aimant,"彼此相爱"。

……………………………

——胸口紧贴胸口,
　　彼此心声交融,
渐渐地,我们将抵达激流,
随后是灌木丛!……

而后心灵昏迷,
像个死去的小孩
你眼睛半睁半闭,
对我说,我将你揽入胸怀[1]……

我将抱着你,心跳加速,
深入小径:
如歌的行板,由飞鸟滑出:
投入榛树林……

我会在你嘴里,喃喃低语;
像哄孩子入睡,
我会抱紧你的身体,
血液沉醉,

在你洁白的肌肤下,蓝莹莹的,

1　原文 Tu me dirais que je te porte……其中动词 porter(原形)包含"承载""怀抱""怀(胎)""包含""运送""穿戴"等,而这些意思,此处或都包含。

呈玫瑰色调：
我会对你直说……
过来！……你知道……

我们茂盛的丛林
会感受到液汁流动，
阳光将铺开纯金
和林间花红柳绿的大梦。

夜晚？……我们将
重返白色小路，
小路四处游荡，
像一头吃草的动物。

蓝草蔓生的果园，
苹果树弯弯曲曲！
十里方圆，
处处芳香浓郁！

当天色渐暗，
我们就返回村庄；
乡村傍晚，
空气会飘来阵阵奶香，

连同牛棚里

热腾腾的牛粪气味,
伴随着呼哧呼哧的喘息,
和宽厚的牛背

在暮色中闪烁;
一头高傲的母牛,
就在那儿,
将一边拉屎,一边走……

祖母的眼镜
和长鼻子,
没入集祷经,
啤酒桶套在铅箍里。

厚嘴唇十分恐怖,
泛着泡泡,
得意洋洋地吞云吐雾,
大烟斗烟雾袅袅,

火腿顶在叉子上,
咬一口,越吃越有味:
火光映红了小床,
和衣柜。

小胖墩儿撅着光亮的肥屁股,

双膝下跪,
将口鼻都伸入
杯中喝水,

一只动物凑到近前,
轻轻舔舐
小宝贝的圆脸,
友好地打着响鼻,

(一个可怕的剪影傲慢地
靠在椅子边缘,
炭火前的老妇人正独自
穿针引线;)

亲爱的,多少良辰美景,
我们都将从陋室里看见,
当红红的火苗辉映
灰色方砖!……

——随后,丁香花飘着幽香,
一窝雏鸟在花丛中筑巢:
隐蔽的玻璃窗
躲在暗中偷笑……

来吧,你快来呀,我爱你!

如此美景,怎奈何?
你快来呀,难道不?甚至……

她:我的办公桌呢?

乐曲声中

> 夏尔维勒站前广场

广场上，草坪铺得整整齐齐，
一切都那样规规矩矩：花草树木；
这是周四傍晚，人们都热得透不过气，
这些布尔乔亚，于是生出愚蠢的嫉妒。

——花园中央，军乐队摇晃着圆筒军帽，
和着短笛华尔兹的节拍：人们看见
第一排，一个油头粉面的青年样子十分可笑；
公证人挂着他刻满数字的表链。

食利者戴着夹鼻镜，议论着哪里有些走调：
肥胖的公务员紧跟着他们肥胖的太太，
好像赶象人赶着大象，殷勤、周到，
太太们身上的服饰好像流动的广告牌。

退休的杂货店主斜靠着绿长椅，用圆头手杖
在沙地上指指画画，一本正经地
讨论着合约，随后往银盒里填上

鼻烟，继续说道："总而言之！……"

一位阔佬坐在长椅上伸着浑圆的胖腰，
衣服上闪着亮晶晶的纽扣，
——烟雾袅袅，这可是走私烟草，
瞧他挺着佛拉芒人的大肚子，叼着烟斗。

一群小流氓冷笑着经过草地旁；
年轻的步兵听着长号乐曲心旌飘拂，
他们如此天真，闻着玫瑰花香，
抚摸着婴儿，只为引诱女仆……

——而我呢，像个大学生衣着寒酸；
青栗树下，一群机警的女孩早已
发现，她们笑着回头朝我看，
眼神里充满挑衅和暗示。

我目瞪口呆：痴痴地望着她们
白皙的脖颈披着疯狂的发绺：
潜入她们的短上衣里，清凉上身，
从圆润的肩膀，滑向神圣的背后——

迅速脱去靴子、短袜……
——激情似火，燃遍我全身。
她们悄悄议论，看我的笑话……
——我感到阵阵亲吻正靠近我的嘴唇……

惊呆的孩子

雪雾茫茫,几个黑影
映入闪亮的大气窗,
撅着浑圆的屁股——

五个可怜的孩子跪在那里!
正眼巴巴望着面包师,
做着金黄的大面包……

瞧那白手臂多强壮,
揉着灰面团,然后送进炉膛,
那个闪亮的洞里。

听着面包吱吱作响,
肥胖的面包师正笑着哼唱
一支古老的乐曲。

一动不动,他们蜷缩在那里,
通红的气窗呼呼喘息,
仿佛火热的心胸。

当午夜钟声回荡，
面包出炉，色泽金黄，
带着噼里啪啦的跳动；

当烟熏火燎的屋梁下，
香喷喷的面包壳
和蟋蟀一同欢歌，

当炽热的炉堂气喘吁吁，
他们的灵魂也如此陶醉，
尽管衣衫褴褛。

孩子们再度倍感力量，
浑身结满冰霜，
这些小可怜——

粉红的小嘴紧贴着铁网[1]，
正对着网眼，
呜呜唱着什么，

如喃喃祈祷，轻轻许愿……
他们蜷缩抱膝，

1　原文 au treillage，指通气窗上的网格。

兰波手稿，《绿色小酒店》，1870年10月。

1870年7月19日，法国对普鲁士宣战，普法战争爆发。

兰波手稿，《萨尔布吕肯的胜利庆典》，1870年10月。

迎着重开的天空,

——因用力过猛,短裤破裂,
——衬衣在冬夜
寒风中,瑟瑟颤动。

传奇故事

一

什么都不必认真,当人们十七岁,
——一个美妙的夜晚,热闹的咖啡屋
灯火闪烁!扔下柠檬汁和啤酒杯,
——人们这就去椴树林荫道漫步。

椴树飘香,在六月迷人的晚上!
空气轻柔,风中夹着窸窣杂音;
闭上眼睛,——城市就在附近,——
飘来酒香和葡萄藤的清香……

二

抬头望,一小片残破的阴空,
嵌入树枝勾勒的小画框,
被一颗恶意的星星刺中,渐渐消融,
那苍白、柔弱、颤栗的星光……

六月的夜晚,十七岁! ——微醺,
香槟的酒力开始上头……
人们飘飘欲仙,感到唇上一吻
蹦蹦跳跳,像一头小野兽……

三

狂野之心,如鲁滨逊漂流[1],
—— 小姑娘在苍白的路灯下前行,
如此俏丽,而在她身后,
跟着穿长衫的父亲可怕的阴影……

只因看你太过天真,
她甩开小皮靴一路飞奔,
小心,她忽然间猛一回身,
——您唇上的咏叹调瞬间凋零……

四

您情深深,爱到八月,
意绵绵,写十四行诗让她开心。
朋友们都走了,您还在纠结,

---

[1] 原文 Robinsonne(r),兰波发明的动词,大意是"像鲁滨逊一样漂流"。

——直到一天晚上,心上人突然来信……

——这天晚上,……您又重回
闪亮的咖啡屋,再要些啤酒或柠檬汁……
——十七岁的年龄,什么都不在乎,
这就去椴树林荫道漫步。

九二与九三年的死者[1]

> "七十年代的法国人,波拿巴主义者,共和主义者,还记得你们父亲在九二年的经历吗?……"
>
> ……………………………………
>
> 保罗·德·卡萨尼亚克
> 《国家报》

九二与九三年的死者,
在自由的热吻中苍白、安睡,
而套在全人类灵魂与头脑中的枷锁,
被你们踩在脚下,彻底粉碎;

风暴中沉醉的伟人,衣衫褴褛,
衣衫褴褛,却满怀着赤诚的爱情,

---

[1] G.伊桑巴尔(Izambard)标明这首诗创作于1870年7月17日。根据让-卢克·斯坦梅兹的注释,这首诗是针对保罗·德·卡萨尼亚克(Paul de Cassagnac)1870年7月16日发表在《国家报》(Le Pays)上的一篇文章而作,这篇文章号召人们投入保卫法兰西,抗击普鲁士人的战斗,鼓舞了"无套裤汉"(des sans-culottes)的士气。

哦,士兵们,死亡这高贵的情侣
将你们撒进旧犁痕,只为让你们重生;

你们的血,洗净被玷污的伟大、庄严,
对面瓦尔米[1]、弗洛吕[2]和意大利的死者,
千百万基督徒的目光,如此温柔、黯淡;

愿你们与共和国一同长眠,而我们服从国王,[3]
就像屈从于军棍,——说起你们,
卡萨尼亚克家族的先生们[4]还在那儿高谈阔论!

---

1 瓦尔米,Valmy,位于法国东北部马恩省的一座城镇,1792 年 9 月 20 日,拿破仑率军在此击溃普鲁士军队。
2 弗洛吕,Fleurus,位于比利时瓦隆地区的城市,1794 年,拿破仑率军在此战胜奥地利军队。
3 原文 les rois,复数,"国王",而在当时,是指拿破仑三世(Napoléon III,1808—1873)。
4 卡萨尼亚克家族的先生们,Messieurs de Cassagnac,指文章的作者保罗·德·卡萨尼亚克(Paul de Cassagnac)和他的父亲阿多夫·格拉尼·德·卡萨尼亚克(Adolphe Granier de Cassagnac),法国一支续存的贵族保皇党人。兰波在此讽刺这些人自诩为波拿巴主义者,试图延续帝制,整天高谈阔论。

罪恶

当机关枪喷吐着赤红的火舌,
子弹整日在无垠的蓝天呼啸;
红红绿绿的军队[1]成堆地陷入战火,
倒在国王[2]身边,而国王还在嘲笑。

当可怕的疯狂将成千上万的生命碾碎,
一并化为硝烟;——可怜的死者!
倒在夏日草原,回归大自然,你的静美,
哦,这些神圣人类原本是你的杰作!……

而面对祭坛上的香火、锦缎,
金色圣餐杯,这位上帝还在微笑,

---

1 这里指普法战争中的法国与普鲁士双方的士兵。在普法战争中,法军穿的是用茜草染成的红色军服(en uniforme garance),普鲁士军队穿的是绿色军服(en uniforme vert)。参见《深谷睡人》,那位长眠山谷的士兵,兰波并未提及他的国籍,也不在意他属于哪一方军队,兰波看重的,只是他是一个人。
2 指拿破仑三世,国王纪尧姆(Roi Guillaume)。

他一定是在和散那的赞美诗[1]中睡着了;

当他醒来,母亲正焦虑不安,
身穿丧服,在黑旧帽檐下哭泣,
还用手绢托着大把银钱献给上帝!

---

[1] 在希伯来文中,先知何西阿(Hosea)名字就来源于yasha,即"拯救"。而"和散那"就由这两个字组合而成,意思是"求神拯救",后来逐渐成为赞美诗用语。参见《马太福音》(21:1-9):"耶稣和门徒将近耶路撒冷……众人多半把衣服铺在路上,还有人砍下树枝来铺在路上。前行后随的众人喊着说:'和散那归于大卫的子孙!奉主名来的是应当称颂的!高高在上和散那!'"

恺撒的疯狂

苍白的男人[1]身着黑衣,叼着雪茄,
沿着开花的草坪缓步前行[2];
苍白的男人缅怀着杜伊勒利宫的鲜花,
暗淡的眼神时而重现一丝光明[3]……

因为二十年来的欢宴把皇帝灌醉!
他自言自语:"我要把自由吹灭,
就像对着一根蜡烛,轻轻一吹!"
但自由重生!他肝胆碎裂!

他已被捕。——哦!哆嗦的嘴唇试图

---

[1] 根据皮埃尔·布鲁奈勒(Pierre Brunel)的注释,这是指拿破仑三世(Napoléon III,1808年4月20日—1873年1月9日),他病弱、战败、被俘且被囚禁。
[2] 1870年9月1日,普法战争中决定性的战役,色当会战(Bataille de Sedan),结果法军惨败,拿破仑三世本人也沦为阶下囚,囚禁在普鲁士索姆省的城堡之中。而此后,他便脱下军服,换上平民的"黑衣"。
[3] 根据当时的一位见证人,波蒙-瓦思(Beaumont-Vassy)子爵回忆:"(当时的拿破仑三世)眼神迷茫,只是偶尔闪烁着内心思想的光芒,对我而言,这首先意味着在政治上的强大的力量……"其实,拿破仑三世战败之后,还在梦想着恢复帝制。

说出什么名字？那揪心的遗憾，
人们不得而知。皇帝翻着白眼。

也许他回想起那位戴眼镜的教父[1]……
——望着点燃的雪茄烟雾氤氲，
正如圣-克鲁之夜的一缕残云[2]。

---

1 这里是指埃米勒·奥利维耶（Emile Ollivier，1825—1913），法国政治家、作家，法兰西学院院士，曾任拿破仑三世的司法部长，1870年向普鲁士宣战时的法国总理，战败后被迫辞职。后侨居意大利。对于普法战争，他曾说自己以"一颗轻松的心，接受沉重的责任"。
2 原文 Saint-Cloud，圣-克鲁，皇帝曾经的住所。

冬梦

献给……她

冬天,我们将钻进一小节
玫瑰车厢,里面有蓝色座椅。
每个温软的角落都藏着一个热吻的巢穴,
我们舒适安逸。

你将闭上眼睛,不去看那玻璃上
黑夜投下的魅影,
那些妖魔鬼怪,黑色群氓,
黑黢黢的狼群。

随后,你感觉像是脸被划伤,
一个小小的吻,爬到你脖子上,
像一只疯狂的蜘蛛……

"快找找!"你仰面向我呼叫,
——我们找呀找,
小虫已大步深入……

1870 年 10 月 7 日,于车厢内

深谷睡人

在这座青青山谷,歌唱的小河
将细碎的银光狂乱地挂上草尖;
太阳越过巍峨的高山,金光闪闪:
这是一座小山谷,倾吐着光的泡沫。

一位年轻的士兵,张着嘴,露着脑袋,
脖颈已浸没在清鲜的蓝色水芹[1]里,
他睡了;在苍穹下展开肢体,脸色苍白,
在他的绿床之上,阵阵光雨飘落。

双脚伸进菖兰花[2]丛,他睡了,面带笑容,
像个病弱的孩子脸上的微笑:
大自然用温热的怀抱将他轻摇:

---

1 原文 cresson,阳性名词,水芹,又称水芥,一种水生植物,原产于欧洲,生长在浅水中,开白花,曾被选来祭祀6世纪来自南迪斯的主教圣菲利克斯,故称"圣菲利克斯之花"。在基督宗传统文化中,有将圣人与特定花朵连结在一起的习俗:在纪念圣人时,常以盛开的花朵点缀祭坛。而在这首诗中,兰波以此纪念一位在普法战争中牺牲的无名战士,他就这样长眠于深山幽谷。
2 原文 glaïeul(s),阳性名词,菖兰花(复数),象征纯洁,常用来祭奠死者。

他很冷。花香已不再使他的鼻翼颤动，
他睡在阳光里，一只手静静搁在前胸，
在他胸腔右侧，有两个红色弹孔。

1870 年 10 月

绿色小酒店

傍晚五点

八天来,我在石子路上奔波,
走进夏尔鲁瓦[1],已磨破了一双靴子,
在绿色小酒店:我要了
面包片、黄油和半凉的火腿。

真幸运,我伸直了双腿,在绿色餐桌下,
凝视着壁毯上的人儿,天真又可爱——
这时,一位乳房硕大,
目光热切的姑娘向我走来。

她呀,可不会被一个亲吻吓破胆!——
她举着彩色托盘,满面春风
给我端来黄油、微温的火腿和面包片,

红白相间的火腿散发着浓烈的蒜香,

---

[1] 夏尔鲁瓦,Charleroi,比利时的一座法语区城市。

她又给我斟上啤酒,满满一大杯,
夕阳在啤酒的泡沫上金光闪闪!

1870 年 10 月

狡黠的女孩

清漆与水果的混合香味飘散
在棕色餐厅，我靠着一张大椅子，
舒展身体，要了一盘
比利时人做的不知什么东西。

边吃边听着时钟嘀嗒，我暗自欢喜。
这时，厨房门打开，飘出一阵香味，
——那个女招待走过来，也不知
为何她的头发凌乱，头巾摇摇欲坠。

她用颤抖的小手抚弄着脸颊，
然后孩子气地噘起嘴巴，
她的脸蛋丝滑，像一只红白的水蜜桃。

她摆好杯盘，就靠近我，为了安抚我，
——当然得送上一吻，就这样，她小声说：
"感觉一下，我的脸有点儿着凉感冒……"

1870 年 10 月，夏尔鲁瓦

萨尔布吕肯[1]的胜利庆典

——再度欢呼皇帝万岁！

（比利时的彩色版画，在夏尔鲁瓦
生丁一张。）

皇帝身披黄蓝绶带，骑着赤色高头大马，
从正中间直挺挺走来，像宙斯般威严，
慈父般亲切，春风得意，在他眼皮底下，
一切都笼罩着玫瑰色的光环。

一群驯良的士兵正靠着金色战鼓
与红色大炮打着盹，忽然间，
毕恭毕敬地起立，皮图[2]重整军服，
转向长官，一连串大名如雷贯耳，令人晕眩！

右边，杜马奈[3]斜靠着步枪枪托，
毛茸茸的脖子感觉到一阵哆嗦：

1　萨尔布吕肯，Sarrebrück，德国城市，拿破仑曾在此打过胜仗。
2　原文 Pitou，皮图，士兵的名字，皇帝的崇拜者。
3　原文 Dumanet，杜马奈，士兵的名字，漫画式的人物。

"皇帝万岁！！"——众人瞠目结舌……

插着羽毛的圆筒帽，如升起的黑太阳……
红蓝的波基翁[1]天真烂漫，立在他的肚子上[2]，
露出后背："说什么呢？[3]……"

1870 年 10 月

---

1 原文 Boquillon，波基翁，士兵的名字，红蓝即军服的颜色。
2 原文 sur son ventre se dresse……字面意思为"立在他的肚子上"，指挺着大肚子站立或趴在地上。参见《铁匠》，注释 2。
3 "说什么呢？"——接前文"皇帝万岁！！"

橱柜

这是一个雕花大橱,阴暗的橡木,
非常古老,面带老人家的慈祥;
橱门打开,扑面而来的一股
醉人的芳香,如陈酒的波浪。

橱柜里装满杂乱的古董:黄手绢,
芳香的内衣,女人和孩子的围兜,
还有枯萎的装饰、旧花边,
祖母的头巾,绣着珍禽异兽。

还有各式各样的奖牌、纪念章,
白色、金色的发绺,干花和肖像,
其中的芬芳,混合着幽幽果香。

——哦,古老的橱柜,你有太多故事,
当乌黑的大橱门吱吱打开,
你就将一段段往事,娓娓道来。

1870 年 10 月

流浪(幻想)

拳头插在破衣兜里,我这就上路[1],
外套看起来也很神气;在天空下旅行,
缪斯!我是你的忠实信徒;
哎呀呀,我也曾梦想光辉的爱情!

我惟一的短裤破了个大洞,——
有如梦中小拇指[2],我一路挥洒诗韵,
我的客栈是大熊星,星空
窸窸窣窣,从天上传来回音。

坐在路旁,我凝神静听,
九月的良夜,我感到露珠正
滴湿我的额头,如醉人的美酒。

---

1 魏尔伦画的兰波速写,正是这个形象。
2 原文 Petit-Poucet,法国民间传说中的小拇指,父母将他和他的兄弟们扔进森林,小拇指沿途扔下石子做标记,终于带领兄弟们回到家里。这个传说最早出现在法国诗人、童话家夏尔·佩罗(Charles Perrault,1628—1703)的童话集《鹅妈妈的故事》中。

在神奇的阴影中歌吟,
我拉紧破靴子上的皮筋,
像弹奏竖琴,一只脚贴近我心口!

牧神头像

在金光闪烁的绿宝盒中,
开花的枝叶,瑟瑟颤动,那个吻,
睡在花间,蠢蠢欲动,
碰碎了花团锦簇,枝叶缤纷。

惊慌的牧神睁开双眼,
洁白的牙齿咬着红花,
陈酒般的鲜血流淌在晶莹的唇齿间,
盈盈笑意,隐藏在枝叶下。

当它逃窜——像只松鼠一样狂奔,
他的笑,还在片片树叶上婆娑,
——正在金色树林间冥想的亲吻,
被一只灰雀吓得惊慌失措。

坐客[1]

黑眼袋囊肿，斑斑点点，眼圈像一枚
绿色指环，脚趾痉挛，如弯曲的藤条
连着腿骨，仿佛斑驳的墙壁开花吐蕊；
颅骨前顶，包裹着澎湃的波涛；

在癫痫的爱情中[2]，他们将美妙的骨骼
嫁接，植入黑色长椅，
双脚与枯瘦的芦柴混合，
日日夜夜，交织、纠缠在一起！

---

1 这首诗描述了一群坐在那里的半人半椅子的怪物，对于兰波来说，这或许就是那些墨守陈规和物质主义的象征。而根据让－卢克·斯坦梅兹的研究，这首诗是魏尔伦从兰波的练习簿中抄录，在《被诅咒的诗人》中，魏尔伦认定，兰波这首诗是针对夏尔维勒（兰波故乡）的一个图书馆管理员而写的，每有年轻人向他借一本新书，这家伙都嘟嘟囔囔地抱怨，并让年轻人站到一边。但译者认为，一首诗的缘起或因为一个人，但落笔之后，便不再局限于此，如同打开一扇窗，诗人的整个身心，或已然向世界敞开。

2 原文 des amours épileptiques，复数，"癫痫的爱情"。形容词 épileptiques，"癫痫的"，或"错乱的""狂乱的"。兰波在这首诗里刻意运用了一些医学、解剖学词汇，比如，另有阴性名词 loupe（"皮脂囊肿"）、amygdale（"扁桃体"），阳性名词 fémur（"股骨"）、sinciput（"颅骨前顶"）等，十分特别，也构成了这首诗的特殊风格。

这些老人时常编排他们的座椅,感觉
阳光跳动着,在他们皮肤上织出麻衣;
或是眼望着玻璃上融化的霜雪,
蟾蜍似的温柔颤抖、颤栗。

而座椅对他们满怀善意:
棕色草垫早已磨损,随腰身坍塌;
这些残阳似的灵魂裹在稻草里,
种子曾在其中生长萌发。

坐客们,膝盖顶着牙齿,十指轻敲,
这些绿琴师,在座椅下应和着鼓乐,
聆听忧郁的威尼斯船歌,摇头晃脑,
伴随着爱情的桨声摇曳。

哦,别指望他们站立!这是一场海难……
有如被击打的猫咪,他们得以幸存,
哼哼唧唧,缓缓伸开肩胛,哦,勃然
大怒,长裤一直鼓胀到肥胖的腰身。

你听,秃头撞向阴暗的墙壁,
他们不停地踩踏,双脚畸形,
衣扣是褐色的眼眸,从走廊里
直勾勾地盯着的你眼睛。

一只无形的手要了他们的命：
回转身，他们的目光过滤着黑色毒汁；
有如受伤的母狗，那痛苦的神情，
仿佛掉进残忍的弹坑[1]，虚汗淋漓。

拳头缩进肮脏的袖口，他们重新坐稳，
回想起当初谁曾使他们站立，
瘦弱的下巴，从黎明到黄昏，
震荡欲碎，时时涌动着串串扁桃体。

当无情的困倦将他们的帽檐[2]压低，
他们倚着座椅扶手，浮想联翩，
梦见细绳牵着一串蹒跚学步的真实
可爱的小椅子，围绕在气派的办公桌前[3]。

墨迹点点开花吐蕊，将他们轻轻摇晃，
围绕着一只只苦涩的圣杯[4]，
有如蜻蜓在菖兰花丛中飞翔——
下体在浓密的毛发间很不是滋味。

---

1 原文 entonnoir，阳性名词，漏斗，或漏斗形状的洼地，弹坑。
2 与上文"一只无形的手"一样，或暗指死亡。
3 或暗示梦见其后代（"小椅子"）过上资产阶级的生活。
4 原文 calices，阳性名词，复数，意思是"圣餐杯"。如《圣经》中的"苦杯"（calice d'amertume），亦指"苦难"，"痛苦的命运"。calice 的另一个意思是"花萼"。这里或为双关语，同时包含这两重意思。

海关检查员[1]

比起当年的"契约兵"[2]曾抡起板斧拓土开疆[3],
这些口口声声:"以上帝的名义",

---

1 这首诗也是魏尔伦从兰波的练习簿中抄录,诗歌灵感来自兰波的朋友欧内斯·德拉哈耶(Ernest Delahaye)在 1854 年到 1871 年间,童年和青少年时期的兰波都在夏勒维尔 - 梅济耶尔(Charleville-Mézières)及其周边度过。在学校就读期间(1865 年进校),兰波经常逃学,去附近乡村游玩。据他的朋友德拉哈耶回忆,那时,他常与兰波会面,一起去拉维蒂耶尔森林(le bois de la Havetière)朗读泰奥菲勒·戈蒂耶(Théophile Gautier)、班维尔(Banville),还有是魏尔伦(Verlaine)的作品。有时,他们会冒险去艾格蒙特山丘(la colline d'Aiglemont)观赏梅斯河(la Meuse)。有一点儿钱,他们就会去国外旅行,轻松穿越与几英里之外的比利时边界,各人买两包托马斯·菲利普制造厂(Manufacture de Thomas Philippe)出产的香烟,每包三便士。回来的路上,他们会唱着"小心,海关官员来了(Attention, voici les gabelous)……"这些海关官员时常出现,躲在灌木丛中,或紧随他们的脚步并问道:"先生们,这真是个适合散步的好天气……你们没有带烟草、咖啡、菊苣、猎枪火药?"他们于是展示了他们已经拆封的两包香烟,在这种情况下,他们没有违法。但这次搜查让兰波感到非常紧张,好在有惊无险。之后,他们一同返回了夏勒维尔。在这首诗里,兰波用漫画式的笔调,形象地讽刺了这些大权在握的海关检查员——"对于违法者,地狱在他们的掌心翻转!"换句话说,少年兰波曾遭遇盘查,惊魂未定。

2 原文 les Soldats des Traités,"契约兵",这里指根据契约保卫疆土的德国士兵。

3 原文 l'azur frontière,字面意思为"边境蓝天",让-卢克·斯坦梅兹认为,这么说,是因为从地图上看,边境是蓝色的。

"啥也没有"[1]的士兵、海员、帝国的残兵败将、
退役军人，根本不值一提。

口含烟斗，手持利剑，冷血又深沉，
只要丛林黑影惊现貌似野牛的口鼻，
他们便牵着猎狗一路追击、狂奔，
在夜色中，尽享残忍的乐趣。

按照现代法律，他们告发"农牧女神"[2]，
捉拿"浮士德""狄亚沃罗"[3]，
"把包放下，老伙计，别碰这个！"

当他们的公正无私[4]临到青年人，
海关检查员便将猎物玩弄于股掌之间，
对于违法者，地狱在他们的掌心翻转！

---

1 原文 macache 源自阿拉伯语词，"啥也没有"，根据让－卢克·斯坦梅兹的研究，这是从 1830 年开始，在北非的法国军队中的黑话，是在发誓时说的"绝对没有"。
2 "农牧女神"，原文 les faunesses，黑话，这里指"轻佻、无耻的女人"。
3 "浮士德""狄亚沃罗"，原文 les Fausts et les Diavolos，分别指传说中的魔法师和强盗头子。这里暗指那些挑战或逃避社会规则的人。
4 公正无私，原文 sérénité，这里说的是反话，是一种讽刺。

晚祷

我坐着生活,像天使落入理发师之手,
手握一只带凹槽的大啤酒杯[5],
弯腰垂头,齿间叼着冈比埃烟斗,
微风轻拂,鼓起难以触及的征帆船桅。

有如热腾腾的鸽粪落入旧鸽棚里,
乱纷纷的梦想将我轻微灼伤:
随后,我忧郁的心像一根旁枝,
不时浸染阴暗花影和青春的金黄。

随后,当我小心吞噬着我的梦想,
一口气狂饮三四十杯,我又回头寻找,
静思默想,散尽心头尖刻的欲望:

有如造物主主宰着大到雪松,小到海索草[6],
并得到大向日葵的默许赞扬,
我朝着棕色天空温柔地撒尿,又远又高。

---

1 原文 une chope a fortes cannelures,指带手柄的大啤酒杯,凹槽是指竖着的凹陷条纹。
2 原文 du cèdre et des hysope,"雪松和海索草",意思是从最大到最小。

巴黎战歌[1]

春天如此醒目,只因
梯也尔和庇卡尔[2]公然
从绿色官邸核心[3],
窃取了[4]春光无限!

哦,五月[5]!这些无裤党人[6]

---

1 这首诗为"现实诗篇",和《我的小情人》《蹲着》一同附在1871年5月15日兰波写给他的老师保罗·德梅尼(Paul Demeny)的信中。其时,凡尔赛政府军正驻扎在兰波的故乡夏尔维勒(Charleville)小城,一周之后将进军巴黎,镇压巴黎公社起义。兰波在信中说:"也许一周之后,我会出现在巴黎。"但实际兰波并没有去,这首《巴黎战歌》只是凭想象完成。战歌以讽刺笔调,通过滑稽而独特的表现方式,展现了敌对双方,即"他们"(凡尔赛政府军),与"我们"(巴黎公社战士)之间的正面交锋。
2 这梯也尔(Thiers)和庇卡尔(Picard),均为镇压巴黎公社的刽子手。
3 原文des Proprétés vertes,"绿色官邸",这里指凡尔赛官绿地。
4 原文vol,阳性名词,这里指"盗窃",也是"飞翔"的意义,或为双关语:指梯也尔和庇卡尔飞黄腾达,只因窃取了胜利果实。
5 五月,指1871年5月,巴黎公社与政府军激战,遭到血腥镇压,其间5月21—28日,史称"五月流血周"。
6 原文culs-nus,"无套裤汉",又译"无裤党人",通常写作sans-culotte。这一称呼源于法国大革命初期,指那些衣衫褴褛、装备低劣的革命志愿军士兵,后来泛指大革命中的极端民主派,或出身贫苦的民众或平民领袖。

多么狂热!听听那些大受欢迎者[1],
在塞弗尔、巴尼厄、阿斯尼埃尔、墨顿[2],
向春天里播种了什么[3]!

他们只有圆筒帽、马刀和战鼓,
而没有陈旧的蜡烛盒[4];
轻舟从不,从不开通航路[5],
却划开血红的湖泊!

我们再不花天酒地,
当特殊黎明
抛光的黄宝石[6]
将我们的蚁穴夷平。

梯也尔与庇卡尔都是

---

1 这里指政府军请来镇压巴黎公社的普鲁士军队。
2 塞弗尔(Sèvres)、巴尼厄(Bagneux)、阿斯尼埃尔(Asnisères)、墨顿(Meudon)、均为凡尔赛官附近的地名,巴黎公社战士在途经这些地方时曾遭遇普鲁士军队的炮击。
3 原文 Semer les choses printanières,直译为"播种着春天的什么"。这里暗指炮弹。
4 讽刺这些普鲁士军队徒有其表,已无弹药,失去战斗力。
5 原文 Et des yoles qui n'ont jam, jam……诗句"串连"到法国家喻户晓的童谣:Il était un petit navire, / Qui n'avait ja-ja-jamais navigué("它曾是一艘小船,/ 却从未出海航行")……
6 原文 les jaunes cabochons,"抛光的黄宝石",亦暗指炮弹。

诱骗向日葵的厄罗斯[1],

他们用火油绘出

柯罗[2]的图画,并大肆杀戮……

这几个老东西[3]都很会骗人!……

法弗尔[4]在菖兰花丛中装睡,

鼻子里吸入胡椒粉,

挤出几滴鳄鱼眼泪[5]!

伟大的城市道路灼热,

尽管战火纷飞,

只要你们扮演当初的角色,

我们终将使你们崩溃……

而"乡下人"蹲在那里,

---

[1] 原文 des Eros,复数,厄罗斯,希腊神话中的小爱神。这里或为文字游戏:Eros 发音如同 héros(英雄);而作为复数,与前面的 s 连读,则与 zéros(零)同音。潜台词或为:这些"英雄",什么也不是。

[2] 原文 Corot,柯罗(Jean baptiste camille 1796—1875),法国画家,传承古典绘画,并蕴含印象派风格,其绘画宁静优美,大多描绘自然美景、神话传说。

[3] 指当时的"政治三巨头":梯也尔、庇卡尔和法弗尔。

[4] 原文 Favre,法弗尔,时任法国外交部长。1871 年 5 月 10 日,法弗尔代表法国,与德国首相俾斯麦在美因河畔的法兰克福签订了投降条约,以法国战败、割地、赔款,结束了普法战争。由于条约苛刻,令战败的法国与德国结怨,引起了法国的复仇主义,也成为日后爆发第一次世界大战的根本原因之一。

[5] 讽刺法弗尔假惺惺毫无诚意。

懒洋洋一动不动[1],

任凭嫩叶新枝,

折断在红色风暴中。

---

1 原文 les Ruraux,复数,"乡下人"。这里指法国农民,其时他们只考虑自身利益,反对巴黎公社革命。

兰波故乡、夏尔维勒的老磨坊，现为兰波纪念馆。

夏尔维勒冬季严寒，夏季闷热

兰波手稿，《元音》。

我的小情人[1]

泪水的试剂,
洗净青天:
嫩树[2]垂涎,
你的雨鞋在树下……

白如月牙,
"噼里啪啦",
把护膝擦响,
我的丑姑娘!

我们在这个时代相爱,
蓝发丑女!
人们吃着水煮溏心蛋,
还有海绿[3]!

---

1 皮埃尔·布鲁奈勒(Pierre Brunel)认为,此诗是兰波对法国诗人、喜剧作家格拉蒂涅(Albert Glatigne, 1839—1873)的《金箭》一诗的滑稽模仿。
2 原文 tendronnier,指春天的嫩芽,皮埃尔·布鲁奈勒认为,这个词接近 tendron,后者指"嫩芽,少女"。此处或为双关语。
3 海绿,mouron,阳性名词,一种植物,又称琉璃繁缕,属报春花科,分布在温带和热带原野、湿地。这里泛指常用于喂养笼中鸟的细碎杂草。

一天晚上，你尊称我为诗人，
金发丑女：
往下，坐到我大腿上来，
我抽死你；

你的发乳令人恶心，
黑发丑女：
你的额头锋利，
斩断了我的曼陀林。

哎呀，我已倒了胃口，
红发丑女：
你的乳房圆溜溜，
乳沟散发着恶臭！

哦，我的小情人，
我恨透了你们！
快将丑陋的乳房，
藏进破衣裳！

到我的感情世界
这片古老的土地肆意践踏；
——嗨呀，一时间，
你们都是舞蹈家！……

你们的肩胛脱臼,
哦,我的情人,
舞蹈明星,腰肢扭扭,
快转圈圈!

为了这些肩胛[1],
我献上诗韵,
愿你们粉身碎骨,
拥有爱情!

群星黯然失色,
遍布每个角落!
备受无耻的关切,
蠢货,你们将在上帝怀里爆裂!

在皎洁的月亮底下
"噼里啪啦"
把你的护膝碰响,
我的丑姑娘!

---

1 原文 ces éclanches,"这些肩胛",是肉店用词,指羊肩胛。与前文"你们的肩胛骨"(vos omoplates)不同:omoplate 才是人的肩胛骨。这里再次突显了整首诗的风格:讽刺与幽默。

蹲着

很晚了,当米罗图兄弟[1]感到一阵恶心,
他望了望天窗,太阳像一口
擦亮的锅,让他一阵眩晕,
他眯起眼睛,把床单盖在
自己神甫的肚子上。

灰色床单下,如热锅上的蚂蚁,
他又下床蹲着,膝盖顶着颤抖的肚皮,
惊恐如一位老人,正在吞药,
因为他不得不手持白色夜壶,
从肥胖的腰间撩起衬衣!

而这会儿,他蹲在那里,脚趾蜷缩,
在明亮的阳光里,浑身哆嗦,
太阳在窗户纸上涂了一层奶黄;
在阳光里深深吸气,这家伙
像个肉珊瑚,鼻尖闪着清漆的亮光。

---

[1] 原文 Millot,根据让-卢克·斯坦梅兹研究考证,这是兰波在家乡夏尔维勒的一个朋友,名叫 Ernest Millot,日后成为一名牧师。

....

这伙计在火上煨着什么,缩着手臂,
撇着嘴,感到双腿正滑向火中,
他的短裤焦黄,烟斗熄灭;什么东西
像鸟儿一样,在他平静的肚子里晃动,
里面像是一堆杂碎!

四周,躺着一屋杂乱、笨拙的家具,
枕着污迹斑斑的破布和肮脏的肚皮;
木凳,几只怪异的蛤蟆,蜷缩在阴暗角落;
碗橱微微开口唱诗,
哼唱着吊足胃口的眠歌。

令人恶心的气息吞噬了狭窄的房间,
这家伙的头脑里被破布塞满:
他听见毛发在潮湿的皮肤间生长,
有时,是小丑重重地打嗝,
或木凳逃逸,蹒跚、摇晃……

....

晚上,月光映照着他光亮、浑圆的屁股,
在玫瑰色的雪地深处,
一个清晰的影子蹲在那里,
像一朵锦葵……异想天开,
将鼻尖朝向天空深处的维纳斯。

七岁诗人

致 P. 德梅尼先生

母亲合上作业本[1],满意地离去,
很为儿子骄傲,却没看见孩子
高额头[2]下,一双蓝眼睛,
充满了厌恶的神情。

整天为顺从捏着把汗;他很聪慧,
可谁知他身藏尖刻的虚伪,
脸上黑色的抽搐和挖苦似乎可以证明。
穿过走廊上发霉的窗帘投下的阴影,
他吐吐舌头,双拳叉在腰间,
闭上眼睛,看见密布的斑点。
一扇门从薄暮中打开:

---

1 原文 le livre du devoir,指学生作业本,或《圣经》,这里或为双关语:devoir 本义是"责任""义务",同时也是"作业"。在这首自画像式的诗歌中,诗人所要反抗的,正是以种种名义强加于少年头上的"作业"与"义务"。

2 原文 le front plein d'éminences,字面意思为"布满山丘的额头",或包含两重含义:一是指隆起、凸出的额头,即高额头;另一层意思是"高贵的额头"——阴性名词 éminence,也包含"高贵、杰出"的意思。

灯光下，人们看见他伫立高台，
凭栏唏嘘，斜阳从屋顶辉映海湾。
盛夏，当炎热令人沮丧、迟缓，
他顽固地将自己关进茅厕，享受清凉：
张开鼻翼，在那里沉思默想。

冬日，当白昼的气息轻轻扫过，
月色昏黄，照进斜横在屋后角落，
被埋进沙土中的小花园，
只因幻象压得他头晕目眩，
他听见斑驳的树篱枝叶缤纷，
唯有这些可怜的孩子是他的亲人：
他们身体孱弱，露着脑袋，目光黯淡，
在集市上穿着气味难闻的老旧衣衫，
用枯黄的小脏手捂住眼睛，
说话支支吾吾，含着痴痴的柔情！
这种不洁的怜悯，让母亲心生恐惧，
倘若偶然发现，会震惊不已——
这孩子何以如此深情？
这很好。她有一双会撒谎的蓝眼睛！

七岁，他开始写小说，
写大漠自由放浪的生活，
森林、太阳、河岸、芳草！
——他红着脸，独自翻阅插图小报，

看嬉笑的西班牙女郎和意大利姑娘。
当邻居工人的女儿——八岁,疯狂,
栗色眼睛,身穿印第安布裙,
瞧这个小野妞渐渐走近,
在一个角落,一下跳骑
到他的背上,甩着小辫子,
他在她下面,猛咬一口她的屁股,
是的,那个女孩从来不穿长裤;
被她一顿拳打脚踢,
带着她皮肉的滋味回到屋里。

害怕十二月里阴暗的星期天,
他梳妆整齐,坐在桃木小圆桌前,
读着菜色封面的《圣经》;每天夜里,
梦想都压迫着他,在阴暗的斗室。
他不爱上帝,却在阴暗的黄昏,
凝视着身穿黑色工装的人群返回小镇,
听差役敲响三通鼓,大声宣读公告,
人群抱怨着,发出阵阵哄笑。
——他梦想着爱情牧场,光辉的涌浪,
神圣芳香,金色青春起伏跌宕!

喜欢体味幽深的事物,他登上
空寂的蓝色小阁楼,关上百叶窗,
呼吸着屋内潮湿的空气,

阅读自己的小说，酝酿构思，
字里行间布满低垂的暮云，水淹的野树，
霜花开满繁星点缀的丛林灌木，
晕眩、崩塌、溃散、悲悯！
——这时，楼下的街区传来吵嚷的声音，
——独自一人枕着粗布床单，
强烈感受着激荡的征帆！

      1871 年 5 月 26 日

教堂穷人

在教堂的各个角落,挤靠在橡木椅之间,
呼出温热难闻的气息,所有目光都盯着
流金的圣坛和唱诗班,
二十张嘴正高唱虔诚的圣歌;

仿佛从烛光里嗅到面包的香气,
幸福又屈辱,像是被棒打的狗,
穷人向雇主、老爷和仁慈的上帝,
发出执着而可笑的祈求。

在上帝让她们熬过了黑色六天之后,女人们
总算能坐上这光滑的长椅,好不容易!
她们紧裹着奇特的皮袄,扭动着腰身,
摇晃着那些哭得快要昏死过去的孩子。

肮脏的乳房露在外面,她们正在喝汤。
从不祈祷,她们只做出一副祈祷的样子,
愤愤不平地望着那群小姑娘——
她们歪戴着帽子,在大街上招摇过市。

外面有人饥寒交迫,有人酩酊大醉。
这很好。又过了一小时;还是痛苦难忍!
——这时,只听见周围有人正哼哼唧唧,
那是一群下巴拖着赘肉的老妇人:

这里是一群受惊吓的人和癫痫病人,
昨天,人们刚从那里的十字路口转弯;
伸长了鼻子钻进古老的弥撒经文,
这些盲人被一条狗领进了庭院。

所有人都流露出乞丐的愚昧信仰,
向着耶稣喋喋不休地诉苦抱怨,
耶稣在高处梦想,苍白的玻璃让他脸色蜡黄,
早已远离了瘦骨嶙峋的罪人和大腹便便的混蛋;

远离了肉香和织物散发的霉味,
远离了行径拙劣的阴暗闹剧;
——而祈祷声声,说得天花乱坠,
神神秘秘的话语隐含胁迫的语气。

当夕阳沉入圣殿,富人区的贵妇身着
庸俗的丝绸褶裙,正春风得意,

——哦,耶稣!——这些肝病患者[1],
正在圣水盆里,浸润她们枯黄的长手指。

1871 年

---

[1] 原文 les malades du foie,字面意思为"肝病患者",引申义为"酒色之徒"。再者,近似 les malades du foi,"信仰的病人",发音也相同。根据上下文,或包含这一层引申义,亦未可知。

被盗的心

我忧郁的心在船尾垂涎[1],
我的心被烟草[2]熏黑:
他们在我心里泼洒汤汁,
我忧郁的心在船尾垂涎……
士兵们阵阵浪笑,
肆意挖苦、戏谑,
我忧郁的心在船尾垂涎,
我的心被烟草熏黑!

显示勃起的[3]年轻士兵,
凌辱、腐蚀了我的心!
看那船舵之上,
士兵的画作如此淫荡,
哦,神奇的流水,
带走我的心,将它涤荡洗净!

---

1 原文 Mon triste coeur bave à la poupe,"我忧郁的心在船尾垂涎",其中动词 baver(原形)指"垂涎、流涎",同时指"狼狈地吃东西,邋邋遢遢地流口水"。
2 原文 caporal,"烟草",另一个意思是"下士"。这里或为双关语。
3 原文 Ithyphalliques,形容词,指(艺术上)表现阴茎勃起的(雕像)。

显示勃起的年轻士兵,
凌辱、腐蚀了我的心!

他们嚼完干烟草,
就像酒神巴库斯一样打嗝[1],
哦,被盗的心,又当如何?
当他们嚼完烟草:
我一阵反胃,
可如果我的心被吞噬:
当他们嚼完烟草,
哦,被盗的心,又当如何?

1871 年 5 月

---

[1] 原文 bachique,形容词,指"酒神巴库斯的"。参见米开朗基罗 1496 年的雕塑《酒神巴库斯》。

巴黎狂欢节或人口剧增[1]

哦,到站了!快冲进站台[2],胆小鬼们!
太阳已用它火光闪闪的肺,扫清
夜晚的大街,街上尽是"野蛮人"[3]。
这就是坐落在西方的美丽之城!

前进,别让火势消退[4],向前猛冲,
这里是站台,那儿是大道,那些房屋
悬于火光映照的缥缈天空,

---

1 读这首诗,须大致了解其历史背景,否则难以理解:普法战争中,法国战败,于1871年1月28日签署停战协定。同年3月1日,德国军队开进香榭丽舍大街。3月18日,巴黎公社成立。4月7日,藏身凡尔赛宫的阿道夫·梯也尔政府军轰炸了讷伊(Neuilly),开始收复巴黎。5月21日,凡尔赛政府军进入巴黎。5月21日至28日,"五月流血周",巴黎公社失败。魏尔伦曾在《被诅咒的诗人们》说,这首诗歌创作于1871年"五月流血周"之后的第二天。

2 原文 dégorgez dans les gares,其中动词 dégorger(原形)本意为"吐出""流出""疏通""排出"。这里指一群"野蛮人"如"呕吐"一般下车,冲进站台。

3 原文 Les Barbares,复数,大写的"野蛮人"。

4 原文 On préviendra les reflux d'incendie,这里"火势"或指"五月流血周"期间的轰炸,各种暴力冲突,尤其烧毁王权的革命烈火——由此"夺回劳动果实"。

这天傍晚，炸弹的火光星罗棋布！

将死亡的宫殿[1]装进木制灵柩[2]！
古老的恐怖之日让你们耳目一新。
这里是一群扭动腰肢的赤色野兽：
发疯吧，倘若害怕，即刻沦为笑柄。

一群发情的母狗舔舐着黏稠的饮食，
金屋[3]之中有人在向你们惊呼：
这狂欢之夜正在抽搐，猛抢，狂吃！
并冲上大街，哦，悲伤的酒徒，

痛饮！当疯狂的烈焰从身边深挖
滚滚财源，你们竟毫不眼馋，
呆若木鸡，一言不发，
两眼望穿杯底，白茫茫一片深渊，

吃呀，为女王干杯！瞧她的屁股稀里哗啦[4]！

---

1 指巴黎旧王宫，杜伊勒利宫，1871 年 5 月 23—24 日曾发生火灾，之后加盖木板以掩盖废墟。

2 原文 des niches de planches，本意："木制壁龛""（猫、狗）窝"。这里或指棺木、灵柩。

3 原文 le cri des maisons d'or，"金屋中的叫喊"，其中的"金屋"，根据让-卢克·斯坦梅兹注释，这里指位于拉菲特（Laffitte）街角、建于第二帝国时期的华丽房屋。

4 原文 Avalez, pour la Reine aux fesses cascadantes：这里的 avalez 本意为"吞噬"，或可理解为狂吃猛喝，为"屁股稀里哗啦的女王"干杯，暗示巴黎这位"女王"已沦为妓女。

听那些蠢货打嗝，是怎样的撕心裂肺！
还有那火光之夜上蹿下跳的傻瓜、
鬼哭狼嚎的奴才、老朽、傀儡！

哦，肮脏的心，嚅动的口，
再加把劲儿啊，臭嘴巴！
餐桌已为麻木不仁备下浊酒……
哦，胜利者！让耻辱在你们肚子里消化！

张开你们的鼻翼呼吸这绝妙的恶心、丑陋！
用剧毒的呕吐[1]浸润你们的声带、喉咙！
在你们孩童般的后颈，诗人垂落交叉的双手，
对你们说："胆小鬼，还不发疯！

"因为你们在那'女人'[2]的肚子里深挖，
害怕她再次抽疯、痉挛，并大声叫喊，
将你们一窝可耻的幼崽狠狠重压
在她胸前，让他们窒息、瘫痪。

"梅毒病人、蠢货、小丑、傀儡、国王，
她在乎你们什么，巴黎这个妓女，

---

1 原文 de poisons forts，字面意思是"剧烈的毒药"，这里应指饮酒过量导致的呕吐（物）。
2 原文 la Femme，这个大写的"女人"或指巴黎。而"你们"是指狂欢的革命者，"悲伤的酒徒"。

你们的灵魂、身体,你们的毒药、破衣裳?
她将甩掉你们,这堆丑恶的烂泥![1]

"当你们扑倒,内心翻江倒海,身体
动弹不得,仍在疯狂地索要钱财,
而赤色美人丰满的乳房仍充满战斗气息,
她将展示铁拳,将你们的惊恐彻底抛开!

"当你的脚尖在怒火中狂舞,
巴黎!当你满身刀伤,
当你倒下,明亮的双目
仍含着一丝猛兽重生之愿望。

"哦,奄奄一息的城市,忍受痛苦,
头颅与双乳尽都抛向'将来'[2];
将来的城,或受到阴暗'过去'的祝福[3],
将十亿扇门在你的苍白之中打开:

"身体因巨大的阵痛而重现魅力[4],

---

1 原文 Elle se secouera de vous, hargneux pourris,其中 Elle,"她"同样指"巴黎,这个妓女"(v40): Rimbaud affirme, à propos de "la putain Paris": "Elle se secouera de vous, hargneux pourris!" C'est la même putain qui se donne et qui se vengera. C'est à dire que Paris se débarrassera d'eux, elle se vengera d'eux .
2 或可参见德拉克洛瓦的名画《自由领导人民》。
3 原文 Cité que le Passé sombre pourrait bénir……直译为"阴暗的过去或可祝福的城市",这里指巴黎,将来的城,重建她,须要阴暗过去的祝福。
4 原文为形容词 Corps remagnétisé,再现磁力,或再度迷人的身体。

你再度渴饮可怕的生命！感到苍白的小虫
在静脉之中汩汩涌流[1]，冰凉的手指，
在你闪亮的爱情之上游动！

"这并不太坏，小虫，苍白的蛆虫，
并不比湮灭女神像目光[2]的斯提志[3]
更阻碍你'进步'的冲动——
那时的碧空，曾落下金星泪雨。"

尽管你满目疮痍，令人恐惧；
尽管人们从未在绿色"大自然"
创造过如此腐臭的城市，
但诗人告诉你："你的美光辉灿烂！"

风暴献给你最后的诗意，
巨大的震撼给你支撑；你的使命坚定，
死亡沉吟，被拣选的城市！
用沉重的号角聚集心中凄厉的哀鸣。

诗人将发出卑贱者的啜泣，

---

1 这里"你"指巴黎，人格化的女性，在这座"濒死的，奄奄一息的城市"重现活力（魅力、磁力），只因人群涌上大街，一如小虫在静脉中汩汩而流。
2 原文 Cariatides，复数，"女像柱"，也写作 Cariatyde，源自希腊语，指古希腊建筑中代替石柱的女神雕像。
3 斯提志，原文 Stryx。也写作 Stryge，源自希腊语，是希腊神话中半人半鸟的鸱鸮猛禽，吸小孩的血，因此也是吸血鬼。

魔鬼的心声，苦役犯的仇恨；
他的爱情之光将鞭笞女人。他的诗
欢蹦乱跳：给你！给你！你这恶棍！

——社会，一切重建：风暴朝向
向着古老的妓院发出苍老的哀号，
疯狂的瓦斯越过红墙，
向着灰白的苍天熊熊燃烧！

让娜-玛利之手[1]

让娜-玛利有一双强悍的手,
被夏日熏染,阴影重叠,
一双苍白的手,如死者所有,
——像女唐璜[2]之手一样热烈?

它们曾在快乐河上,
摄取棕色凝脂?
曾浸入宁静池塘,
皎洁的月光里?

它们曾高踞美丽双膝,
啜饮野天?
曾卖过钻石,
卷过雪茄烟?

---

1 这是对巴黎公社女性的赞美。在兰波眼里,这位让娜-玛利是一位勇敢无畏的革命女性,中世纪女巫的现代转世,她的双手神秘而有力量,它们挣脱了奴役的枷锁,拿起武器,为争取自由而战并创造奇迹。
2 原文 Juana,女唐璜,西班牙语姓名。Don Juan 为唐璜,西班牙传说中的风流浪子,文学中的情圣。参见拜伦的长诗《唐璜》。而这首诗成功塑造了一位女性唐璜神秘而光辉的形象。

它们曾使金色花朵,
在马利亚燃烧的脚上枯萎[1]?
那是颠茄[2]的黑血闪烁,
并在其掌心安睡?

那双手曾在黎明的蓝光中
捕捉嗡嗡飞行,
奔向花蜜腺的昆虫?
那双手曾将毒液过滤澄清?

哦!当它们醒来,打着哈欠,
会是怎样的梦,落入双手?
梦境源自可汗卡瓦[3]、锡安[4],
或一个亚洲的离奇美梦?

——这双手不卖橘子,

---

1 女人们通常会在圣母马利亚像前点燃蜡烛祈祷,祈求亲人平安。参见《醉舟》,(P143 注释 1)。
2 原文 belladone,阴性名词,"颠茄",一种茄科草本植物,含剧毒。学名 belladonna 源于意大利语的 bella donna,意为"漂亮女人"。因古人曾提取其果实成分制作女性散瞳眼药水。兰波在此或用作双关语。
3 可汗卡瓦,Khenghavars,古波斯城市。
4 锡安,Sion,耶路撒冷的一片丘陵,常被作为耶路撒冷的代名词。这里为复数 Sions。参见《诗篇》:"愿耶和华从锡安赐福给你;愿你一生一世看见耶路撒冷的好处。"(128:5)"因为耶和华拣选了锡安,愿意当作自己的居所。"(132:13)

不在众神脚下匍匐、
变色,也不去洗
那些沉重的无眼儿[1]的尿布。

这不是表妹[2]的手,也不是
工厂女工的手——她额头宽阔,
双手在散发木料气息的厂里,
被醉在沥青中的太阳烧灼。

这双手,从不做坏事情,
尽管指骨弯曲,
比机器更致命,
比骏马更强劲有力!

有如炉火飘逸,
颤栗深深,
肌肤高唱《马赛曲》,
从不唱《蒙主救恩》[3]!

它们会掐住你们的脖子,
哦,贵妇人,将你们的手捏碎,

---

1 原文 les langes des lourds petits enfants sans yeux,字面意思为"沉重的没有眼睛的小儿的尿布(或襁褓)。"
2 原文 cousine,"表妹",俗语,指妓女。
3 原文 Les Eleisons,原本为希腊语圣歌,温柔歌唱"我主救恩",与充满血与火的《马赛曲》形成鲜明对照。

你们白里透红的手指,
那样卑鄙、污秽!

将羔羊的头[1]旋转,
这闪亮的手充满怜惜!
骄阳在充满情趣的指骨间,
镶嵌了一枚红宝石!

贱民的污迹将它染成棕色,
好像昨日的胸膛;
手背是所有自豪的暴动者
热烈亲吻的地方!

它们已变得苍白、神奇,
沐浴着爱的灿烂阳光,
穿越起义的巴黎,
端着青铜机关枪!

啊!有时候,哦,神圣的双手,
在你紧握的拳头上,
我们醉醺醺的双唇不住地颤抖,
闪光的镣铐叮当作响!

---

[1] 原文 le crane des brebis,"羔羊的头"。这里的 brebis,或为双关语:字面意义是"母羊""雌羊",转义为"信徒""羔羊"。如 les brebis de Dieu,上帝的羔羊,(天主)虔诚的信徒,la brebis de égarée,"迷途的羔羊"。

有时，有一种感动非常奇特，
在我们生命里颤栗，
天使之手，有人想改变你的本色，
让你的手指鲜血淋漓！

第一部　诗歌

仁慈的姐妹

那个青年皮肤棕红、眼放光明,
二十岁的美好身躯自然赤裸,
头戴铜环,沐浴月色,他或曾
被波斯某个未知精灵崇拜过。

激情中隐含童贞的黑色柔美,
为初次的沉醉而自豪,
有如年轻的海浪,夏夜清泪,
向着那钻石温床翻腾、倾倒;

面对这世界的丑陋,
那个青年,心怀深切而永久的创伤,
愤怒的心,剧烈颤抖,
开始对仁慈的姐妹,充满渴望。

而女人啊,尽管你满心怜悯、温柔,
但你不是仁慈的姐妹,即便拥有乌黑的凝视,
躺在棕红色阴影里的美腹,或轻巧的双手,
美妙绝伦的双乳,你从来不是。

我们全部的拥抱都在于一个悖论：
如盲女睁大了眼睛沉睡不醒，
你用自身的双乳将我们哺育成人；
我们轻摇着你美好而庄严的"热情"[1]。

你将仇恨、麻木、衰弱和你往昔
遭受的粗暴蹂躏，一并
偿还我们，哦，有如无辜的夜里，
每月一次涌流的月经[2]。

——当女性偶尔带来恐惧，
爱情，生命的召唤与行动的颂歌；
绿色"缪斯"与红色"正义"[3]，
便以她们庄严的权威，将它[4]撕扯。

---

1 皮埃尔·布鲁奈勒认为，这里存在双重悖论：提供乳汁的，正是被哺育者；摇着摇篮的圣母马利亚，本身也被人类轻轻摇曳，成了"热情"。
2 参见《太阳与肉身》第四行。
3 原文 la Muse verte et la Justice ardente，"绿色缪斯与红色正义"。或许"她们"便是"仁慈的姐妹"——"撕碎"了"那个青年"的"爱情"。——其中形容词 ardent（e），本意为"燃烧的""热情的"。而在此，兰波试图为大写的"缪斯"（Muse，即"美"）与"正义"（la Justice）树立"庄严的权威"（auguste obsession）。参见之后的《这对我们意味着什么？》及《地狱一季》开篇对"美"与"正义""截然相反"的态度——当"美"变质，当"正义"改头换面，变成了"司法审判"……。
4 原文 le déchirer，"将它撕碎"。这里的代词"它"（leé），指"爱情"。

啊！他[1]不停地渴望着辉煌与静谧，
却被两位无情的姐妹所抛弃，依照科学，
伏在滋润的手臂里呻吟哭泣，
将流血的额头，埋进开花的自然世界。

而黑色炼金术与神圣研究使这受伤的人，
骄傲而阴郁的智者深感疲惫，
他感到孤独向他袭来，如此残忍，
可他厌恶棺材的气息，依然优美。

但愿穿越"真理"之夜，他依然
相信远大目标，及漫漫"征途"与"梦想"，
并以他的灵魂和病弱的四肢向你呼唤：
哦，仁慈的姐妹，哦，神秘的死亡！

1871年6月

---

[1] 那个青年。

捉虱的姐妹[1]

当儿童的额上布满红色血痕,
祈求混沌的梦里,降临白衣军团。
两位高挑的姐妹来到床前,令人销魂,
伸出银亮的指甲,细长的指尖。

她们让孩子坐在敞开的窗前,
蓝色空气涤荡着纷乱的鲜花,
她们美妙而可怕的玉指纤纤,
穿过孩子沾满露珠的浓密的头发。

倾听着她们怯生生的气息,
在呼吸间歇的短暂时辰,
散发着幽香的玫瑰花蜜,
他舔着唇上的口水,渴望亲吻。

---

[1] 据魏尔伦的前妻玛蒂尔德(Mathilde)回忆:"兰波这段时间(1871年10月—11月)肮脏得可怕。在兰波出门后,我进入他的房间,第一次惊讶地发现,小虫在他的枕头上爬行:它们是虱子。当我告诉我的丈夫,他笑道:'兰波就喜欢把这些小虫留在他的头发里,好在遇见牧师的时候,扔给他们。'"

他听见她们黑色的睫毛在芬芳的
沉寂中跃动;温柔带电的手指
噼啪作响,华丽的指甲随即在灰色
倦怠中,将细小的虱子掐死。

这时,"慵懒"的美酒涌进心房,
连同口琴的叹息[1]醉心入梦;
随着缓慢的轻抚,潮落潮涨,
孩子时时感到一种想哭的冲动。

---

1 原文 Soupir d'harmonica,"口琴的叹息"。据学者考证,这不是现在的口琴,是当时一种玻璃薄片制成的乐器,类似口琴,可发出叹息。安托瓦尼·封加罗(Antoine Fongaro)引用夏多布里昂(François-René de Chateaubriand,1768—1848)的一段话:"那神圣口琴的哀怨,玻璃的叹息,超凡脱俗。"("les plaintes d'un harmonica divin, ces soupirs de verres, qui semblent ne tenir à rien de terrestre")作为对兰波这句诗的注释,可见这"口琴"的确可以发出叹息。

初领圣体[1]

I

这些乡村教堂实在愚蠢,
十五个坏小子把廊柱涂得乱糟糟,
他们竖着耳朵,听滑稽的黑衣人[2]
神神叨叨,他的鞋子已开始发酵:
然而太阳正透过枝叶缤纷,

---

[1] 初领圣体,原文 Les Première Communions,是基督教的一种仪式。基督徒称为领圣餐,天主教将圣餐称为圣体圣事,为七件圣事之一,并相信无酵饼和葡萄酒在神父祝圣时化成基督的体血。参见《新约·哥林多前书》(11:23—26):"我当日传给你们的,原是从主领受的,就是主耶稣被卖的那一夜,拿起饼来,祝谢了,就擘开,说:'这是我的身体,为你们舍的。你们应当如此行,为的是记念我。'饭后,也照样拿起杯来,说:'这杯是用我的血所立的新约。你们每逢喝的时候,要如此行,为的是记念我。'你们每逢吃这饼,喝这杯,是表明主的死,直等到他来。"这首诗创作于1871年7月,在"五月流血周"之后,这种对保守秩序的残酷回归,激起了兰波的愤怒与厌恶。此间诗人还创作了《与诗人谈花》和《正义者》,后两首诗分别表达了对泰奥多尔·德·邦维勒和维克多·雨果的强烈质疑。兰波非常敬佩的这两位诗人在政治上的妥协——通过放弃任何政治参与(邦维勒)或提出不切实际的折中方案(雨果),都是兰波所无法接受的,且不能容忍的。这首《初领圣体》中反基督教的情绪与诗人热切支持巴黎公社的思想密不可分。
[2] 原文 habit noir,"黑衣人",这里指本堂神甫。

在凌乱的彩窗上唤醒古老的色调。

石头总发出故乡泥土的气息,
你看那一堆堆砾石沾满沙土,
散落在因发情[1]而庄严颤栗的田地;
看那沉甸甸的麦垛旁,临近土路,
烧焦的灌木丛中,蓝莹莹的刺李,
黑桑林的树结,沾着牛粪的玫瑰花束。

每个世纪人们都要用蓝石灰和凝乳
粉刷这些谷仓——为了信仰:
如果还有什么可笑的神秘令人瞩目,
那就是圣母或耶稣圣像旁,
苍蝇正在嚼蜡,气味十足,
在牛棚、马厩金灿灿的木板上。

孩子尤其亏欠家庭,简单的家务,
让人变愚蠢的繁重工作;可冲出门外,
就将基督的牧师强有力的手指按入
肌肤的麻木彻底抛开——
人们为牧师提供了一间荫凉小屋,
好让孩子们都去阳光里把额头晒晒。

---

[1] 原文 en rut,通常指雄性哺乳动物的"发情期"。参见《太阳与肉身》开篇。

兰波手稿，《醉舟》片断。

1870年，16岁的兰波肖像。

初次身着黑衣[1]是在分蛋糕的最美一天[2],
在"拿破仑"和"击鼓的小男孩"
下面[3],"约瑟"[4]和"马利亚"[5]的画片
伸着舌头,显出露骨的爱;
科学日[6],这两幅画合并,伟大的一天,
只有这两份甜蜜回忆,印入她的脑海。

姑娘们总爱去教堂,乐于听男孩叫她们婊子,
那些男孩做完弥撒,唱诵晚祷,
就显出一副高贵的神气,
随即去军营报名参军,无上荣耀,
再去咖啡馆嘲弄那些显赫的房子,
衣冠楚楚,高唱狂野的歌谣。

---

1 指当地人在初领圣体时身着黑衣。
2 指初领圣体后,人们在庆祝之时分享馅饼。
3 在初次圣体(圣餐)的仪式上,除了分饼,牧师还会分发一些小幅宗教画片。
4 约瑟,Joseph。《马太福音》(1:18):"耶稣降生的事记在下面:他母亲马利亚已经许配了约瑟,还没有迎娶,马利亚就从圣灵怀了孕。"《圣经》和合本译为"马利亚"。
5 马利亚,Marthes,耶稣的女门徒。参见《路加福音》(1:38-42):"他们走路的时候,耶稣进了一个村庄。有一个女人名叫马大,接他到自己家里。她有一个妹子,名叫马利亚,在耶稣脚前坐着听他的道。马大伺候的事多,心里忙乱,就进前来,说:'主啊,我的妹子留下我一个人伺候,你不在意吗?请吩咐她来帮助我。'耶稣回答说:'马大!马大!你为许多的事思虑烦扰,但是不可少的只有一件;马利亚已经选择那上好的福分,是不能夺去的。'"
6 原文 au jour de science,"科学日"。或指学科学之日。

第一部

诗歌

这时，本堂神甫正为孩子们精选图片；
晚祷之后，在他的葡萄园中，
当混沌的舞曲在空中弥漫，
尽管上天禁止，他依然腿肚颤动，
脚趾抓狂；——夜色阑珊，
乌黑的海盗潜入金色夜空。

II

一位牧师选中了这个不知名的小姑娘，
——那些牧师来自郊区或"富人区"，
小姑娘神情忧郁，额头蜡黄。
她的父母看上去好像温柔的一品修士[1]。
"伟大的时日，上帝将在这额头上
降下瑞雪做个标记，为她施洗。"

III

伟大时日的前夜，孩子病倒。
先是一阵寒颤——相对于恐怖喧嚣的
大教堂，这张小床或更逍遥——
一阵超人的颤栗再度袭来："我要死了……"

---

[1] 原文 doux portiers，复数："温柔的看门人"。名词 portier 另一个意思是"一品修士""修道院的看门人"。根据上下文，这里或同时包含这两层意思。

愚蠢的姐妹以为她盗取了上天眷顾[1]，
她双手搁在心口，如此颓丧、虚弱，
细数着天使、耶稣和闪闪发光的圣母，
她的灵魂平静地汲取她的征服者[2]。

Adonaï[3]！……——在拉丁文结尾，
红莹莹的"额头"[4]在青天沐浴，
雪白宽大的衣衫从阳光里飘坠，
沾着碧空胸膛上纯净的血迹！

——为了她今日与将来的贞洁，
她紧咬着你"赦免"[5]的冰凉，
哦，锡安[6]女王，你的宽恕之清冽，
胜于水中百合与甜美的果酱。

---

1 这个女孩被牧师选中，专为她施洗，或引起其他姐妹们的嫉妒，认为她盗取或独占了上帝之爱（"un vol d'amour"）。
2 原文 vainqueur，阳性名词，"胜利者"，其发音与 vin coeur（"心酒"）相同，因而这一句在发音上，等同于"她的灵魂，就此平静地汲取她的全部心酒"。
3 Adonaï，拉丁文，旧约中对"上帝"的称呼。
4 原文 les Fronts，复数形式，大写的"额头"，这里指前面"细数"的耶稣和圣母马利亚的额头。
5 原文 Rémission，大写的（宗教意义上的）"宽恕""赦免"。
6 原文 Reine de Sion，"锡安女王"，其中 Sion，"锡安"为耶路撒冷的代名词。参见《让娜－玛利之手》，（P105 注释 4）。

IV

而后,"童女"成了书中圣母[1]。
神秘冲动有时也会夭折,
伴随着画像黯然,连同丑陋的彩图
和古老的木刻,带着阴郁的古铜色。

迷乱而羞耻的好奇心使她的蓝色梦幻
由纯洁,变得令人恐惧,
她惊讶于耶稣身上的衣衫,
在茫茫苍天四周,掩盖着他的赤身裸体。

她多想,多想延续这神圣温柔的光辉,
却把额头埋进枕头哭泣、垂涎,
她的灵魂陷入深深的伤悲,
——阴影充斥着屋宇和庭院。

女孩已不堪忍受。她骚动不安,
起身拉开蓝色布帘,让清风吹入
房间,吹进床单下面,
她火烧火燎的前胸与小腹……

---

[1] 原文 la vierge du livre,"书中圣母"。参见意大利文艺复兴时期,波提切利(Sandro Botticelli)的名画《书中圣母》(La Madone du Livre,作于1480—1481年)。

V

醒来——正是半夜,睡眠幽蓝,
挂着月色窗帘,窗前月光皎洁。
满心纯真的幻觉,来自星期天[1];
梦幻鲜红,她流着鼻血。

深感自身的软弱与内心纯洁,
为了仔细体会上帝重临的圣爱眷顾,
她渴望并想象着如此良夜,
沐浴着温柔天光,心潮起伏。

夜里,高深莫测的圣母用她灰白的寂静,
洗净所有青春的激情冲动,
她渴望着浓烈之夜,无人见证
她无声的抗争,任血液奔涌。

她的星辰秉烛,落入庭院——
只因见她成了受害者或小新娘[2],
院子里晾着一件女式衬衫,
白色幽灵将屋顶的黑色幽灵轻扬。

---

1 即初领圣体的日子。
2 指上帝的"小新娘"。

VI

她在茅厕度过圣夜。面向火烛，
一股白气从房顶的窗洞倾泻而下，
一株疯狂的紫葡萄树，
在邻家的院落轰然倒塌。

天窗形成一颗心，光彩熠熠，
院内低垂的天空在玻璃上贴满金红。
路面散发着洗衣液的气息，
黑色睡眠在墙上投下阴影重重……
....

VII

谁会说出这番话，流露这份不洁的同情[1]，

---

1 原文 ces pitiés immondes，"不洁的怜悯"。参见《七岁诗人》第 27 行，des pitiés immondes，"不洁的怜悯"。其中形容词 immonde，指宗教意义上"不洁的""邪恶的"，世俗中"卑鄙的""肮脏的"。而这正是兰波心中真正的怜悯。——兰波之所以常用"反语"，只因在他看来，这世界充满了伪善，真正值得同情的人（如《七岁诗人》中那些"在集市上身着气味难闻的老旧衣衫，/用枯黄的小脏手揞住眼睛，/说话时，语带着痴痴的柔情"的孩子；《惊呆的孩子》中的那"几个黑影"；这首《初领圣体》中被牧师选中的"不知名的小姑娘"……他们被世界鄙视，却是兰波"惟一的亲人。"在世俗眼里，对于他们的同情是"不洁的"（immonde），甚至是"卑鄙、邪恶的"，但这并不妨碍，反而加深了兰波心中对他们的挚爱与怜悯。但也正因为如此，兰波甘愿将这个词用在自己和真正的亲人身上，以决绝地"拿起武器反抗正义（《地狱一季》）"。

连同注入她心中的仇恨,哦,肮脏的疯子,
他神圣的工作仍在使世界扭曲变形,
直到麻风病最终吞噬这温柔的身体?
……………………………………

VIII

当平息了所有歇斯底里的情绪,
她将于爱情之夜的黎明,
在幸福的忧郁中,痛苦地凝视
情人梦中,无数马利亚洁白的身影。

"你可知是我害死了你?我占据了
你的口,你的心,连同你们所拥有的一切;
而我,我是个病人:哦!我情愿你们让我
躺在一堆死者中间,啜饮雨夜!

"而那时我太年轻,基督玷污了我的气息,
将厌恶之情充斥着我,直到漫过喉咙!
来亲吻我这羊毛般的密发吧,我允许你……
啊!来吧,你们会很受用。

"男人!你们不曾留意,
最多情的女子最淫荡、最痛苦,
在她意识深处,充满愚昧和恐惧,

而我们对'你们'全部的冲动都是错误!

"因为我已初领圣体,你的亲昵,
我已无从体会:你的肉身
拥抱亲吻的我的心、我的身体,
都曾遭受过耶稣的不洁之吻!"

IX

腐烂的灵魂与痛楚的灵魂
都将感受到你的诅咒遍地流淌。
——它们将沉入你不可侵犯的"仇恨",
为逃避正义的热情而走向死亡。

基督啊基督,活力的永恒窃贼,
两千年来,上帝默许你的苍白,
将不幸的女人额头钉在地上,或被
任意翻转,让她们头痛欲裂与屈辱难耐。

1871 年 7 月

正义者[1]

正义者直挺挺站在那里，
一束光打亮他的肩膀；我汗流浃背：
"你可愿看见那流星火光四溢？
并站在那里，静听银河落花流水
与蜂群般的小行星嗡嗡不已？

"在夜间闹剧中，你的额头已被窥视，
哦，正义者，你得找一片屋顶祷告祈求，
你的嘴巴在床单下喃喃低语；
如果一个迷途者来敲你的骨头，
你就说：兄弟，走你的，我有残疾！"

---

[1] 原文 L'Homme juste，"正义者"。这首诗最早在魏尔伦的笔记本中被发现，是兰波的手迹，之后魏尔伦又誊写了一遍。"正义者"，这里显然是指雨果，这位早前根西岛（Guernsey）的流放者，"阿尔莫尔的游吟诗人""家庭的胡须，城市的中流砥柱……"在兰波笔下，"比猎犬更蠢、更令人恶心"——只因雨果对"巴黎公社"采取了"跪求"和解的立场，竭力主张双方放下武器，不再相互残杀。兰波因此成了这位"正义者""忍无可忍的反抗者"——他坚定站在巴黎公社革命者一边。另外值得注意的是 L'Homme juste（"正义者"）中的 juste（"正义的"），参见《地狱一季》开篇："我拿起武器反抗正义。"也是对自诩为"正义者"的反抗。

正义者还站在恐怖的青色草地,

当日头变黑[1],"哦,

长老,不如卖掉你的护膝[2]?

阿尔莫尔的游吟诗人[3]!神圣的朝圣者!

拥有大慈大悲之手!为橄榄树哭泣[4]!

"家庭的胡须[5],城市的中流砥柱,

温柔的信仰者:噢,心灵掉进

圣餐杯,尊严和美德,恩爱与盲目,

正义者!比猎犬更蠢、更令人恶心!

我是忍无可忍的反抗暴徒!

"噢,这让我痛哭流涕,哦,蠢货,

然后捧腹大笑,笑你著名的宽恕之希望!

---

1 参见《路加福音》(23:44-45):"那时约有正午,遍地都黑暗了,直到申初,日头变黑了,殿里的幔子从当中裂成两半。"

2 雨果曾于1871年4月21日在《回想》一诗中写道:"不要复仇,我愿双膝下跪,祈求宽恕。"故兰波在此让他"卖掉护膝",讽刺其"双膝下跪"。

3 原文 Barde d'Armor,"阿尔莫尔的游吟诗人",其中的"阿尔莫尔"指根西岛及附近岛屿。在雨果的《海上劳工》中,也曾出现布列塔及芒什附近的海上群岛。

4 参见《马太福音》(26:36-38):"耶稣同门徒来到一个地方,名叫客西马尼,就对他们说:'你们坐在这里,等我到那边去祷告。'于是,带着彼得和西庇太的两个儿子同去,就忧愁起来,极其难过,便对他们说:'我心里甚是忧伤,几乎要死,你们在这里等候,和我一同警醒。'"

5 原文 Barbe de la famille,这似乎是雨果在人们心目中的形象。雨果(1802—1885)在兰波创作这首诗的1871年,已年近70。这里是个文字游戏:名词 Barbe(de la famille)与之前的 Barde(d'Armor)读音相近,拼写仅相差一个字母:barbe 为"胡须",引申为"长老";barde 是古代游吟诗人。

我是恶魔，你知道！我沉醉、疯狂、面如土色，
如你所愿！然而，一枕黄粱，
我丝毫用不着你那愚钝的头脑，正义者！

"你就是正义者，好吧，正义者！
够了！你那安详的温柔和理性，
好像鲸鱼，在夜间呼吸，你自我
放逐[1]，却又为被粉碎的权柄，
滔滔不绝地唱颂挽歌！

"懦夫，这就是你，上帝之眼！
当神圣而冰冷的脚底从我的脖颈踏过，
胆小鬼！噢，你的额上沾满了虱卵！
苏格拉底和耶稣，神圣与正义，令人厌恶！
你们依然尊崇那位暴君，在腥风血雨的夜晚。"

我在大地上呼喊，当我狂热之时，
宁静的白夜笼罩着天空，
我重新抬起头：幻影逃逸，
带走了我唇上辛辣的嘲讽……
夜风啊，向恶魔吹去！

去告诉他，而这时，在天庭廊柱间，

---

[1] 雨果曾因其政治立场，被放逐长达19年，1870年回到巴黎，受到英雄般的欢迎。

彗星与宇宙星系伸展、游荡[1]，
无灾无祸，宁静、浩瀚，
秩序，这永恒的哨兵，在光明星空徜徉，
群星鱼贯而出，游出燃烧的火网！

啊！由他去吧，他脖子上系着耻辱，
温柔得好像蛀牙上的糖，
总让我想起我的痛苦。
——好像猎犬被骄傲的小狗咬伤，
舔着它侧面流出的五脏六腑。

任他诉说那肮脏的慈悲与进取……
——我憎恨所有大肚子中国人的眼光[2]，
而后，他忽然温柔而愚蠢地唱起
哀歌，姑娘，有如孩子们濒临死亡：
哦，正义者，我们要排泄在你粗陶的肚子里！

---

1 根据皮埃尔·布鲁奈勒（Pierre Brunel）的观点，这里在讽刺性地模仿雨果《沉思集》及《诸世纪的传说》诗歌的风格及遣词造句。
2 这里是在讽刺"正义者"雨果的模样。

与诗人谈花[1]

——致泰奥多尔·德·邦维勒先生

I

就这样,总是朝向阴暗的天[2],
玉色沧海[3]在天空激荡,

---

1 这是一首讽刺诗,附在1871年8月15日兰波写给他的老师泰奥多尔·德·邦维勒先生的信中,直到1925年初次发表在《魏尔伦与兰波之心》这本书中。开篇即滑稽模仿拉马丁的名篇《湖》(Le Lac),而整首诗句句有的放矢,无情嘲讽了浪漫主义,连同帕尔纳斯派及整个诗坛的矫揉造作,并隐含巴黎公社的革命精神——对象征皇权及保皇党的"百合花"发起猛烈攻击。

2 法国浪漫派诗人拉马丁(Alphonse Marie Louis de Lamartine,1790—1869)的《湖》开篇诗云:"就这样,总是被推向新的海岸 / 在无尽黑夜中一去不复返, / 我们岂能在永恒岁月的海洋上, / 哪怕仅仅抛锚一天?"(Ainsi, toujours poussés vers de nouveaux rivages, / Dans la nuit éternelle emportés sans retour, / Ne pourrons-nous jamais sur l'océan des âges, / Jeter l'ancre un seul jour?")——兰波在此戏谑模仿:"就这样,总是朝向阴暗的天(Ainsi, toujours, vers l'azur noir…)。"并将矛头直指拉马丁、雨果,连他的导师邦维勒也未能幸免:在兰波眼里,他们总是朝向阴空暗夜,以逃避红色风暴。

3 原文 la mer des topazes,"玉色沧海",其中 topaze 为阴性名词,指黄玉、黄晶,这里"玉色沧海"亦指"闪闪发光的大海"。——或讽刺以邦维勒为代表的浪漫主义及帕尔纳斯派的东方情结——他们对东方珍奇异常向往、迷恋。

百合花将在你的夜间，
用狂喜给你灌肠[1]！

在我们这个西米时代[2]，
当植物都成了劳动者，
百合花将从你的宗教情怀[3]，
啜饮蓝色的厌恶！

——凯德莱勒先生[4]的百合花，
1830年的十四行；
连同石竹与鸡冠花，
为"游吟诗人"一并奉上[5]！

百合！百合！谁没见过！
在你的诗中，白色花瓣

---

1 原文 ces lystères 一词，意思是"灌肠""灌肠剂"。兰波将百合花令人心醉与"灌肠"相提并论，充满讽刺与黑色幽默。整首诗的风格也是如此。但研究者进一步发现，"与诗人谈花"，并未妨碍兰波自身"赏花"（参见《山谷睡人》），甚至吟诵百合（参见《奥菲利娅》）。

2 这里是一个文字游戏：sagou，阳性名词，西米，指棕榈树产生的一种淀粉状的物质。近似 sagouin，阳性名词，狒猴，引申为"肮脏、粗鲁的人"。或暗讽这个低俗的时代，人们像猴子一样，只关心食物。

3 原文 tes Proses religieuses，字面意思为"宗教散文"，指当时许多浪漫主义诗文带有浓重的宗教色彩。

4 凯德莱勒先生，monsieur de Kerdrel，保皇派诗人。从12世纪路易十四开始，百合花（lys）即用作王权的象征，百合花徽章即成为法国王室的标志。

5 暗指凯德莱勒（Kerdrel）先生1830年的诗作《图卢兹的花卉游戏》（Jeux Floraux de Toulouse），诗中将最高奖赏授予百合花。

如罪恶的女人步履婆娑,
衣袖翩翩,花枝乱颤!

亲爱的,在你沐浴时,
那浴袍注满金光,
总被晨风鼓起,
在不洁的勿忘我上!

爱情只赠你丁香花,
——哦,摇荡的秋千!
而那林间的蝴蝶花,
如黑仙女甜美的垂涎!……

II

哦,诗人,当你拥有
玫瑰,风中玫瑰,
姹紫嫣红,在月桂枝头,
音韵绕梁,千娇百媚!

当邦维勒先生
降下瑞雪,雪花飞血[1]飘扬,
打肿陌生人疯狂的眼睛,

---

[1] 暗指邦维勒的诗歌《雪的交响》,其中将雪比作白玫瑰。

叫他们在阅读中居心不良!

你们的森林,你们的草原,
哦,画面静态!
花团锦簇,变化多端,
好像长颈瓶的瓶塞!

法兰西的植物,
愤怒、可笑,得了肺病,
哈巴狗的肚皮亲密接触,
在黄昏中,静静航行;

蓝色睡莲[1]或向日葵总那么可怕,
对于初领圣体的少女,
而之后出现的玫瑰的版画,
可是神圣的主题!

歌颂阿育王[2]的画作,
配上少妇倚窗的诗行;
大蝴蝶闪烁,
排泄在雏菊上。

---

1 或暗指法国诗人卡杜勒·芒代(Catulle Mendès,1841—1909)的诗歌《莲花之苦难》。
2 原文 Aśoka,梵语 अशोक मौर्य,约公元前 304 年—前 232 年,简称为阿育王,意思是"无忧王",印度孔雀王朝的第三代君主,印度最伟大的国王之一,也是一名佛教徒,为佛教护法,给佛教带来繁荣。

陈旧的碧绿，老旧的饰条！
哦，植物的小吃！
旧沙龙里的奇花异草！
——不适合响尾蛇，只适合金龟子！

泪水涟涟的植物娃娃，
格朗维尔[1]给它们绣上
花边，又在眼罩下，
喂它们恶意的彩色星光！

是的，你们用芦笛吹奏的文字，
制成精美的糖丸[2]！
——百合、丁香、玫瑰、菩提……
旧帽子里的一堆煎蛋！

Ⅲ

哦，白色猎手，马不停蹄，
穿越惊慌的原野[3]，
你难道不可以、

---

1 格朗维尔，Grandville（1803—1843），法国漫画家，给植物赋予了表情、品格与热情。
2 原文 glucoses，复数，"葡萄糖"。
3 这里或指牧神潘，参见前文《牧神的头》中："惊慌的牧神睁开双眼，洁白的牙齿咬着红花……"

不应该学一点植物学?

我担心你会用斑蝥[1]代替
棕红的蟋蟀,用里约的金辉,
取代莱茵河的碧蓝,总之,
以佛罗里达代替挪威:

然而,亲爱的,这是真的,
——现如今,艺术
再不能以六音步的蟒蛇[2],
来描述惊人的桉树;

在那儿!……就像桃花心木
即便在我们的圭亚那国,
也只能侍奉卷尾猴的瀑布,
藤蔓缠绕的极度狂热!

总之,一朵花,迷迭香
或野百合,盛开或枯萎,
她又怎能比得上

---

1 斑蝥,一种热带昆虫,原文为大写的 Cantharide,这里暗指法国诗人勒贡特·德列尔(Leconte de Lisle,1818—1894)的诗歌《热带丛林》。
2 原文 Des constrictors d'un hexamètre,"六音部的蟒蛇",其中阳性名词 constrictor,专指将猎物缠绕并绞死的蟒蛇。这里指传统的亚历山大诗体已不再适合表现新奇的事物:它或将像蟒蛇一样,将诗歌缠绕并勒死。

一粒鸟粪，或一滴烛泪？

——我怎么想就怎么说！
而你，还静坐在那间
绿竹小屋，——关着
百叶窗，拉上棕色波斯窗帘——

你掠过鲜花朵朵，
像瓦兹河一般轻狂！……
——诗人！没有什么
比这更自大狂妄！……

IV

别提那春天的潘帕斯草原，
恐怖暴动的黑手，
说说那烟草与棉田！
还有那异域的丰收！

说说那被菲比斯[1]晒黑的脸颊，
哈瓦那的佩德罗·维拉斯盖[2]，
需要付多少美元才能租下；

---

1 原文 Phébus，菲比斯，太阳神阿波罗的别称。
2 佩德罗·维拉斯盖，Pedro Velasguez，地名，位于哈瓦那。

连同索朗特海[1]！

数千只天鹅从海上游来；
你的诗节[2]将化为声声召唤，
只为被砍倒的红树残骸，
充满七头蛇[3]与刀剑！

你的四行诗[4]浸没于
流血的丛林，却转向众人，
对于诸如白糖、橡皮、
咳嗽糖浆，发表高论！

让我们通过"你"去追踪
雪鸟[5]飞向热带[6]
闪烁的金光，是产卵的昆虫，

---

1 索朗特海，原文 la mer de Sorrente，拉马丁、邦维勒都曾在诗中吟咏这片海。参见邦维勒《奇绝的颂歌》(《Odes funambulesques》)。
2 原文 tes Strophes，"你的诗节"。Strophe，阴性名词，指（希腊悲剧中合唱三段中的）首段。亦指（诗的）"节"。
3 原文 hydres，希腊神话中的七头蛇——生有七头，斩去之后仍会再生，为赫拉克勒斯所杀。
4 原文 quatrain，"四行诗"。
5 原文 Des Pics neigeux，"雪鸟"，"雪啄木鸟"或"雪山"。其中大写的 Pic 为阳性名词，一词多义："啄木鸟""山峰""尖顶"，这里无从取舍，包含所有这些词义。参见《元音》: E……lances des glaciers fiers，"巍峨的冰峰"。
6 原文 les Tropiques，阳性名词，复数，大写，指"热带地区"。作单数时，指"回归线"。

或是无数细密的苍苔!

去发现,哦,猎手,我们情愿
让大自然用茜草之芳馨,
在长裤里孵卵,
——为了我们的大军[1]!

去睡林边缘[2],寻觅
面孔似的鲜花,
她们脸上的金色香脂,
在水牛阴暗的毛发间融化!

去疯狂的牧场,发现
蓝草闪烁的银色青春,
花萼盛满火卵,
在液汁中沸腾!

去发现毛茸茸的飞廉[3],
其中十头火眼金睛的野驴,
正在草丛中结绳纺线!
去发现花丛中的座椅!

---

1 原文 garances,茜草,阴性名词,复数,一种可用作染料的红色草,当时法国军队穿着的军裤颜色,就是用这种茜草染成。参见《罪恶》。
2 参见《牧神的头》,及马拉美《牧神的午后》。
3 原文 Chardons,复数,"飞廉",亦作"飞帘",一种带刺的菊科植物,又称"蓟"。

是的,去发现近似石头的花朵
那黑色矿脉之心地,
——卓越的鲜花!它们坚硬的
金色卵巢,藏着宝石样的扁桃体!

为我们表演吧,哦,闹剧演员[1],
你能在金红的盘子里煎熬,
熬出百合糖浆之甘甜,
腐蚀我们的银勺!

V

有人将说起伟大的爱情
是阴暗"赦免"[2]的窃贼,
但诃南[3],或小猫米尔[4],都未曾
见过擎天的第尔斯[5]那碧蓝的光辉!

是你,通过芳香,使我们

---

1 原文 Farceur,(旧时)"闹剧演员""笑剧演员"。
2 原文 Indulgences,大写,复数,指(宗教的)"赦罪""赦免"。
3 诃南,Renan(1823—1892),法国作家,著有《科学的未来》《以色列人的历史》。
4 小猫米尔,le Chat Murr,德国作家霍夫曼(Hoffmann,1776—1822)童话故事里的角色。
5 第尔斯,Thyrse,古希腊神话中酒神的女祭司所执的酒神杖,缠绕着常春藤,具有非凡魔力。

从麻木中产生歇斯底里；
是你激励我们走向天真，
比马利亚[1]更诚实……

商人！佃农！通灵者！
你的诗韵殷红或雪白，
如燃烧的钠火，
似橡胶从树里涌出来！

游吟诗人！你的黑色诗歌
折射出墨绿、嫣红、纯洁，
绽放奇异的花朵
与电光蝴蝶！

看吧！这是地狱的世纪！
耸立的电线杆——
竖琴般奏响钢铁琴曲，
装饰你美妙的双肩！

尤其说到土豆的疾病，
行间字里，
要合辙押韵，
让诗歌充满神秘。

---

1 原文 Maries，马利亚，参见《初领圣体》和《醉舟》。

应该从特雷吉埃[1],
读到巴拉马里波[2],
再去阿谢特社里[3]购买
费吉埃先生的画册!

---

1 特雷吉埃,Tréguier,河南的故乡,位于布列塔尼的一座城市。
2 巴拉马里波,Paramaribo,圭亚那的一个地名。
3 阿谢特,Hachette,出版社名,一位名叫费吉埃的(Léon figuier, 1819—1894)的作者,曾于1865年在此出版了《植物史》。

醉舟

沿着无情的河水顺流而下,
我[1]已感觉不到纤夫引航:
咿咿呀呀的红种人把他们当成活靶,
赤条条钉在彩色的旗杆上[2]。

我已抛开了所有船队,
它们满载弗拉芒小麦或英吉利棉花。
当喧闹声和我的纤夫们一同破碎,

---

1 我,即"醉舟",是小船本身开口说话,完美实现了"我是另一个(Je est un autre)"。参见兰波1871年5月15日致保罗·德梅尼书信。
2 红种人,原文 les Peaux-Rouges,复数形式,有两种解释:一是指美洲的印第安人。和同时代的年轻人一样,兰波也读过一些美国探险小说,如詹姆斯·费尼莫尔·库柏(James Fenimore Cooper,1789—1851)的作品,其中包括对红皮肤的印第安人的描述。另有夏多布里昂的小说,如《阿达拉》第一页所描述的美洲"千条河流"及神秘的印第安部落,红皮肤的印第安人将俘虏"挂在多彩的旗杆上",其中 un poteau 一词为"旗杆"或"木柱"。另一说在俾斯麦的引文中找到了证据,并将《醉舟》看作是政治寓言:由于巴黎民众对停战协议感到愤怒,1871年2月26日,在巴士底广场(Place de la Bastille)对自己队伍中一个名叫贝纳尔丹·维桑兹尼(Bernardin Vincenzini)的间谍实施了私刑,将他扔进了塞纳河。德国首相俾斯麦在美国一家报纸上声称:"巴黎人都是红种人。"从这个意义解释,"红种人"即赤色革命者。

河流便放任我，随我漂流天涯。

又一个冬季，任狂怒的潮汐汩汩滔滔，
而我，比孩子的头脑更沉闷，
我狂奔！松开缆绳的半岛[1]
也从未领受过如此壮丽的混沌[2]。

进入大海守夜，我接受风暴的洗礼，
在波浪上舞蹈，比浮漂更轻；
据说这浪上常漂来遇难者的尸体，
可一连十夜，我并不留恋灯塔稚嫩的眼睛！

比酸苹果肉在孩子的嘴里更甜美，
绿水浸入我的松木船壳，
洗去周身的蓝色酒污和呕吐污秽，
冲散了铁锚与船舵。

至此，我浸入了诗的海面，
静静吮吸着群星的乳汁，
吞噬绿色地平线；惨白疯狂的浪尖，
偶尔会漂来一具沉思的浮尸；

---

1 夏多布里昂曾在《美洲航行》中写道："春天，密苏里州从其海岸剥离大片土地。这些漂浮的岛屿散落至河边，树木覆盖着花叶，有些还立着，另一些则已半倒伏，令人称奇。"
2 原文 tohu-bohus，复数形式，"混沌"。兰波在此借用了一个希伯来语 tohu-bohu，意指"开天辟地前的混沌"。

此时火红的天光骤然浸染了
青蓝、疯狂与舒缓的节奏,
比酒精更烈,比竖琴更辽阔,
爱情酿出苦涩的棕红色狂流!

我领略过霹雳闪闪的苍穹,
深谙激浪、湍流与龙卷风;我洞悉黑夜,
黎明激荡不已,有如鸽群腾空,
我偶尔看见人们自认为见过的一切!

我看见低垂的太阳带着恐怖的斑点,
神秘莫测,映红紫色的凝血,
有如古代的戏剧演员,
远去的波浪翻动窗户上的百叶!

我梦见雪花纷飞的绿色夜晚,
一个亲吻缓缓升向大海的眼睛,
新奇的液汁涌流循环,
磷光歌手[1]眨着橙蓝的明眸苏醒!

一连数月,我随着激浪冲撞暗礁,
好像歇斯底里的母牛,

---

1 这里或指海上发光的微生物,如夜光海藻。

并不指望马利亚闪亮的双脚[1]
能降伏呼啸的海洋中的猛兽!

你可知我撞上了不可思议的佛罗里达,
在鲜花中渗入豹眼和人皮!
紧绷的彩虹如缰绳悬挂,
勒着海上青牛、马驹!

我看见大片的沼泽澎湃、发酵,
海怪在灯心草的罗网中腐烂!
风暴来临之前巨浪倾倒,
遥远的瀑布坠入深渊!

冰川,银亮的太阳,珍珠色的碧波,
炭火般的苍穹!棕色海湾深处,沙滩蛮荒,
虫蛀的巨蟒从扭曲的树枝间坠落,
发出迷人的黑色幽香!

我真想向孩子们展示这些鲷鱼浮游,
在蓝色波浪中,这些会唱歌的鱼,
金色鱼群——鲜花泡沫摇荡着我的漂流,
难以言说的微风时而鼓起我的翅羽。

---

[1] 通常渔民出海,女人们会在圣母马利亚的像前点燃烛火,祈求风平浪静,亲人平安归来。

有时，殉道者厌倦了海角天涯，
大海的呜咽为我温情摇橹，
向我抛洒夜光海藻[1]，大片阴暗的鲜花，
我凝神屏息，如双膝下跪的少妇……

有如一座小岛，鸟粪和纷乱的鸣叫
从栗色眼睛的飞鸟之间纷纷飘坠，
我正航行，这时，沉睡的浮尸碰到
我脆弱的缆绳，牵引我后退！……

而我，一叶轻舟迷失在杂草丛生的海湾，
又被风暴卷入一片无鸟的天湖，
那些炮舰和汉莎帆船[2]，
已不再打捞我水中沉醉的尸骨；

静静地冒烟，随紫气升腾，自由自在，
有如穿墙而过，我洞穿了赤色上苍，
凭借碧空涕泪与阳光苍苔，
给诗人带来甜美的果酱；

---

1 原文 ses fleurs d'ombre aux ventouses jaunes，"带有黄色吸盘的阴暗鲜花"，其中阴性名词，ventouse，指"（一些动物的）吸盘""（医用）火罐"，这里或指吸附浪花的"夜光海藻"。
2 原文 les violiers des Hanse，指汉莎同盟的帆船——形成于12世纪中期，14世纪晚期到15世纪初达到鼎盛，一度垄断波罗的海地区贸易。15世纪中叶后逐渐解体。如今德国国家航空公司仍以"汉莎航空"命名。

披着新月形的电光,我疾速奔流,
如疯狂的踏板,由黑色海马护送,
天空像一只燃烧的漏斗,
当七月用乱棍击溃天青色的苍穹。

一阵战栗,我感到五十里[1]之外,
发情的巨兽和沉重的漩涡正呻吟、颤抖;
随着蓝色的静穆逐浪徘徊,
我痛惜那围在古老栅栏中的欧洲!

我看见恒星的群岛,岛上
迷狂的苍天向着航海者敞开:
你就在这无底的深夜安睡、流放?
夜间金鸟无数,哦,那便是蓬勃的未来?

——可我已伤心恸哭!黎明这般凄楚,
尽是残忍的冷月,苦涩的阳光:
辛酸的爱情充斥着我的沉醉、麻木。
哦,让我通体迸裂,散入海洋!

若是我渴慕欧洲之水,那该是
一片阴冷的碧潭,一个孩子跪蹲在水边,
伤心欲绝,朝向芬芳的黄昏,放出一只

---

[1] 原文 cinquante lieues,"五十里"。这里的 lieue 指法国古里,1 古里相当于 4 公里。

脆弱有如五月蝴蝶的小纸船。

哦，波浪，在你的疲惫之中起伏跌宕，
我已无力去强占运棉者的航道，
无心再领受火焰与旌旗的荣光，
也不想再穿过那面目狰狞的浮桥[1]。

---

[1] 原文 ponton，阳性名词，"浮桥""码头""趸船"，这里暗示押送囚犯的船只。拿破仑战争（1804—1815）期间，英军曾用这种船只扣押法军俘虏。1871 年 5 月，巴黎公社失败，被俘的公社战士也曾被囚禁在这种船上，并押运至蛮荒、偏远的流放地。《醉舟》作于 1871 年巴黎公社失败后，全诗通篇（如"红种人""五月蝴蝶""面目狰狞的浮桥"）隐含着巴黎公社失败的阴影。

元音

A 黑，E 白，I 红，U 绿，O 蓝：
元音，我终将道破你们隐秘的身世。
A，苍蝇身上闪亮的黑绒胸衣，
围着残忍的恶臭嗡嗡不已，阴暗的海湾；

E，汽船和乌篷的天真，巍峨的冰峰，
白袍皇帝，伞形花的惊怵；
I，殷红，咳出的鲜血，美人嗔怒
或频饮罚酒时朱唇上的笑容；

U，圆圈，青绿海水神奇的颤栗，
牛羊成群的牧场的宁静，炼金术士
安详的皱纹，刻在智者宽阔的额上。

O，奇异而尖锐的末日号角，
任凭星球与天使穿越的寂寥：
——哦，奥米茄，她眼里紫色的柔光！

兰波故乡，夏尔维勒火车站，1870年8月29日，兰波就是从这里出走，去往巴黎。

第一次出走，兰波就因逃票而被关进马扎的这所监狱。

波德莱尔肖像，兰波称之为"诗人的皇帝"。

兰波手稿，诗歌《乐曲声中》，1870年。

星星在哭泣……

星星在你耳心为玫瑰哭泣呻吟,
无限将苍白从颈项传至你腰间;
大海从你朱红的双乳沁出红晕,
人类将黑血凝在你高贵的胁边。

乌鸦[1]

主啊，当牧场冰冷，
当悠悠钟声止息，
萧瑟荒村，一片死寂……
大自然草木凋零，
从浩渺长天，降下
一群亲切、美妙的乌鸦。

这奇异的军旅发出厉声嚎叫，
寒风侵袭了你们的巢穴！
你们沿着枯黄的河流飞越
通往圣像的古道，
飞越壕沟、山洞，
分散，又重新聚拢！

在法兰西冬天的原野上，
成千上万的死者日前在此长眠，
你们黑鸦鸦的一群在上空盘旋，

---

1 《乌鸦》与《加西河》作于1870—1871年间，其时，普法战争刚刚结束，法兰西惨败，整个国家笼罩着一片愁云惨雾。

让路上行人驻足回想！
哦，我们送葬的黑鸟，
或为履行天职声声哀嚎！

然而，天空的圣徒，在橡树[1]上空，
俯瞰五月草长莺飞，
桅杆隐没的黄昏如此静美，
只为牧场上，幽深的灌木丛中，
那些永远无法逃离的人们，
战争的失败已无可挽回。

---

1 原文 en haut du chêne，"在橡树上空"。或有引申义：képi à feuilles de chêne，"绣有橡树枝叶的军帽（法国将级军帽）"。

记忆

I

清亮的水，如童年泪水中的盐，
女人身体的洁白对阳光的反射，
绵延的丝绸，纯如百合，
圣女[1]守卫的城墙下，旌旗招展；

天使的嬉戏；——不……是金流缓缓，
在草丛中晃动沉沉手臂，幽暗、澄清。
阴影重叠，以青天作屋顶，
呼唤山丘、小桥的影子来作窗帘。

II

哎呀！潮湿的幽窗轻吐纯净的气泡！
流水在床上铺开深不可测的苍白金流。

---

1 原文 quelque pucelle，暗指圣女贞德（Jeanne la Pucelle，原名 Jeanne d'Arc，1412—1431 年），天主教圣徒，法兰西民族英雄，曾在英法百年战争（1337—1453 年）中率法军抵抗英军入侵，最终被处以火刑，壮烈殉道。

少女褪色的绿衣裙化作垂柳,
柳枝间跳跃着无拘无束的小鸟。

比金路易[1]更纯,睁着温热的金色眼眸,
忧伤的睡莲——哦,佳偶,你的海誓山盟!
——在稍纵即逝的正午,面对幽暗的铜镜,
嫉妒那灰白天空中火红热切的玫瑰星球。

III

在附近的牧场,夫人孑然独立,
那里,劳动的瑞雪[2]纷纷落下;
她手持阳伞,踏着伞形花,
自豪地望着草地上的一群孩子,

他们正在花间阅读红色羊皮书!
哎呀呀,有如无数白色天使中途离散,
她就这样行色匆匆,冰冷、阴暗[3],
自从他[4]离去,消失在深山幽谷!

---

1 指印有国王(路易十三至路易十六)头像的金币。
2 原文 où neigent les fils du travail,其中 fils 或为双关语:fil,阳性名词,"纱""丝""线",复数形式 fils,即为"雪线";而 fils,同时是阳性名词,"儿子"。travail,阳性名词,"工作""活儿",这里或包含性的含义。
3 他与她,堪比太阳与河流,新郎与佳偶。
4 原文 Lui,大写的"他",或是太阳,或是"玫瑰星球"。

IV

可怜那纯净芳草,毛茸茸的年轻手臂!
或是那四月的月光映照圣洁的河床之心!
那废弃的河岸工地上洋溢的快乐欢欣,
竟被催生腐朽的八月之夜所吞噬!

而此时她正在城墙下哭泣!
高处的白杨在微风中轻歌。
随后是一片无影无源的灰色:
老渔翁静坐船头,独自悲戚。

V

郁郁流水的眼睛,我够不着这玩具!
哦,小舟静止!哦,胳膊太短!
这朵、那朵:缠绕我的金黄睡莲,
灰烬色水面的蓝色知音,都遥不可及。

啊,翅翼摇落的纷飞柳絮!
早已烟消云散的芦苇之嫣红!
我的小船静止不动;锚链被拖入水中,
茫茫水波之深深眼底,将陷入怎样的淤泥?

这对我们意味着什么？

这对我们意味着什么，我的心，擦去血迹
与炭火，成千的谋杀者，所有地狱的哭喊，
疯狂的哀鸣，足以摧毁一切秩序；
朔风席卷着残骸与碎片；

已然报仇雪恨？当然没有！……——倘若可以，
但愿！工厂主、君王、元老院：
去死吧！力量、司法[1]、历史：
打倒你们，我们义不容辞。血！血！金色火焰！

将一切投入战争，投入复仇和恐惧，
我的精灵！让我们掉头厮杀！
啊，够了，什么世界共和国、皇帝、
军团、上校、人民，统统去吧！

---

[1] 原文 justice，阴性名词，本义指"公正""公平""正义"；引申义为"裁判权""司法权""司法机构""法庭"。这是兰波作品中频繁出现的一个重要词汇；兰波所要反抗、打倒的，或许就是当时自诩为"正义"的司法审判。参见《地狱一季》开篇：Je me suis armé contre la justice，"我拿起武器反抗正义"及其注释。

谁在煽动熊熊烈焰,狂风怒火,
除了我们自己,还有想象的兄弟?
为了我们,幻想的朋友:多么快乐。
哦,怒火万丈,我永不再做苦力!

什么欧洲、亚洲、美洲,一概全无,
我们复仇的脚步将踏遍全球,
城市和乡村!——我们将粉身碎骨!
火山喷发!沧海横流……

哦!我的朋友!——我的心,坚信不疑:
陌生的黑人,他们是兄弟,我们义无反顾,
前进!前进!哦,糟糕!我开始颤栗,
古老的土地,我越陷越深,陷入深深泥土。

米歇尔与克利斯蒂娜[1]

见鬼！假如太阳远离海岸，
闪亮的洪水退去！空留道路的影子。
垂柳依依，在那荣华、古老的庭院，
风暴最先投下大颗的雨滴。

哦，牧歌里的金发士兵，成群的羔羊，
枯瘦的欧石楠、引水渠，快逃逸！
旷野、沙漠、地平线、牧场，
正经受红色风暴的洗礼。

黑犬，棕色牧人，斗篷被风鼓起，
快躲开这电光闪闪的时辰；
金色牛羊，当阴影随硝烟流逝，
向着更好的避难所逃遁！

可是我，主啊！我的精神已高飞，

---

[1] 原文 Michel et Christine，谜一样的诗题。参见斯克里布（Scribe）的同名滑稽歌舞剧；人们或将此诗歌看作是这台古老的滑稽歌舞剧的"天真的副歌"，其中包含了兰波一直崇尚的"文字炼金术"：如 Christine 接近 Christ（基督）、Christianisme（基督教）。

在流云之下的赤色冰天

扩展、飞驰,像一条铁轨,

穿越上百座辽阔的索洛涅平原[1]!

成千的野狼、野种,不爱牵牛花,

却在这庄严的暴风雨的午后[2],

随上百个游牧部落飞驰而下,

席卷古老的欧洲!

随后,月色朗朗,映照荒原,

战士们面色暗红,额头触及

黑色夜空,骑着苍白的战马,步履缓缓,

砾石哗哗作响,伴随着骄傲的军旅!

——我或将看见橙黄的树林与明亮的山谷,

蓝眼睛的新娘,红额头的男子[3],哦,高卢,

逾越节的白色羔羊[4],跟随他们温柔的脚步,

---

1 原文 Sologne,索洛涅平原,法国中央-卢瓦尔河谷的大片林地,位于巴黎盆地南部,卢瓦尔河及其支流谢尔河之间。
2 暗指革命风暴或将带来《启示录》中的末日审判。
3 在兰波眼里,革命者即圣徒;"红额头的男子"(l' homme au front rouge)让人联想到《醉舟》中的"红种人"(Des Peaux-Rouges)。
4 原文 le blanc agneau Pascal,"逾越节的白色羔羊"。按照希伯来人的传统习俗,在逾越节这一天宰杀并吃家养的羔羊。诗中原文 le blanc agneau Pascal,按照基督教传统,这只逾越节的羔羊象征上帝的儿子耶稣基督,在人类复活节这一天牺牲了自己。参见《启示录》:"我又观看,见羔羊站在锡安山,同他又有十四万四千人,都有他的名和他父的名写在额上。"(14:1)"他们与羔羊争战,羔羊必胜过他们,因为羔羊是万主之主,万王之王。同着羔羊的,就是蒙召、被选、有忠心的,也必得胜。"(17:14)

——米歇尔与克利斯蒂娜，——还有基督！——牧歌到此结束。

第一部

诗 歌

泪

远离飞鸟[1]、牛羊、村姑,
我跪蹲在欧石楠丛中畅饮,
午后潮湿的青雾,
笼罩着四周轻柔的榛树林。

这年轻的瓦兹河何以让我解渴,
无声的榆树,无花的青草,沉闷的天。
我能从这葫芦里汲取什么?
几滴发汗的金酒,兴味索然。

就这样,我成了小客栈破旧的旌旗[2]。
随后,一阵风暴扫荡天空,直到傍晚。
粼粼湖水、瑟瑟钓竿,暮霭笼罩天地,
幽蓝夜幕中的廊柱、车站。

林间流水没入纯净的沙滩,冷风

---

1 参见《彩图集·童年》(III)"林中有一只鸟……"(IV)"飞鸟与清泉远在天边!"
2 原文 enseigne,阴性名词,"招牌",或"旗帜""旌旗""旗标"。

从天而降,将冰雪散入积水……
然而,有如垂钓黄金、贝壳的渔翁,
说我并不想喝上一杯!

加西河

加西河，默默
流经荒凉山谷：
伴随着乌鸦纷纷，
发出天籁之音：
当山风阵阵，
侵入并震荡着杉树林。

一切都流动着神秘，
令人愤恨，在这旧时代的乡村：
开放的城堡，重要园地：
人们在河岸倾听，
游侠骑士激情逝去：
那阵风，如此强劲！

愿行人从窗口一眼望尽：
愿他勇敢无畏。
这群乌鸦，天主派来的森林士兵，
如此亲切、凄美！

让他从此逃离，那狡猾的农民，
只会用老残的独臂干杯[1]。

---

[1] 这里暗指在"法国大革命"及"巴黎公社"的残酷斗争中，法国农民为了自身利益，消极观望，不支持甚至反对革命。参见第84页注释1。

渴的喜剧

1. 祖先

我们是你的祖辈,
祖先!
挂满月亮和青草的
冷汗。
我们蒸干的酒有一颗心[1]!
在明晃晃的太阳下
还能做什么?畅饮。

我:死于蛮荒之河。

我们是你的祖先,
田园。
水流浸入垂柳深处:
看那河流涌出壕沟,
围绕着潮湿的城堡。

---

[1] 法语有俗语云:酒有身体。兰波借题发挥,强调不仅如此,酒还有一颗心。

我们深入地窖；
先喝奶，再喝苹果酒。

我：去母牛饮水之地。

我们是你的祖先；
来吧，
到我们的柜中自取；
咖啡和茶，
难得见它们在壶中震颤。
——看那美景、鲜花，
我们来自墓园。

我：啊！喝干所有坛坛罐罐[1]！

2. 精神

永恒之水神[2]，
清流细分。
维纳斯，天庭的姐妹，
激起清澈潮水。

犹太人漂泊挪威，

---

1 原文 urne，阴性名词，这里包含两重含义：骨灰瓮，或酒壶、酒坛——"从坟墓归来"。
2 原文 Odine，日耳曼及北欧神话传说中的水神，水精。

跟我说说大雪纷飞。
流放者古老又可爱，
跟我说说大海。

我：不，无论这些纯净之水，
玻璃瓶中的花朵；
或传奇故事，
都无从让我解渴；

歌手啊，唯有你的教女，
让我疯狂渴求，
内心的七头蛇[1]沉默无语，
缠绕着苦涩、忧愁。

3. 朋友

来吧，美酒向着海滩涌流，
看那绵绵青波！
野性的青柠苦酒[2]，
从山巅滚滚坠落！

智慧的朝圣者，

---

1 原文 Hydre，希腊神话中的七头蛇。
2 原文 Bitter，一种由柠檬水、浓缩青柠汁和安哥斯图娜苦酒调成的饮料，又称柠檬青柠苦酒，其酒精含量较低，有时也会被当作是无酒精的鸡尾酒。

赢得苦艾酒[1]之绿色喷泉……

我：此景不再有，
何以沉醉，朋友？

可我，宁愿
在池塘里腐烂，
沉入可怕的凝脂，
摇荡在树林边。

4. 穷人的梦想

或许有个夜晚在等我，
我就坐在那儿默默畅饮，
在某座古老城郭，
我死了也很高兴：
因为我是病人！

如果我病情好转，
如果我有点盘缠，

---

[1] 苦艾酒，原文 Absinthe，一种烈酒，史称为"缪斯"（la muse）、"绿仙子"（la fée verte）——原本透明无色，但人们自古就喜欢给它注入天然绿色植物。兴起于18世纪后期的瑞士，在19世纪末和20世纪初，成为法国大受欢迎的酒精饮品，尤其是在巴黎的艺术家和作家群体中大受欢迎，苦艾酒的著名饮者包括：兰波、魏尔伦、波德莱尔、文森特·梵高、欧内斯特·海明威、奥斯卡·王尔德等著名艺术家。

我该选择北方

或是葡萄园[1]?……

——啊！令人羞愧的梦想。

因为那是纯粹的失去！

即使我再度变回

旧时行旅，

再没有一座绿色小客栈[2]

能为我敞开。

5. 结论

鸽群在牧场上瑟缩，

猎物奔跑着，巡视着黑夜，

同样干渴，

那些水禽、家畜，最后的蝴蝶！

不如在流云深处消散，

——哦！融入这片清新！

消失于潮湿的紫罗兰，

让晨曦浸染森林？

1872 年 5 月

---

1 原文 le Nord（"北方"），le Pays de Vignes（"葡萄园"）均为大写。
2 原文 l'auberge verte，"绿色小客栈"。参见之前的《绿色小酒店》，原文《Cabaret-Vert》。

晨思

凌晨四点,夏日,
爱情的睡梦仍在持续,
林中晨曦,
轻散着节日之夜的气息。

而在辽阔的工地,
迎着赫斯佩里得斯[1]的太阳,
木工们已卷起袖子,
大干一场。

在苔藓斑驳的荒漠,他们
默默搭建精美的天花板,
而城里富人,
只在那虚假的天空下寻欢。

啊!为了这些美好的工人们,

---

1 原文 Hespérides,赫斯佩里得斯,希腊神话中住在地球西边的果园里,看护金苹果树的女神。

巴比伦国王的臣民[1],
维纳斯!暂且小别那些灵魂
头戴花冠的"情人"[2]

哦,牧羊人的女王!
快将玉液琼浆,给工人们送来!
愿他们获得平和的力量,
以等待正午,沐浴沧海。

1872年5月

---

1 皮埃尔·布鲁奈勒认为,这里暗指古代七大奇迹之一,公元前6世纪由巴比伦王国的尼布甲尼撒二世(Nebuchadnezzar)在巴比伦城附近主持修建的"空中花园"。
2 皮埃尔·布鲁奈勒认为,这里的"情人"和诗歌第二行中"爱情的睡梦……"相呼应。

耐心的节日[1]

1. 五月的飘带[2]

病恹恹的号角[3]
在椴树明亮的枝头死去。

---

1 组诗《耐心的节日》《饥饿的节日》《渴的喜剧》作于1872年春季和初夏。这些神秘的标题意思并不确定,但总体是在痛苦中欢庆春天来临,歌咏各种心愿和欲望。诗句短促,如歌如乐,或受魏尔伦诗风影响。根据让-卢克·斯坦梅兹的研究,此前的1871年9月至1872年2月,兰波一直和魏尔伦一起待在巴黎,之后被迫离开,因为魏尔伦担心自己的家庭。在此后的流浪途中,兰波不断给魏尔伦写信,还寄去一些诗歌。据魏尔伦回忆,兰波说到自己渴望"改变生活""重塑爱情",最欣赏"精神狩猎",后来创作的《醉舟》便是如此,达到新的高峰。

2 在兰波诗歌中,这首诗罕见地没有押韵,而其余诗歌,几乎完美押韵:多为交叉韵(abab),如《醉舟》《与诗人谈花》等,也有合抱韵(abba),如《记忆》。而开篇的几首长诗,如《孤儿的新年礼物》《铁匠》《太阳与肉身》,均为两句一韵(aabbccdd),或称双韵。这首《五月的飘带(Bannières de Mai)》指系在树上表达心愿的丝带,庆祝春天来临,表达身心欲求。马克·艾格丁格(Marc Eigeldinger)认为,这首诗歌,通过光和植物的结合,"暗示春天的风景,树木和水果之间充满欢乐的光辉"。让-卢克·斯坦梅兹认为,五月是献给圣母玛利亚的节庆月,各地都有崇拜和节庆仪式,包括乡村的游行庆祝,请天堂圣徒来保护田野。而崇拜自然的兰波,在此创造了全新的庆祝仪式:让黑加仑、葡萄藤一并在光中欢笑歌唱。

3 原文hallali,阳性名词,"号角",指围猎时,表示猎物已被猎犬围住的呼声或号角声。

而精神之歌，
在黑加仑树[1]间飞扬。
让我们的热血在静脉中欢笑，
这里的葡萄藤，盘根错节。
天空美如天使。苍穹与海浪
融合。我走到户外，
若有一束光将我刺伤，
我将扑倒于苍苔。

耐心与忍受，如此简单。
对我的痛苦说再见。
愿戏剧性的盛夏，
将我绑上它的幸运彩车。
让我穿越你，哦，大自然，
少一份孤独、虚无！——我死了。
瞧那些牧师[2]如此可笑，
他们活在世上，已近乎死去。

…………

愿四季轮回，将我折损，

---

1 原文 groseille，阴性名词，黑加仑，又名黑醋栗、黑加仑子、黑豆果、黑茶藨子、黑穗醋栗，为虎耳草目茶藨子科小型灌木，其成熟果实为黑色小浆果。
2 原文 Les Bergers，大写的"牧师"、"牧羊人"。

大自然，我交给你；
我的饥饿，我的干渴，
请你喂养，请你浇灌，

再没有什么能激起我的幻想；
人们朝向父母，如向着太阳微笑，
可我对谁都笑不出，
愿这份不幸，自由自在。

1872 年 5 月

2. 高塔之歌[1]

闲散的青春，
饱受奴役，
优雅、精致[2]，
让我丧失生命。
哦！愿时候到来，

---

1 原文标题 Chanson de la plus haute tour，"（最）高塔之歌"，让人联想到希腊神话中阿耳戈斯国王阿克里西俄斯的女儿达那厄，她曾被父亲困在高塔之中，之后宙斯看见她的美貌，化成金雨与之相爱。达那厄也是杀死蛇发女妖美杜莎的英雄珀耳修斯的母亲。总之，兰波在此表达出一种受困的孤苦与挣脱束缚的强烈愿望。
2 原文 par délicatesse，这个词通常是褒义，指精神气质的优雅、精致，对外界事物的灵敏，及对他人的敏感。但也包含贬义：指对自己的过度要求，造成在现实中的软弱无力；过分看重自己的名誉，即太爱惜自己的羽毛，过分在意别人的意见和对自己的看法等。这里显然是指后者

心与心相爱。

我暗自思忖：就此
从公众视野消失：
并不许诺
无上欢愉。
什么也不能阻止
你庄严隐退。

我如此耐心，
以至忘情；
忍耐、敬畏，
升入天庭。
渴饮不洁之水，
我的血脉浑浊不清。

有如草原，
任人遗忘，
渐渐扩展，盈满
乳香花与黑麦草香，
肮脏的苍蝇聚集，
黑压压嗡嗡不已。

啊！可怜无数灵魂，
鳏寡孤独，

唯幻想留存,
想念圣母!
人们是否应向
圣母马利亚祈祷?

闲散的青春,
饱受奴役,
优雅、精致,
让我丧失生命。
啊!愿往昔归来,
心与心相爱。

1872 年 5 月

3. 永恒

终于找到了。
什么?——永恒。
那是沧海,
随太阳消逝。

灵魂哨兵,
轻吐心声,
诉说黑夜空虚,
清晨如火。

众生赞誉,
普遍冲动,
你就此飞升,
超脱凡尘。

唯有从您
丝般炭火,
展现"使命",
不说:最终。

没有希望,
没有新生,
科学与耐心,
难逃苦刑。

终于找到了。
什么?——永恒。
那是沧海,
随太阳消逝。

1872 年 5 月

4. 黄金时代

有一种声音
如来自天使
——是关于我的,——
如此清晰:

成堆的疑问,
分枝细密,
最终只导致
疯狂与沉醉。

回味这一切,
如此欢愉、简单:
唯有波浪、花草,
是你的家园!

而后她开始歌唱。
哦,如此简单、欢愉:
裸眼可见……
——我与她共唱一曲,——

回味这一切,
如此欢愉、简单:
只有波浪、花草,

是你的家园!……

随后有一种声音
——如来自天使!——
是关于我的,
如此清晰;

歌唱的瞬间,
如姐妹的气息:
以德意志的音调,
热情洋溢:

世界是邪恶的;
这是否让你吃惊!
将昏暗的不幸,
扔进生活的火堆。

哦!美丽城堡,
你的生命如此明亮!
你来自哪个时代,
我们伟大兄长的
帝王天性,以及……

而我,我也歌唱:
众多姐妹!那声音

鲜为人知!
围绕我吧,
那羞怯的荣誉……

1872 年 6 月

年轻夫妇[1]

卧室朝向灰蓝的天空;
地方狭小:大木箱挨着小木匣,
墙外开满了马兜铃儿花,
小精灵在花丛中吱吱磨牙。

这真是精灵的神机妙算,
这份花销,这徒劳的混乱!
那非洲仙女提供桑果,
蜘蛛网挂满每个角落。

几个心怀不满的教母鱼贯而入,
晃着明亮的裙裾,走进碗橱,
然后就待在里面!主人缺席,
不要紧,反正什么都还没有备齐。

一阵风骗过了丈夫,当他缺席,

---

[1] 写这首诗时,即1872年6月27日,兰波正住在巴黎索邦大学对面的克吕尼旅馆。一种观点认为,这首诗暗示了诗人与魏尔伦。另一种观点认为,这是诗人对着敞开的窗口,从看见的情景发挥想象。

诗人魏尔伦，1872年。

1872年，兰波、魏尔伦流浪到比利时，就是从这里，比利时的奥斯当德（Ostende）上船，坐邮轮去往伦敦。这是兰波第一次看见海。

兰波自拍相片，"双手交叉，站在香蕉园里"——"这些相片只是为了纪录我的疲惫，也让你们对这里的风光有个印象。"（1883年5月6日，兰波家书）

哈勒尔的房屋。

就连湿漉漉的水精灵也不怀好意,
潜入洞房,并时时穿梭
往来,飘荡游移。

那一夜,女友哦!蜜月[1]将采撷
他们的微笑,并向苍天
抛撒千丝万缕的青铜色发带,
而后,再去同狡黠的老鼠周旋。

——如果晚祷之后,那一发枪弹似的
苍白鬼火并未出现,
——哦,伯利恒神圣的白色幽灵[2],
不如去诱惑他们窗前之碧蓝!

1872 年 6 月 27 日

---

1 原文 la lune de miel,"蜜月",双关语:"新婚蜜月",或"蜜的月亮"。
2 原文 Bethléem,伯利恒,耶稣的出生地。参见《马太福音》:"当希律王的时候,耶稣生在犹太的伯利恒。"(2:1)。

布鲁塞尔[1]

莱让林荫道

从千穗谷[2]花坛,
到朱庇特[3]的逍遥宫,
——我知道是你,将近乎
撒哈拉的碧空渗入其中!

恰似阳光中的玫瑰与冷杉,
藤蔓也围在一处嬉戏,
这小寡妇的巢穴[4]!……

---

1 原诗无题,勉强以《布鲁塞尔》为题,表明地点并作为提示。根据让-卢克·斯坦梅兹的注释,这首诗作于1872年前后,当时兰波正与魏尔伦一同出行至布鲁塞尔。参见同时期魏尔伦的《无词浪漫曲》《往昔与近来》。

2 原文 amarante,阴性名词,苋属植物,包括千穗谷、鸡冠花等。千穗谷,一年生草本;紫红花。种子接近球形,白色。花期7—8月,果期8—9月。原产地北美。而 amarante 一词源于希腊语的"不朽""永恒",诗中暗指"朱庇特的快乐王宫"。

3 原文 Jupiter,朱庇特,古罗马神话中的众神之王,对应古希腊神话中的宙斯。

4 原文 Cage de la petite veuve,"小寡妇的巢穴",暗指下文"鸟群"。在兰波眼里,它们与自己同病相怜——"流落异乡",如"小寡妇"一般失去伴侣。参见《高塔之歌》:"啊!可怜无数灵魂,鳏寡孤独(Mille veuvages de la si pauvre âme)……"其中 veuvage 为阳性名词,"鳏居""孀居",比喻灵魂失去伴侣,悲伤、孤苦。

这是怎样的

鸟群，哎呀，哎呀呀！……

——宁静的屋宇，古老的热情！

因爱情而疯狂的少女[1]的凉亭。

朱利叶低矮的阳台[2]，

布满轻柔的玫瑰花影。

朱利叶，让人想起亨利耶特[3]，

铁路边的一个迷人的站台，

在大山心里，如在果园深处，

那儿有成千的蓝色妖姬在空中起舞！

绿色长椅上端坐着苍白的爱尔兰女子[4]，

---

1 指《哈姆雷特》中的奥菲利娅，参见《奥菲利娅》；或指下文中"白手伊索特（Yseut）"，抑或其他因爱情而疯癫的少女。
2 参见莎士比亚悲剧《罗密欧与朱丽叶》，同样为爱痴狂的朱丽叶，阳台是她爱情的圣地。
3 原文 Henriette，亨利耶特，莫里哀喜剧《可笑的女才子》中的人物。兰波的老师泰奥多尔·德·邦维勒（Théodore de Banville）曾在其作品《白色道路》（La Voie lactée）中，将朱丽叶与亨利耶特联系起来。
4 原文 la blanche irlandaise，12世纪传说中的爱尔兰女子，"白手伊索特"。相传亚瑟王的圆桌骑士之一、武艺高强的特里斯当（Tristan）爱上一位名叫伊索特（Yseut）的女子，但这位伊索特也是马尔科国王之所爱，特里斯当被迫离开。之后机缘巧合，他迎娶的另一名女子也叫伊索特，而他心中对过去的那位伊索特难以忘怀，思念与日俱增。为区别两者，他称从前的那位为"金发伊索特"，之后的叫"白手伊索特"。直到后来，特里斯当在一场战役中负伤倒下，临终前祈愿要与"金发伊索特"相见。按照约定，如果她来了，船上就挂白帆；若她没来，船上就挂黑帆。而最终，"金发伊索和着竖琴[1]，歌唱暴风雨的天堂。
而后，从圭亚那风格的[2]餐厅传出孩子
和笼中鸟儿叽叽喳喳的回响。

公爵的窗口[3]，让我想起
蜗牛之毒，黄杨林安睡
在这片阳光里，美极了！
让我们沉默不语。

——林荫道没有扬尘，也没有店铺，
所有悲喜剧都无声无息，融入
无限场景，我认识并默默赞美你。

特"来了，但出于嫉妒，妻子"白手伊索特"对苦苦等待的特里斯当说，归帆是黑色的。特里斯当于是死在她怀里。

1 原文 guitare，竖琴。据皮埃尔·布鲁奈勒（Pierre Brunel）考证，这在当时是指克里特人的竖琴。
2 原文 guianaise，"圭亚那风格的"。参见《与诗人谈花》(III)。或受到夏多布里昂作品的影响，兰波诗中常出现南美风光。参见《醉舟》第一节。而这里指餐厅内的陈设。
3 根据让－卢克·斯坦梅兹（Jean-Luc Steinmetz）的注释，兰波住在阿朗贝格公爵家期间，曾经说起他如何与蜗牛联盟，成立了一个协会。

她是东方舞女?

她是东方舞女[1]?……当天光破晓,
她就像火焰花一样枯萎……
远远近近,人们都呼吸着
满城花香,处处开花吐蕊!

太美太美了!但却是必须的——
为了《渔家女》和《海盗之歌》[2],
为了假面舞会上最后的喜悦,
相信那纯净的海面浮动着夜的佳节!

1872 年 7 月

---

1 原文 almée,东方舞女,根据让-卢克·斯坦梅兹(Jean-Luc Steinmetz)考证,这个词在阿拉伯语中,是指女先知。
2 意大利作曲家威尔第(Giuseppe Fortunino Francesco Verdi,1813—1901)曾将拜伦长诗《海盗》改编成歌剧《海盗之歌》。

饥饿佳节

我的饥饿,安娜,
安娜,骑驴逃吧[1]。

如果我有品味,
只吃石头和土地。
叮!叮!叮!叮!让我们吃煤,
吃空气,吃铁,吃岩石。

我的饥饿,回转身来,
饿了,就拿有声的牧场充饥,
从牵牛花开,
吮吸快乐毒汁;

吃吧
一个穷人敲碎的石子,
教堂古老的巨石、卵石,
洪水之子,灰山谷中

---

1 这里是个文字游戏:法语 Anne(安娜)和 âne(驴)拼写相近,发音相同。

沉睡的粮食!

我的饥饿,是黑云
尽头,碧空敲钟人;
——我的胃将我牵引。
真是不幸。

地面落叶缤纷!
我要成熟的果肉。
满布犁痕的胸口,
采撷野苣[1]与三色堇。

我的饥饿,安娜,
安娜,骑驴逃吧。

---

[1] 原文 doucette,阴性名词"野苣";另一个意思是"温文尔雅的女人"。这里应为双关语。

狼嚎

狼在枝叶间嚎叫,
享用着家禽,
口吐美丽的羽毛:
我就这样将自己耗尽。

沙拉、果蔬,
只等采撷,
而仇恨的蜘蛛,
只吃紫罗兰。

让我在所罗门祭坛上
沸腾,让我睡去,
汤汁在铁锈上流淌,
汇入汲伦溪。

你听,四月里……

你听,鹿鸣呦呦,
在金合欢旁,
豌豆雄性的枝头,
在四月里!

袅袅轻雾,
向着月宫[1]升腾!
看那往昔圣人,
不安地昂起头颅……

远离海角那明亮的山岩,
亲爱的古人
站在美丽屋顶,
想要暗藏的春药……

没有佳节,
没有星辰,

---

[1] 原文 Phoebé,这里指罗马神话中的月神狄安娜。

这一夜,
唯有迷雾升腾。

然而在西西里、德意志,
他们沉浸在愁惨、
灰白的雾中,
正是如此!

哦,城堡,哦,季节

哦,城堡,哦,季节,
什么样的灵魂完美无缺?

哦,城堡,哦,季节,

对于幸福我做过神奇的研究,
至今无人能将它参透。

哦,向幸福致敬,
每当高卢雄鸡啼鸣。

可我已不再用心,
任心思主宰命运。

这是何等魔力!已然攫取
我的身心,散尽一切努力。

我的话该如何读取?

她[1]将飞逝、逃离!

哦,城堡,哦,季节!

---

1 原文 elle,"她",指"我的话语"。

耻辱

那刀片还不利索,
尚未切开脑髓,
这花花绿绿的肥厚包裹,
尚未见它云蒸霞蔚;

(啊!他,我认为
该割掉他的鼻子、嘴唇、耳朵,
开膛剖肚,再卸掉他的大腿!
哦,真是太棒了!)

但是,不,真的,还得
用刀砍他的头颅,
用乱石击打他两侧,
火烧他的心腹[1]。

还没有行动,讨厌的孩子,
对于如此愚蠢的野兽,

---

[1] 皮埃尔·布鲁奈勒认为,这里分别指斩首、石刑及(宗教裁判所的)火刑。

就该不停地

背叛，玩弄阴谋。

就像罗石山[1]里的一只猫[2]

熏臭了整个星球！

有人还在为它祈祷，

哦，我的上帝，在它死后！

---

1 原文 Mont-Rocheux，字面意思为"石头山"，这里译为"罗石山"。因为皮埃尔·布鲁奈勒认为，Rocheux 在此或指 Roche（"罗石"）。全称 Chuffilly-Roche，是法国北部阿登省的一个市镇。兰波的母亲维塔莉（Vitalie）1825 年出生于罗石，1855 年继承农场。她与孩子们在夏尔维勒（Charleville）生活了一段时间，之后一同回到这座农场。兰波曾在这里生活过一段时间，并在此创作了《醉舟》和《地狱一季》。参见之后的兰波书信（1873 年 5 月，1878 年 12 月，1880 年 9 月 22 日）。

2 皮埃尔·布鲁奈勒认为，这只猫或指兰波自己。而由此看来，这首诗或指世人对诗人兰波的恶毒诅咒，恨之入骨——而这是他们的"耻辱"。

第二部

地狱一季

Une saison en enfer

往昔，如果我没记错……

往昔，如果我没记错，我的生命曾是一场盛宴[1]，在那里，所有心灵全部敞开，所有美酒，纷纷涌来。

一天夜晚，我让"美"坐在我的双膝上。——我感到她的苦涩。——我污辱了她。

我拿起武器反抗正义[2]。

我逃离。哦，女巫们，哦，苦难，仇恨，我的珍宝托付给你们！

我终于使人类的一切希望在我的精神中破灭。我不声不响，如猛兽一跃，跳到所有欢乐之上，掐住它的咽喉[3]。

我叫来刽子手，为了在行刑前咬住他们的枪托。我叫来灾难，让我在沙土和鲜血中窒息。不幸曾是我的神灵。我倒在淤泥中。我在罪恶的空气里把自己晾干。我策划了疯狂的好戏。

春天带给我白痴的狞笑。

1　参见《马太福音》(22:1-2)："耶稣又用比喻对他们说：'天国好比一个王为他儿子摆设娶亲的筵席。'"

2　原文 Je me suis armé contre la justice，"我拿起武器反抗正义。"参见前面的诗歌《仁慈的姐妹》《这对我们意味着什么》，及下文《坏血统》中的 justice，"公平""正义"或"司法审判"。

3　原文 l'étrangler（"扼住"、"掐死"）中的代词 l'（"它"），或指"希望"，或为"欢乐"。无论哪种情形，可见"我"之残忍。

可是近来,当我最后一次"走偏"[1],我还梦想着找回那古老盛宴的钥匙,在那里,我或许胃口大开。

仁慈就是这把钥匙。——这灵感证实了我的梦境。

"你仍将是一个恶棍……"魔王又大声叫道,并给我戴上如此美丽的罂粟花冠,"用你所有的胃口、利己主义和所有的大逆不道,去赢得死亡。"

啊!我罪孽深重。——可是,亲爱的撒旦,恳请您不要对我怒目而视!我知道您乐于看到一个作家缺乏表现力,写不出有益的文字;在几份小小的怯懦产生之前,请允许我这个下地狱的人,从我的手记中为您撕下这可憎的几页。

---

[1] 原文couac,阳性名词,指(乐器)"走调",引申为"与众不同、言行不合拍"。让-卢克·斯坦梅兹认为,这里暗示1873年7月10日发生在布鲁塞尔的那场悲剧:魏尔伦在酒醉的状态下,开枪打伤兰波。

坏血统

我有着高卢人的祖先[1]，蓝白眼睛，狭窄的头脑，在战斗中，笨手笨脚。我发现我的衣着和他们一样粗野，可我并不在头上抹油。

高卢人剥兽皮，在草原上纵火，曾经是那个时代最愚蠢的种族。

从他们那里，我继承了偶像崇拜和亵渎爱情；——哦，连同所有的罪恶、愤怒、淫荡，——绝妙的淫荡——；尤其是谎言和懒惰。

我厌恶一切职业。主子、工人，所有农民都愚昧无知。手持羽毛笔如手把锄犁。——好一个动手的世纪！——我再也没有手了。而后，群体奴役走得更远。乞丐式的忠诚让我伤透了心。罪犯厌恶我，如同厌恶一个被阉割过的人：我仍完好，可这对我来说已无所谓。

可是！谁造就了我的毒舌，竟将我的懒惰引导、保护至如此境地？从不为生存而动一动我的身体，我比癞蛤蟆还要懒[2]，我四处

---

1 让－卢克·斯坦梅兹认为，兰波在此貌似以传统方式讲述法国历史，戏谑模仿教科书的口吻。这种"戏谑模仿"（parodier）在兰波诗文中经常出现，如《与诗人谈花》等，本文也是很好的例证。

2 魏尔伦在1872年4月2日致兰波的信中自称是"癞蛤蟆的朋友"，兰波心领神会，说自己"比癞蛤蟆还要懒"。

漂泊。对于欧洲的家庭，我没有一户不了解的——听说所有像我一样的家庭都通晓《人权宣言》。——我认识家里的每个孩子。

*

在我个人的经历中，哪怕也包含一丁点儿法国历史呢！

可是没有，一点儿也没有。

很显然，我一向属于劣等种族[1]，不懂得什么是反抗。我的家族从来不会造反而只会掠夺：就像狼群对待它们尚未咬死的牲畜。

我记得历史上的法兰西，教会的长女，我这个村民也曾想去圣地旅行；我满脑子都是施瓦本平原[2]上的道路，拜占庭风景，索利姆[3]城墙；成千的异教美景同样唤醒我对马利亚的崇拜和对耶稣受难的同情。——在阳光侵蚀的墙角，我浑身斑驳，坐在瓦砾和荨麻之上。——而后，就像一名雇佣骑兵，我在德国之夜露营[4]。

啊！我还在巫魔夜会中舞蹈，在火红的林间空地，与老妇、孩童一起狂欢[5]。

对于比这片土地更早，比基督教更久远的事情，我已经记不

---

1 在法国传统观念中，一向认为高卢人是高贵的种族和血统。参见 1732 年布兰维利埃伯爵（Comte de Boulainvilliers）所著的《论法兰西的高贵》。而兰波反其道而行之，称自己的祖先高卢人是"坏血统"，所以"我一向属于劣等种族"。

2 原文 les plaines souabes，"施瓦本平原"，德国南部古地名。

3 原文 Solyme，耶路撒冷旧时的名称。

4 原文 reître，指法国雇佣的德国骑兵。

5 原文 je danse le sabbat，直译为"我（还）在巫魔夜会中舞蹈"。皮埃尔·布鲁奈勒认为，这里或指歌德《浮士德》中所描述的"瓦普几斯之夜"（la Nuit de Walpurgis）。

清，那段往昔，尚不足以让我审视自己。而我总是孤零零无家可归，甚至，这会儿也不知自己在说哪种语言？我从未在基督的忠告，或基督所代表的天主的忠告中认清自己。

上世纪我曾是谁，我只有在当今找到。再没有流浪者，没有模糊的战争。劣等种族掩盖了一切——人民，正如人们所说的，理性；国家与科学。

哦！科学！人们重新掌握了一切。为了肉体，也为了灵魂，——临终圣体[1]——人们拥有了医学与哲学，——民间药方和大众歌曲，还有王子的娱乐和他们禁止的种种游戏！地理学、宇宙志、力学、化学！……

科学，这新贵！进步。世界在前进！它为何不回转[2]？

这是众生的幻相。我们走向"神灵"[3]。坚定不移，我所说的，来自神谕。我心里明白，不用异教徒的话语则无法说清，我宁愿沉默。

*

异教徒的血液重新归来！圣灵靠近，基督他为何不帮我，让我的灵魂自由、高贵？哎呀，福音已成过去！福音！福音。

我贪婪地等待着上帝，我向来就是劣等种族。

---

1 原文 le viatique，宗教意义上的"临终圣体"，亦指"精神食粮""获得成功的手段"。
2 原文 Pourquoi ne tournait-il pas？"它为何不回转？"暗指伽利略的名言：Eppur si muove!（Et pourtant elle tourne!）"然而，它（地球）还在转动！"参见《圣袍下的心：一个修士的内心世界》。
3 原文为大写的 L'Esprit，指神灵，或精神。

我这会儿正躺在阿尔摩里肯海滩[1]，城市在夜晚灯火通明。这一天到此结束，我就要离开欧洲。海风会在我胸中燃烧，偏远地区的气候将把我染成棕色。游泳、锄草、打猎，特别是抽烟；畅饮烈酒，如饮沸腾的金属——就像我亲爱的祖先当初围坐在篝火边。

我将归来，带着铁打的肢体，阴暗的皮肤，怒目而视：看我外表，人们还以为我属于强悍的种族。我将拥有黄金：变得慵懒而野蛮。女人们会照顾这些从热带归来的残忍的残疾人。我将参政，将被拯救。

可现在我被诅咒，我憎恨祖国。最美妙的事莫过于躺在沙滩上，独自酣眠。

*

还没上路。——让我们再次从这里出发，担负起我的罪恶，这宗罪将它苦难的根须伸向我，自从理智之年——它便升天，击打我，将我掀翻，并牵引我。

最后的纯真与最后的羞涩。这早已说尽。别将我的厌恶与背叛带进这世界。

我们去吧！前行、重负、沙漠、烦愁与愤怒。

我受雇于谁？崇拜哪一种走兽？人们攻击怎样的圣像？我将击碎怎样的心？坚持怎样的谎言？——在怎样的血液里行进？

---

[1] 原文 la plage armoricaine，阿尔摩里肯海滩。让－卢克·斯坦梅兹认为，这里包含了神奇的转场：从东到西，从福音书中的地域，到流淌着异教徒血液的布列塔尼。

不如逃避审判[1]。——生活艰辛，简陋粗鄙，——伸出冷酷的手，掀开棺材，坐进去，窒息。这样不会衰老，又没有危险：恐惧不属于法兰西。啊！我孤苦伶仃，以至于可以向任何圣像献出我冲向完美的激情。

哦，我的牺牲，哦，我神奇的善心，可惜只存在于此世！

De profundis Domine[2]，我太蠢了！

*

孩提时代，我就敬佩那被终生囚禁的倔强的苦役犯[3]；我走访过他的小客栈和住所，如今这里已成为圣地。我以他的思想去观望蓝天、开花的田野上的劳动；我在城市里观察他们的命运。他们比圣徒更坚强，比旅人更敏锐——他，只有他！为自身的光荣和理性作证。

冬夜里，在路上，没有住所，没有衣物，没有面包，一个声音揪住我冰冷的心："软弱或坚强：你存在于此，就必须坚强。你不知去哪里，也不知为何而去；深入一切，回应一切。人们不杀你，除非你成为一具僵尸。"清晨，我神情迷茫，死气沉沉，以至于我

---

1 原文 Plutôt, se garder de la justice，"不如逃避审判。"让－卢克·斯坦梅兹认为由此可见兰波疯狂的决心：试图逃避一切来自社会的司法判决。参见下文圣女贞德的自白："将我送交审判，你们错了……"贞德于 1431 年 5 月 30 日被当时英格兰当局掌控的宗教裁判所，以异端和女巫罪判处火刑，在法国鲁昂被当众烧死。在 1873 年的布鲁塞尔，兰波认为，自己和魏尔伦遭遇了同样不公正的审判。

2 拉丁文，"内心朝向上帝"。

3 或指雨果《悲惨世界》中的冉·阿让。兰波在 1871 年 5 月 15 日给保罗·德梅尼的信中也提到雨果。

遇见的人们，"或许都对我视而不见"[1]。

在城市里，我的眼前突然呈现出红黑的泥浆，仿佛灯光摇晃时邻舍的镜子，又像森林中的一片宝藏！太棒了，我喊道。我看见天空一片烟雾火海，忽左忽右，无数珍宝如万钧雷霆放射火光。

然而，狂欢和女人的情谊与我无缘，我甚至没有一个伙伴。看见自己站在被激怒的人群面前，面对行刑队，我哭泣并请求宽恕，而我的不幸他们无法理解。——就像贞德！——"牧师，教授，法官，你们将我送交审判[2]，实在是个错误。我从不属于这群人，也从来不是基督徒；我属于面对极刑而歌唱的种族[3]；我不懂法律，也没有道德，我是个未开化的野蛮人，你们搞错了……"

是的，在你们的光芒之中，我已闭上眼睛，我是一头野兽，一个黑奴。但我会得救。你们是假黑奴，你们狂妄、凶残、吝啬。商人，你是黑奴；法官，你是黑奴；将军，你是黑奴；皇帝，老色鬼，你是黑奴：你喝了撒旦制造的免税酒。——这些人将被狂热与癌症所激励。残疾人和老人是令人尊敬的，他们请求将他们煮沸。——最聪明的办法是离开这片大陆，这里，疯狂四处游荡，寻找受苦人作为人质。我进入了含[4]的子孙的真正王国。

---

1 参见《马太福音》(13:13)："(耶稣回答说:)……所以我用比喻对他们讲，是因为他们看也看不见，听也听不见，也不明白。"

2 原文 en me livrant à justice，"将我送交审判。"justice，在此指"法律审判"——从来以"公平""正义"的名义。

3 让-卢克·斯坦梅兹认为，从前面一句："我从不属于这群人，也从来不是基督徒"可以看出，兰波不想为宗教殉道，而他的确像贞德一样被判火刑，因为他被认为是巫师，正如前面提到的，他承认自己曾在"火红的林间空地，与老妇、孩子们一同舞蹈、狂欢"。

4 含，Cham，《旧约》中黑人的祖先，诺亚的第二个儿子，因不尊敬父亲而受到诅咒。

我还认识自然吗？还认识我自己吗？——不再多说。我将死者埋进我肚子里。大声叫喊，敲起锣鼓，跳舞，跳舞，跳舞，跳舞！尚未看见白人登陆，我将跌入虚无。

饥饿，干渴，呼喊，跳舞，跳舞，跳舞，跳舞！

*

白人登陆。大炮！应当接受洗礼，起床，工作。

我心头遭受了致命一击。啊！可真没料到！

我从未作恶，今后的日子将很轻松，无怨无悔。我那几乎死于善良的灵魂不会再受煎熬，却如葬礼上的烛光，庄严肃穆。家族儿孙的命运，洒满清泪的早产儿的棺木。毫无疑问，放荡是愚蠢的，罪恶也很愚蠢；应当将腐朽抛到一边。然而钟声却只为纯粹的痛苦而鸣响！我将像孩子一样被举上天堂，忘却所有痛苦，在天国尽情游玩！

快点！这是别样的生命？——在财富中安睡，那是不可能的，财富归众人所有。惟有神圣之爱才能赐予科学钥匙。我看自然只是一幕仁慈的戏剧。永别了，幻觉、理想、错误。

天使的理性之歌从救世船上升起：这是神圣之爱。——双重的爱[1]！我会死于世俗爱情，死于奉献牺牲。我将留下那些灵魂，他们的痛苦因我的离去而与日俱增！你们在遇难者中选择了我；那些留下的人们，难道不是我的朋友？

救救他们！

---

1 或指人间爱情与神圣之爱。兰波区分了这两种爱，愿死于前者——同样是一种"奉献牺牲"。

理性从我身上诞生。世界是美好的。我将祝福生命，热爱我的兄弟。这不再是一个孩童的许诺，也并非想要逃离衰老或死亡。上帝赐予我力量，我赞美上帝。

*

忧郁已不再是我之所爱。狂怒、淫荡、疯狂，我了解其中所有的冲动与灾难，——我已卸下一切重负。愿世人能够毫不眩晕地欣赏我的纯真之辽阔。

我再也不能在鞭笞中寻求安慰。我不敢相信曾和基督这位岳父大人[1]一起乘船去参加婚礼。

我不是理性的囚徒。我曾说："上帝。我愿在救赎中得自由：如何求得？无聊的趣味已离我而去。我无须献身，也不再需要神圣之爱。对于感伤的心灵的世纪[2]，我并不惋惜。各人自有其理性、蔑视与仁慈：我在这常识的天梯顶端，保留自己的位置。"

至于建立幸福家庭，不，……不，我不能。我太软弱，太不专心。生命因劳动而绽放，这是古朴的真理：我，我的生命还不够分量，远在行动之上浮游飘飞，在这世界最亲切的中心。

---

1 玩笑话。因为之前说到法兰西是"教会的长女"，若娶了她，耶稣便成了岳父大人。

2 原文 le siècle des coeurs sensibles，"感伤的心灵的世纪"。18世纪流行的"感伤主义"，源自英国作家劳伦斯·斯泰恩（Laurence Sterne, 1713—1768）的代表作《感伤的旅行》。之后这种"感伤情绪"弥漫欧洲，突出表现在卢梭的《新爱洛伊丝》、歌德的《少年维特之烦恼》等作品中。尤其是卢梭，其个人及作品均表现出的明显的"多愁善感"（la sensibilité）。而根据兰波家乡的朋友、作家欧内斯特·德拉哈耶（Ernest Delahaye）回忆，兰波是卢梭的忠实读者。

因为缺乏热爱死亡的勇气,我已成了老处女!

像古代圣徒一样祈祷,愿上帝赐予我天国的安详与空灵。——再也不需要什么圣徒!强者!什么隐士、艺术家!

无休止的闹剧!我的纯真让我哭泣。生活是一场众人演出的闹剧!

*

够了!惩罚降临。——前进!

啊!胸膛燃烧,太阳穴轰鸣!黑夜在我眼里旋转,被太阳转动!心脏……肢体……

你去哪儿?上战场?我太软弱!别人都冲了上去。工具,武器……时光!……

开火!向我开火!马上!否则我就投降。——懦夫——我杀了自己!我纵身扑向马蹄!

啊!……

——我会习以为常。

这或许就是法兰西的生活,通往光荣之路!

地狱之夜

我曾吞下一大口毒药。——这一口真该受三生的祝福!五脏六腑俱焚,烈性毒汁扭曲了四肢,使我变形,将我压垮。我即将渴死,窒息,喊不出声。这就是地狱,永恒的苦刑!看那熊熊烈焰将我彻底燃烧。滚开,恶魔!

我隐约看见自己皈依善良与幸福,灵魂得救。我该如何描绘这异象,地狱的空气受不了赞美诗!这曾是无数神奇的创作,亲切的精神协奏,力量与平和,高贵的野心,我知道什么?

高贵的野心!

这依然是生命!——即使遭受永恒的诅咒!一个想自残的人如愿以偿被判入地狱,不是吗?我想我身在地狱,我就在地狱里。这便是执行教义,受洗让我成了奴隶。父母,你们造就了我的痛苦,也造成自身的不幸。可怜的无辜者!——地狱不能控告异教徒。——这依然是生命!往后,下地狱将变为一种更深的乐趣。快让我犯罪,否则按人间律法,我将坠入虚无。

住口,你住口!非难在此便是耻辱:撒旦说,火是卑鄙的,说我的愤怒极其愚蠢。——够了!……人们向我灌输的谬论,魔法,虚假的芳香,幼稚的音乐。——据说我掌握了真理,看清了正义:我做出了神圣的抉择,我已为完美做好准备……骄傲。我的头皮干枯。仁慈!天主,我怕。我渴,我如此焦渴!啊!童年,青草,雨水，石上湖泊，钟敲十二点的午夜月光……这时，魔鬼就在钟楼上，马利亚！圣母！……——我愚蠢得可怕。

在那里，那不是对我友善而忠诚的灵魂吗？……来吧……我用枕头捂住嘴，她们都是幽灵，听不见我说话。况且，没有人会想到别人。不要靠近。我闻到异端的焦味[1]，确凿无疑。

幻影层出不穷。我一向如此：不相信历史，抛开准则。我将沉默：诗人和幻想家都会嫉妒。我一千次成为首富，让我们像大海一样吝啬。

啊！生命的时钟刚刚停摆，我已不在人世。——神学庄严肃穆，地狱在下——苍天在上。——恍惚，噩梦，睡在火焰的巢中。

有多少恶意存在于关注之中，田野中……撒旦，费尔迪南[2]，带着野生的种子到处奔波……耶稣在紫红的荆棘上行走，并不把荆棘压弯。……耶稣曾经踏过激荡的海面，那盏灯为我们照出他站立的身影：浑身洁白，披着棕色饰带，腰间系着翡翠色的波澜……

我要揭开一切神秘面纱：宗教或自然的神秘，死亡、诞生、未来、过去，宇宙的起源、虚空。我是幻术大师。

听！……

我神通广大！——这里空无一人，却有一个人：我不想挥洒我的珍宝。——想听黑人唱歌，看仙女跳舞吗？想让我消失，让我潜水去寻找指环？想不想？我将造出黄金和灵丹妙药。

相信我，信仰会减轻痛苦，指引方向，解除病痛。所有人都来吧——包括孩子，——我来安慰你们，为你们献出心灵——绝妙的

---

[1] 在中世纪的欧洲，宗教裁判所将异教徒处以火刑。据说，如能闻到焦味，说明此人确实是异教徒。
[2] 原文 Ferdinand，沃兹诺瓦（Vouzinois）地区农民对魔王的称呼。

心灵！——穷苦的人们，劳工们，我并不求助于祷告，有你们的信任，我就很幸福。

——想想我吧。让我对这个世界不再惋惜。不再忍受更多的苦难便是我的幸运。我的生命不过是温柔的疯狂，实在遗憾。

啊！能想出什么鬼脸，统统做出来。

我们显然已脱离这世界，不再有任何声音。我的触觉已然丧失。啊！我的城堡，我的萨克森[1]，我的柳树林。黄昏，清晨，日日夜夜……我已疲惫不堪！

我该为我的愤怒拥有地狱，为我的骄傲拥有地狱，——还有爱抚的地狱，地狱中的一场音乐会。

我死于疲倦。这是坟墓，我走向蛆虫，恐怖中的恐怖！撒旦，你这滑稽演员，你想用你的魅力将我瓦解。我抗议。我抗议！一刀叉，一滴火。

啊！追溯生命！再看一眼我们畸形的面孔。这毒药，这被诅咒了上千次的吻！我之软弱，世界之残酷！我的上帝，发发慈悲，将我藏匿，我扛不住了！——我被隐藏，就不再是那个我了。

那是火焰与受刑者一起升腾。

---

1 原文 ma Saxe，"我的萨克森"。让-卢克·斯坦梅兹认为，除非这是指歌德《浮士德》中的地名萨克森省，否则无法解释。——兰波在1873年5月写给家乡的朋友欧内斯特·德拉哈耶的信中说："请帮我买一本歌德的《浮士德》。"另外，兰波诗文中，数次出现"浮士德"（如《海关检查员》）和《浮士德》的影子（如《地狱一季》的《坏血统》中出现的"瓦普几斯之夜"的情景："啊！我还在巫魔夜会中舞蹈……"

妄想狂

I 疯狂的童女
地狱中的丈夫

请听一个地狱里的同伴的忏悔：

"哦，神圣的丈夫，我的主，请不要拒绝您最忧伤的女仆的忏悔。我已迷失，我已厌倦，我并不纯洁。这是怎样的生命！

"宽恕我，圣主，请宽恕！啊！请宽恕我！让泪如泉涌！我想日后还有更多的泪水涌流！

"而后，我将认识神圣的丈夫！我生来就是为了服从他的意旨。——现在，我可以任人抽打！

"此刻，我身处世界底层！哦，我的女友！……不，不是我的女友……再没有妄想，再没有这样的酷刑……这太愚蠢了！

"啊！我忍受，我叫喊。我着实忍受着。反正我什么都可以，且忍受着卑鄙灵魂的蔑视。

"最终，让我们吐露真情，即使重复说二十遍，——也一样忧伤，一样毫无意义！

"我是地狱中丈夫的奴隶，他失去了疯狂的童女。正是这个魔鬼。他不是幽灵，也不是幻影。可我已丧失德行，被判入地狱，在人间我已死去，——人们不能再杀我！——我怎么对您说呢！我连话也不会说了。我披麻戴孝,我哭,我怕。给我一份清凉,主啊,如果您愿意,就行行好吧!

"我是寡妇……——原先就是寡妇[1]……——但是,我从前活得认真严肃,我生来并不是为了变成朽骨!……——他那时几乎是个孩子……他神秘的温情深深吸引我。为了跟随他,我忘却了一切做人的责任。这是怎样的生命!真正的生命并不存在。我们不在这个世界。我跟随他,本应如此。可他常对我发火。我啊,这可怜的灵魂。魔鬼!——他是个魔鬼,您知道,他不是人。

"他说:'我不爱女人。谁都知道,爱情需要重新发明创造。而女人别的不会,一心只想占据一个可靠的位置。赢得了位置,心灵和美都抛到一边:而今只剩下冰冷的蔑视,婚姻的食粮。或者说我见过带有幸福标记的女人,我呢,原本可以和她们成为好同志,她们上来就像一堆干柴,被敏感的野兽生吞活剥……'

"我听出他把无耻当光荣,残忍当魅力。'我是遥远的种族,我的祖先生活在斯堪的纳维亚半岛:他们从侧胸刺穿自己,喝自己的血。——我要在我的全身开满伤口,给自己浑身刺满花纹。我要把自己变得像个蒙古人一样面目狰狞:你等着瞧,我会去街上尖叫,我将变得疯疯癫癫。千万别让我看见任何珍宝,否则我会在地毯上爬行,扭曲自己。我的财富,我都要用鲜血浸染。我再也不去干活……'有许多个夜晚,他的魔鬼缠住了我,我们在地上翻滚,我和他搏斗!——他常常在夜里喝醉,站在街上,或是屋里,吓得我魂飞魄散。——'人们真要割断我的脖子;实在卑鄙。'哦!这样

---

[1] 原文 Je suis veuve……——J'étais veuve,"我是寡妇……——原先就是寡妇。"兰波在1872年几首诗歌中都提到"寡妇"(veuve),如《高塔之歌》《布鲁塞尔》,或指生命失去伴侣,灵魂孤独。

兰波画像。

兰波居住在哈勒尔的详细地址和地标,那棵荒漠上的野树——

1880-1881年，位于红海之滨的亚丁港，兰波流浪的栖居地。

当时的亚丁（1880-1881年），是个不可思议的熔炉，其中包含了阿拉伯人、印度人、犹太人、埃塞俄比亚人、中国人、索马里人等等。

的时候，他总想带着满脸罪恶出去走走！

"有时，他会用温软的隐语谈论令人沮丧的死亡，真实存在的不幸的人们，繁重的劳作，撕心裂肺的离别。在我们喝得醉醺醺的低级小酒馆里，他看着周围人如受苦受难的牲畜，不禁潸然流泪。他在黑漆漆的街上扶起醉汉。他的同情心如同一位邪恶的母亲对待自己的幼儿。——他出门时，如同一个小姑娘去上教理课[1]一样满怀善意——他装着对一切都很精通：商业、艺术、医学。——我跟随他，理应如此。

"我看清了他精神上所有的装饰，他身边的衣物、床单、家具：我借给他的武器是另一副面孔。我见过触及他的一切，都像是他有意为自身打造。当他看上去有些精神消沉，我依然远远地跟随他，做一些稀奇古怪的事情，好事或坏事：我肯定自己未曾进入他的世界。多少个不眠之夜，当他熟睡，我守在他亲切的身体旁边，寻思着他为何要这般逃避现实。从来没有人有过如此心愿。我重新认识到——并不为他担惊受怕——他可能对社会造成严重危害。——他或许掌握了改变生活的秘诀？不，他只是寻求而已，我反驳自己。最终，他的仁慈令人着魔，而我于是成了它的囚徒。其他任何灵魂都没有这种力量——绝望的力量！——为了支撑灵魂，——为了得到他的保护、他的爱。况且，我无法想象会有另一个灵魂与他并存：一个人看见他的天使，就不可能再有另一个天使，——我相信。我在他的灵魂中就像在宫殿里，殿内空空，因为人们不想看见一个像你一样卑贱的人：就是这样。哎呀！我过去太依赖他。可是，和我这样平庸、软弱的人在一起，他想要什么？如果说他没有将我置

---

[1] 原文 catéchisme，指基督教的教理课，讲授宗教原理。

之死地，至少也没有使我变得更好。我又气又恨，有时就对他说：'我理解你。'他耸耸肩。

"就这样，我的忧伤与日俱增，在我看来，我已在迷途中越陷越深，——所有关注我的眼神也都这么看，如果我不被判入地狱而永远被人遗忘！——我越来越渴望他的善意。他的亲吻和亲切拥抱曾是一片天空，阴忧的天，我进入其中，并愿意留在那里，任自己贫穷、聋哑、失明。我已习惯这一切。我感觉我们就像两个自由自在的好孩子，在忧伤的天堂里漫步。我们协调一致。满怀激情，我们一起劳动。然而，在一次沁人心脾的爱抚之后，他说：'等我消失，你回想自己经历的这一切，会觉得很可笑。当你的颈下再没有我的手臂，再没有我的心让你歇息，再没有我的嘴唇吻你的眼睛。因为有一天我必定会远离。因为我应该去帮助别人：这是我的责任。尽管这并不那么有趣……亲爱的灵魂……'他离去之时，我感到一阵眩晕，顿时陷入最可怕的阴影：死亡。我让他许诺，永不抛弃我。这情人的诺言，他重复了二十遍，可毫无意义，就像我一次次对他说：'我理解你。'

"啊，对他，我从不嫉妒。他不会离开我，我相信。可将来如何？他没有知识，也不会去工作。他愿意像一个梦游者一样生活。难道惟有他的善良和仁慈本身，才能给他在现实世界生活的权利？有时，我忘了自己一向倾心的怜悯：他会让我变得更坚强。我们将一同去沙漠上旅行、狩猎，一起睡在陌生城市的石子路上，无牵无挂，无忧无虑。或许等我一觉醒来，法律和风土人情已然变迁，——由于他的魔力，——世界还像从前一样让我欢乐、闲散、随心所欲。哦，我受了那么多苦，作为奖赏，你能否将儿童书本中的未来赐予我？他不能。我不明白他的理想。他告诉我有悔恨，也有希望：可这与我无关。他也在对上帝说话？也许是我该向上帝询问。我在万丈深渊，不知该如何祈祷。

"如果他向我解释他的忧郁，比起听他的嘲弄，我会有更深的理解？他不遗余力地攻击我，让我对我所触及的这世上的一切感到羞耻，如果我哭，他更加愤怒。

"'你瞧这个温文尔雅的年轻人走进一间美丽而宁静的房屋：他的名字叫杜瓦勒、杜福尔、阿尔芒、莫里斯，我怎么知道？一个女人全身心爱上这个可恶的白痴：她死了，她现在一定成了一位天国圣女。你将让我死去，就像他把那个女人折磨死。这就是我们的宿命，命中注定，仁慈的心……'哎呀！有一段日子，所有行动着的人在他看来都是奇形怪状的玩具：他仰天长笑，笑得很可怕。——而后他又恢复了柔情，仿佛一位年轻的母亲，亲爱的姐妹。如果他不那么粗野，我们都会得救！然而他的柔情同样致命。我对他百依百顺。——啊！我真疯了！

"有一天，或许他会奇妙地消失，那时我该知道，他是否重登天宇，我多想看见我的爱人升天！"

一对奇怪的夫妻！

Ⅱ 文字炼金术

现在，让我来讲讲有关我的疯狂的故事。

很久以来，我自诩能享有一切可能出现的风暴，可以嘲弄现代诗歌与绘画的名流。

我喜欢笨拙的绘画、门贴、墙上的装饰、街头艺人的画布、招牌、民间彩图、过时的文学、教堂里的拉丁文、满纸错别字的淫书、祖先的小说、童话、小人书、古老的歌剧、天真的小曲、单纯的节奏。

我梦想着十字军东征，无人知晓的探险旅行，没有文字历史的共和国，半途而废的宗教战争，风俗的变迁，种族和大陆的迁徙：我相信一切魔术。

我发明了元音的颜色！——A 黑、E 白、I 红、O 蓝、U 绿。——我规定了每个辅音的形状和变幻。早晚有一天，我将凭借本能的节奏，发明一种足以贯通一切感受的诗歌文字。 我保留翻译权。

这起初是一种探索，我默写寂静与黑夜，记录无可名状的事物。我确定缤纷的幻影。

> 远离飞鸟、牛羊和村姑，
> 我掬饮什么？跪在欧石楠丛中，
> 四周的榛莽细密、轻柔，
> 薄雾青青，飘荡在湿润的午后。
>
> 在这年轻的瓦兹河里，我尝到什么？
> ——无声的榆树、无花的青草、阴沉的天空！
> 远离心爱的茅屋，我能否从
> 这金黄的葫芦中，畅饮发汗的金酒？
>
> 我制作了一面模糊不清的旅店招牌。
> ——一阵风暴在天空扫荡。
> 傍晚，林中泉水流入纯净的沙滩，
> 上帝之风将冰雹撒入池塘。

哭泣着,满目金光——我却不能畅饮。

*

夏日,凌晨四点,
爱情的睡眠正酣,
节日之夜的气息,
从树林间的黎明渐渐散去。

在那开阔的工地上,
迎着赫斯佩里得斯的太阳,
木工们已卷起袖子
开始劳动。

在布满青苔的荒漠中,
他们默默准备着精致的木板,
其中的城市,
涂抹着虚假的天空。

啊!为了这些美好的工人们,
巴比伦国王的臣民,维纳斯!
暂时离开那些"情人",
他们的灵魂总戴着花冠。

哦，牧羊人的女王！
快给工人们送去烈酒，
愿他们的力量平和，
等待着在正午的海上沐浴[1]。

诗歌中古老的成分，在我的文字炼金术中占有重要地位。

我习惯于单纯的幻觉：我真切地看见一座清真寺出现在工厂的位置上，一支天使组成的击鼓队，天路上行驶的一辆辆马车，一间湖底客厅；妖魔鬼怪，神秘莫测；一部滑稽剧的标题在我眼里现出恐怖的情景。

而后，我用文字的幻觉来解释我的魔法。

我最终发现，我精神的混乱是神圣的。发着高烧，我变得慵懒：我羡慕动物享有的极乐——小毛虫显现缥缈的纯真；鼹鼠是童贞的睡眠！

我性格乖戾。唱着罗曼曲，向这世界道一声永别：

高塔之歌

来吧，快来吧，
那钟情时刻。

我如此耐心，
以致遗忘。
恐惧、痛苦

---

[1] 参见《泪》《晨思》，与之前的版本略有不同，更简洁、更轻盈、自由。

已飞升天庭。
渴饮不洁之水,
我的血脉已浑浊不清。

来吧,快来吧,
钟情时刻。

有如草场,
被人遗忘,
渐渐扩大,
缀满香花。
肮脏的蝇群,
嗡嗡喧哗。

来吧,快来吧,
钟情时刻。[1]

我爱过沙漠、焚毁的果园、破旧的商店、温热的饮料。我在陈腐的小巷里散步,闭上眼睛,却将自己献给太阳,火神!

"将军,要是废墟中的壁垒上还有一门老式大炮,就用干土块轰炸我们。瞄准那华丽商店的玻璃!对准客厅!让全城吃灰,排水管生锈。让贵妇人的沙龙里充满滚烫的红宝石粉……"

---
[1] 参见之前的《高塔之歌》,与之前的版本略有不同,只保留了第三、第四诗节及副歌。

哦,爱恋着琉璃苣[1]却又迷恋于客栈茅厕的苍蝇已化为一道光!

饥饿

如果有胃口,
我就吃土和石头。
我的午餐总是
空气、岩石、煤和铁。

我的饥饿转过头来。
吃吧,那麸皮的牧场,
从牵牛花中
吮吸快乐毒汁[2]。

咀嚼敲碎的石子,
教堂古老的方砖;
洪荒时代的卵石,
散落在灰山谷间的面包。

*

狼在落叶下嗥叫,
吞噬家禽,

---

1 原文 la bourrache,琉璃苣,一种发汗的植物。
2 原文 Attirez le gai venin des liserons,"从牵牛花中吮吸快乐毒汁"。参见《爱情的沙漠》中的《反福音书》(Ⅱ)。

口吐漂亮的羽毛：
我像它一样筋疲力尽。

生菜、水果
只等采摘；
篱笆上的蜘蛛，
只吃堇菜。

让我睡吧！将我放在
所罗门的祭坛上煮沸。
沸水流经铁锈，
汇入汲伦溪。

最终，哦，幸福！哦，理性！我已将碧蓝从天空分离，它原本是黑色的；我活着，生命闪烁"自然"之金光[1]。一时兴起，我就采取了迷狂而滑稽的表达方式：

永恒

终于找到了。
什么？——永恒。
那是沧海，
融入太阳。

---

1 原文 nature 为斜体字母，为突出并强调。兰波一贯忠实于"自然""生命"，抗拒不自然的虚幻的光芒，反对"暴力救恩"及强制性的"救赎"。

我永恒的灵魂,
关注你的心,
纵然黑夜孤寂
白昼如焚。

众生赞誉,
普遍冲动,
你就此飞升!
超脱凡尘。

没有希望,
没有新生,
科学与耐心
难逃苦刑。

没有明天,
炭火如织。
你的热情,
天生使命。

终于找到了!
什么?永恒。
那是沧海

融入太阳。[1]

我变成了一部神话歌剧,眼中一切生命都有福了:行动不是生活,是劳神费力,是神经紧张。道德是精神的懦弱。

每个生命对我来说都好像负有其他多重生命。这位先生不知道自己在做什么:他是个天使。这一家是一窝狗。某一瞬间,我在许多人面前,和他们其他的生命之一大声交谈。——因此,我爱过一头猪。

任何疯狂的诡辩——禁闭的疯狂——我都没忘记:我要重新道出这一切,我掌握着全套体系。

我的健康受到威胁。恐惧来临。我倒下,一睡好多天,起来,我又继续那愁苦的梦幻。对于死亡我已成熟。我的软弱通过一条危险之路把我带到人世和冥土的交界,那里是幻影和旋风的国度。

我只有去旅行,驱散头脑中凝聚的魔力。我热爱的大海仿佛能洗清我浑身的污垢,——在海上,我看见安慰人心的十字架冉冉升起。我曾被彩虹罚下地狱,"幸福"曾是我的灾难,我的忏悔和我的蛀虫:我的生命如此辽阔,以至于不能仅仅献给力与美。

幸福,它的牙齿对于死亡如此柔弱,它在最阴暗的城市,以公鸡啼鸣来通报我——晨祷——基督降临[2]:

哦,季节,哦,城楼,

---

[1] 与之前的《永恒》略有不同,原先第一节后两行:C' est la mer allée/Avec le soleil。("那是沧海,随太阳消逝。")这里是 C' est la mer melée /Au soleil。(那是沧海,融入太阳。)

[2] 皮埃尔·布鲁奈勒(Pierre Brunel)认为,这里指彼得三次不认主[参见《马太福音》(26:69-75)];或指礼拜仪式中的晨祷,忏悔并颂赞主恩。

什么样的灵魂完美无缺?

对于幸福我做过奇妙的研究,
至今没人能将它参透。

每当高卢雄鸡报晓,
都在向它致敬致敬。

啊!我已一无所求,
它已主宰我的生命。

这魔力攫取了身心,
将一切努力化为泡影。

哦,季节,哦,城楼!

当它逃逸,哎呀呀!
大限将临。

哦,季节,哦,城楼!

这一切都已过去,我如今才懂得向美致敬。

不可能[1]

啊！我童年的生活，超级质朴，在所有气候中，展开一条大路，比乞丐更无牵挂，没有故乡，没有朋友，却洋洋自得，这有多傻——我到现在才发现！

我完全有理由蔑视那些家伙，他们从不放过一次爱抚的时机，像寄生虫一样蚕食女人的纯洁与健康，所以如今的女人，跟我们存在着严重分歧。

我所有的轻蔑都有根据：因为我逃离。

我逃离。

我自我辩解。

就在昨天我还感叹："苍天！在人间我们已受够了惩罚！而我，我与他们为伍也已经太久了！所有人我都已认清。我们总是一再相认，相互厌倦。仁慈对我们依然陌生。可我们彬彬有礼，与世界和谐相处。"惊讶吗？世界！商人，天真的人们！——我们并不可耻。可是，上帝的选民，他们将如何接纳我们？没错，是有一些恼怒的人、快乐的人，假冒的选民；为了接近他们，我们需要勇敢、谦卑。他们是惟一的选民。他们从不阿谀奉承。

---

[1] 有学者认为，《不可能》揭示了兰波自身内在的精神冲突与矛盾：东方的诱惑与"西方的沼泽"皆无处栖身，或许这正是"我的精神之所以漂泊流浪的根源"。

我发现理性只值两分钱——转眼用尽！——我的烦恼正是由于我没有尽早意识到我们身处西方。西方的沼泽！并非我信奉扭曲的光明、衰朽的形式、盲目的行动……好了！自从东方衰落以来，精神所忍受的所有残酷的发展……我的精神绝对乐见其成[1]！

……我那共值两分钱的理性已宣告终结！——精神是权威，它要我留在西方。想要照我的心意得出结论，就得让精神沉默。

殉道者的荣耀、艺术的辉煌、发明家的骄傲、抢劫者的狂热，我统统交给了魔鬼；我转向了东方，回归永恒的、元初的智慧。——这似乎是一场狂野、懒散的梦！

不过，逃避现代的痛苦，这种好事我不去多想。《古兰经》中杂交的智慧[2]，我也并不奢望。——可是自从科学和基督教在世上传开，人们就在自欺欺人，证明明显的事实，并以重复这些证明为乐而自我膨胀，就这么生活难道不是一种真正的折磨！精妙而无知的酷刑；我的精神之所以漂泊流浪的根源。或许连大自然都感到厌倦！普吕多姆先生[3]是和耶稣一起诞生的。

莫不是因为我们耕耘着迷雾！我们把狂热和多汁的蔬菜一同咽下去。还有酗酒！吸烟！无知和牺牲！——这一切离思想、东方的智慧、原始的祖国有多远？既然发明了同样的毒药，何必还要这现代世界！

教会的人会说：这可以理解。但你们说的是伊甸园，而东方人

---

[1] 让-卢克·斯坦梅兹认为，这是黑格尔的论调。
[2] 让-卢克·斯坦梅兹认为，因为《古兰经》中混合了基督教和东方的传统智慧。
[3] 原文 M. Prudhomme，是法国画家、小说家亨利·莫尼埃（Henri Monnier, 1799—1877）笔下的人物，是一个头脑迟钝、思想狭隘的小资产阶级形象，总是自命不凡，满口教条的蠢话。

的历史与你们无关。——确实如此;我曾梦想着伊甸园!可这古老种族的纯洁,在我的梦中意味着什么!

哲学家:世界没有时代,只有人类迁徙。身在西方,你可以自由居住在你的东方,你喜欢的某个古老时代,——尽管住在那里。只要不是一个战败者。哲学家,你们属于你们的西方。

我的精神,保持警惕。从没有暴力救恩这一说[1]。你得继续熬炼!——啊!对于我们,科学的发展还不够迅速!

——可我发现我的精神沉睡着。

如果它从此一直觉醒,我们很快就能到达真理;真理和那些哭泣的天使也许就围绕在我们身边!——如果它觉醒直到此时,我便不会屈从于有毒的本性,沉湎于无可追忆的时代!——如果它自始至终觉醒,我早已在智慧之海上航行!……

哦,纯洁!纯洁!

这醒来时分赐予我纯洁的幻象!——人们从精神走向上帝!

令人心碎的不幸!

---

[1] 原文 Pas de partis de salut violents,"从没有暴力救恩这一说。"——担心自己在精神上会不惜一切寻求灵魂的救赎,兰波这样提醒自己,从没有"暴力救恩",或者说强制性的救赎——"你得继续熬炼"。

闪亮

人类的劳作！这正是时时照亮我的深渊的爆发。

"没有什么是虚空的[1]；向着科学，前进！"现代传道书这样号召，即"每个人"都这么呐喊。然而恶棍与懒汉的尸体却倒在别人的心上……啊！快，快一点；在那儿，越过黑夜，这未来永恒的奖赏……我们难道就此逃亡？……

——我能做什么？我了解工作；科学进展太慢。祈祷在飞奔，阳光轰鸣……我看得逼真。这很显然，这里太热[2]；人们将抛弃我。我有我的职责，像许多人一样，我将把责任抛在一边[3]，我为此而骄傲。

我的生命已耗尽：算了吧！让我们装傻、偷懒，哦，真可怜！我们拿自己取乐，梦想着神奇的爱情和绝妙的宇宙；我们在生活中抱怨，为形形色色的人争吵不休；江湖骗子、乞丐、艺术家、匪

1　原文 Rien n' est vanité，"没有什么是空虚的。"相对于《旧约·传道书》（1∶2）："虚空的虚空，凡事都是虚空。"（Vanité de vanités, tout est vanité.）兰波如此宣读自身的"现代传道书"（l'Ecclésiaste moderne），以颠覆传统，或与之针锋相对。

2　或指"地狱一季"中的地狱之火。

3　皮埃尔·布鲁奈勒认为，这里也是在说反话，是儿童式的反驳，和圣经中的教义唱反调。因为在《旧约·创世记》（3∶17, 19）中，耶和华对亚当说："你必终身劳苦，才能从地里得吃的。""你必汗流满面才得糊口，直到你归了土。"

徒，——牧师！我躺在医院的病床上，浓郁的芬芳袭来；神圣香料的看守、倾听忏悔的神甫、殉道者……

我重新认识了我童年时所受的肮脏教育。结果怎样？……虚度了二十年，就像别人的二十年一样……

不！不！我此刻正抗拒着死亡[1]！相对于我的骄傲，工作实在太轻：我对世界的反叛只是一段短暂的苦刑。最后时刻，我依然左右出击……

那么，——哦！——亲爱的可怜的灵魂，我们不会丧失永恒！

---

[1] 让-卢克·斯坦梅兹认为，兰波曾产生过自杀的念头，想只活到二十岁。二十岁，对兰波还意味着要去服兵役。

清晨

要是我能有一次英勇、美好而又虚幻的青春写在金页片上该有多好！出于怎样的疯狂、犯下怎样的错误，现实中我才如此虚弱？你们声称野兽因悲伤而抽泣，病人绝望，死者被梦魇折磨，那么，请也讲讲我的原罪和我昏睡的缘由吧。我再也无法说清自己，就像乞丐无从解释他们念诵的《天主经》《圣母经》，我连话也不会说了！

不过今日，我和地狱缘分已尽。那确曾是一座地狱；古老的地狱，人子打开了它的大门[1]。

同样的沙漠，同样的夜，我又在银色星辉下睁开疲惫的双眼，而生命之王，东方三博士[2]，心、灵、神，仍无动于衷。我们何时才能穿过沙滩与群山，向着新的劳动、新的智慧致敬！为暴君、魔鬼的逃亡，迷信的终结而欢呼——作为最初的使者——迎接人间圣诞！

天国之歌，人民的脚步！奴隶们，我们不要诅咒生活。

---

1 参见《马太福音》（27∶50-53）："耶稣又大声喊叫，气就断了。忽然，殿里的幔子从上到下裂为两半，地也震动，磐石也崩裂，坟墓也开了，已睡圣徒的身体，多有起来的。到耶稣复活以后，他们从坟墓里出来，进了圣城，向许多人显现。"

2 参见《马太福音》（2∶1-2）："当希律王的时候，几个博士从东方来到耶路撒冷，说：'那生下做犹太人之王的在哪里？我们在东方看见他的星，特来拜他。'"

永别

已是秋天！——但何必怀念那永恒的骄阳，既然我们已决心发掘神圣之光，——远离死于季节轮回的人们。

秋天。我们的船航行在静静的迷雾中，转向苦难之港，火焰与污泥点染着这大都市[1]的天空。啊！腐烂的衣衫、淋湿的面包、酩酊大醉、将我钉在十字架上的万种柔情！这吸血鬼女王尚未甘心，已被她吞噬的无数灵魂与死尸还将继续受审[2]！我又见自己的皮肤被污泥和瘟疫侵蚀，发间和腋下生蛆，心里的蛆虫更大，躺在没有年龄、没有情感的陌生人中……我随时可能死在这里……恐怖的回忆！我恨苦难。

而我更怕冬天，那舒适的季节！

有时我在天空看见一片无垠的沙滩，上面有欢快洁白的民族。一艘大金船从我头顶驶过，晨风轻拂着缤纷的彩旗。我创造了所有的节日，所有的凯旋，所有的戏剧。我尝试过发明新的花、新的星、新的肉体和新的语言，我自信已获得超自然的神力。哎！我

---

1 原文 la cité énorme，"这大都市"，让-卢克·斯坦梅兹认为显然是指伦敦。1873年，魏尔伦在《往昔与近来》中诗云："哦，天火在这座《圣经》之城上燃烧！"（《不规则十四行》）也是指伦敦。当时，这两位诗人正一同在伦敦流浪。
2 参见《启示录》末日审判（18：10）："因怕她的痛苦，就远远地站着说：'哀哉，哀哉，巴比伦大城，坚固的城啊，一时之间你的刑罚就来到了。'"

不得不埋葬我的想象和回忆！这是一个艺术家和叙事者被剥夺的荣誉！

我呀！我曾自称魔法师或天使，抛开一切道德；我曾归于土地，带着未尽的义务去拥抱严酷的现实！农民！

我受骗了？对我来说，仁慈是否就是死亡的姐妹？

最终，我请求谅解，因为我用谎言养育了自己。让我们上路。

然而竟没有一只友爱之手！去哪里求救？

*

是的，新的时光至少会很严峻。

因为可以说我已经赢得胜利：切齿之痛、熊熊怒火与病态的叹息都归于平静，所有不洁的回忆都随风而去。我最后的悔恨也已消散，——对乞丐、强盗、死亡之友和所有放心不下的事物的嫉恨。——都该下地狱，我真想报复！

必须绝对现代[1]。

再也别唱赞美诗：坚持走过的每一步。苦涩的夜啊！凝血还在我的脸上冒烟，我的身后除了一片恐怖的灌木，空空如也！……精神之战的严酷，决不亚于人间斗争；而正义的幻影只能取悦上帝。

而此刻让我们守夜。尽情享受一切猛烈的冲动和真实的温情。黎明时分，我们将以炽热的耐心，进入灿烂辉煌的城市。

还说什么友爱之手！不如尽情嘲弄互相欺骗的陈旧的爱情，敲

---

[1] 原文 Il faut être absolument moderne，"必须绝对现代。"这是兰波留下的名言。让－卢克·斯坦梅兹先生提出质疑：是很现代，抛弃了撒旦的幻觉与宗教迷信，可又将陷入怎样的孤独，面临怎样的现实？

打并羞辱这对说谎的夫妻[1],这真是一种美妙的乐趣,——在那里,我见过女人的地狱;——我终于可以随心所欲地"从灵与肉之中获得真理"。

1873 年 4—8 月

---

[1] 根据卢克·斯坦梅兹的注释:这是指魏尔伦和他的妻子玛蒂尔德。在兰波眼里,这真是一对"奇怪的夫妻"——"在那里,我见过女人的地狱"。

第三部

彩图集
Illuminations

洪水过后[1]

正当洪水的意念趋于平静,

一只野兔停在飘忽的岩黄芪铃铛花间,透过蛛网,向彩虹致敬。

哦!宝石藏匿,——花朵已睁开眼睛。

肮脏的大街上,货架已重新摆开;人们将小船拉向叠浪翻腾的大海,就像在蚀刻版画中。

在蓝胡子[2]家里,鲜血流淌,——在屠宰室和角斗场上,上帝之印染白了幽窗。鲜血和乳汁一起流淌。

海狸筑巢[3]。"马萨格兰"[4]在咖啡馆里烟雾腾腾。

---

1 这是《彩图集》开篇。《彩图集》原文《Illuminations》,又译《插图集》。Illuminations 本身还包含(宗教)"启迪""照亮"之意。故有人译为《灵光集》。但译者认为,兰波作为诗人,或将"灵光"二字藏而不露,亦未可知。开篇《洪水之后》便借用《创世记》大洪水摧毁并净化世界的题材,将"意念"带回原初之混沌,让天真无邪的动植物,如"野兔""蜘蛛""海狸""百里香"重现生机,让人与自然重新结合,在死而复生的世界里,如孩子与野兔一般自由活泼——"透过蛛网,对着彩虹喃喃祈祷。"

2 原文 chez Barbe-Bleue,"在蓝胡子家里"。"蓝胡子"是法国作家夏尔·佩罗(Charles Perrault, 1628—1703)创作的童话故事中一个凶残可怕的人物,他娶过的几个妻子都被他杀害。

3 原文 les castors,"海狸"(复数),双关语:指"海狸",或当时成立的一个"海狸协会",其成员组成公社,共同劳动,建立居所。

4 原文 les mazagrans,"马萨格兰",是一种冷咖啡——往杯中注水时,"烟雾腾腾"。其名称源自 1840 年法国征服阿尔及利亚的马萨格兰之战。"马萨格兰"原本是阿尔及利亚的一个村庄,后来以此命名这种冷咖啡。

水盈盈的大玻璃房间，披麻戴孝的孩子们正凝视着美妙图景。

一阵门响，——小村庄空地上，随着一阵暴雨，孩子转动着手臂，如钟楼上的风信标和风信鸡。

×××夫人[1]将一架钢琴架在阿尔卑斯山上。弥撒和初领圣体的仪式在大教堂成千上万个祭坛上举行。

沙漠商队出发。"辉煌旅社"建在极地之夜与冰面混沌之上。

至此，月亮听见豺狼在百里香的沙漠中[2]哀嚎，——踏着木屐的田园牧歌在果园里呻吟[3]。而后，在发芽的紫色参天树林中，圣灵[4]告诉我，这是春天。

池塘涌流，——泡沫漫过桥梁，渗入树丛；——黑纱与管风琴，闪亮，呼啸，——升腾，滚动吧；——水流和忧郁，让洪水再度泛滥、暴涨。

因为自那水流消退，宝石藏匿，花朵怒放！——这是何等痛楚！而那女王，在土罐中燃烧炭火的女巫，从未向我们透露她的秘密，对此，我们永远一无所知。

---

1 原文 Madame×××，表示某夫人，名字省略。这位神秘"夫人"在兰波诗文中几次若隐若现。参见《虔诚祷告》。

2 原文 les désert de thym，"百里香的沙漠"，诸如此前一系列意象及词语组合，"违背常理"，或许正因为创世的洪水重新来过，带来原始的混沌与力量。本文通篇都是过去时，但其中迸发出的能量远远超前于时代。如当代评论家让-皮埃尔·理查德（Jean-Pierre Richard）所言，兰波创建了自己的洪水神话，正如《启示录》中天启的恐惧和梦想为所有的反抗推波助澜。

3 这里或为兰波对于浪漫主义诗歌的讽刺。

4 原文 Eucharis，兰波发明的词，是 Eucharistie（"圣体、圣事"）与 Christ（基督）的结合。

黎明

我拥抱过夏日黎明。

宫殿正面，万物尚无动静。流水止息。林间道路残留着田野的阴影。我走出去，唤醒了湿漉漉的生命气息，宝石睁开眼睛，振翅轻飞。

我遇见的第一桩趣事：在白晃晃的清新小径，一朵花告诉我她的姓名。

我嘲笑金色瀑布[1]，她披头散发地穿过松林：在银光闪闪的山峰，我认出了那位女神。

于是，我撩开层层面纱。在小路上，我挥动着手臂。在平原，我把这一切告诉了公鸡。在大城市里，她在钟楼与圆屋顶之间逃逸；我像个乞丐，在大理石的堤岸猛追。

大路高处，月桂树旁，我用层层披纱将她裹紧，我隐约感到她巨大的身体。黎明与孩子一同倒在树林里。

醒来已是正午。

---

[1] 这里兰波用了一个德文词：wasserfall，"瀑布"。这个词法语为（阴性名词）cascade。

童年

I

这个金毛、黑眼睛的偶像[1]，没有父母，没有家园，比墨西哥和弗拉芒的传说更高贵；她的领地是青青野草，悠悠碧天，她奔跑的海滩，曾被无船的海浪以凶悍的希腊人、斯拉夫人和克尔特人的名字命名。

来到森林边缘，——梦中花朵"叮当"闪亮，——橘色嘴唇的姑娘[2]双膝交叉在从牧场涌出的洪水中，彩虹、花草和大海掠过，给她赤裸的身体投下阴影，穿上花衣裙。

那些在临近大海的露台上闲逛的妇人们；小姑娘和女巨人在青灰的泡沫间黝黑放光，宝石立于解冻的花园与丛林沃土之上——年轻的母亲和大姐姐的目光映出朝圣的旅途；苏丹王后与公主雍容华贵，步履蹁跹；还有外国小姑娘，和另一些女子，结着淡淡的哀愁。

---

[1] "这个偶像"（cette idole）为女性（阴性名词），指通常意义上的美人，或自然之子的化身，其中，"金毛"（crin jaune），本意不是人的头发，而是指马鬃，或动物的毛发。参见《太阳与肉身》"——你在偶像之中寄托了太多纯真，/你用黏土将女性塑造成神……"

[2] "橘色嘴唇的姑娘"，这童年的偶像，皮埃尔·布鲁奈勒（Pierre Brunel）认为，是一只洋娃娃，之后变成了少年心中的偶像。

多烦忧,满眼尽是"亲切的玉体"和"亲爱的心"[1]!

II

是她,玫瑰丛中死去的女孩。——已故的年轻妈妈走下台阶。——表弟的四轮马车在沙地里吱吱作响。——小弟弟——(他在印度!)在夕阳下,开满石竹花的牧场。——那些老人站直了被葬入墙内,墙上盛开着紫罗兰。

蜂群般的金色落叶围绕着将军故居。这是正午。——沿着红色道路,人们来到空空的客栈。城堡正在出售;百叶窗散乱。——神甫想必已带走了教堂的钥匙。——公园四周,守卫的住所已空无一人,篱笆高耸,只见颤动的树尖,再说里面也没什么景致。

牧场延伸到没有公鸡、没有铁砧的乡村。拉开闸门。哦!耶稣受难像和荒漠上的磨坊,群岛与草垛!

神奇的花朵嗡嗡作响,斜坡为他轻轻摇晃。传说中的野兽悠然游走。乌云堆积在热泪凝聚的永恒海空。

III

林中有一只鸟,它的歌声使你驻足,使你脸红。

---

[1] 原文 cher corps et cher coeur,参见波德莱尔的《阳台》:"我通晓这门艺术,追忆良辰美景。/ 重温自己蜷缩在你双膝上的往昔,/ 因为除了你亲切的玉体,温存的心,/ 还能去哪里追寻你那倦怠之美丽?/ 我通晓这门艺术,追忆良辰美景!"

有一口钟从不鸣响。

有一片沼泽藏着白野兽的洞。

有一座教堂沉落,又升起一片湖泊。

有一辆被弃的小车披着饰带,顺着林间小路滑落。

有一群装扮好的小演员被发现,穿过丛林边的大路。

有一个结局:当你饥渴,就有人将你驱逐。

IV

我是那圣徒,在空地上祈祷——就像温顺的动物埋头吃草,直到巴勒斯坦海滨。

我是那智者,坐在阴暗的椅子上。树枝和雨点投向书房幽窗。

我是那旅人,走在密林间的大路;船闸的喧哗覆盖了我的脚步。我长久地凝望着落日倾泻的忧郁金流。

我会是一个弃儿,被抛向茫茫公海的堤岸,或是一位赶路的小马夫,额头碰到苍天。

小路崎岖，山岗覆盖着灌木。空气凝固。飞鸟与清泉远在天边！再往前走，想必就到了世界尽头。

V

最终，租给我一间坟墓吧，用石灰涂白，镶一道凸出的水泥线，——深深埋藏在地下。

我静伏案头，灯光映照着我痴痴重读的报纸，乏味的书籍。

在我地下沙龙的头顶，有一片辽阔的间距，房屋像植物一样生长，雾锁重楼。污泥黑红，魔幻的城市，无尽的夜色！

低处滴水，四周惟有地球的厚重。或许是天渊、火井。或许是月亮和彗星，海洋与神话在此相逢。

苦涩之时，我想象着一些蓝宝石球、金属球。我是沉默之主。为何穹顶的一角，天窗会映出一片灰白？

青春

Ⅰ. 星期天

放下算术，天空骤然降落，连同蜂拥而至的回忆，阵阵节奏，盈满房间，充斥着头脑和整个精神世界。

——一匹马沿着田野和树林，在郊区被煤烟的瘟疫熏染的赛马场上奔逃。在世界的某个角落，一位戏剧中悲惨的妇人，在不可思议的遗弃之后唉声叹气。一伙亡命徒在经历了风暴、沉醉和累累伤痛之后筋疲力竭。河边的孩童，因不幸遭遇而窒息。

让我们在堆积如山的功课发出的嗡嗡噪音中开始重新学习。

Ⅱ. 商籁[1]

正常体质的"男人"，那肉体
岂不是悬挂在果园中的一枚果实[2]；

---

1 原文 sonnet，商籁，或称"十四行诗"，起源于13世纪的意大利，后传至欧洲各国。格律严谨。但这里是自由体散文诗，并无格律，或因刚好排成十四行，故戏称"商籁"。在此篇《青春》之中，《星期天》与《商籁》显示兰波之"声音主题"，《二十岁》显示其"合唱主题"。参见《贱卖》注释。
2 原参见1873年魏尔伦诗集《往昔与近来》中，诗云："肉体！哦，这个园地里惟一可以咬一口的果实……"这里的园地，即伊甸园。

兰波在非洲，看见来自故乡夏尔维勒的法国传教士。

哈勒尔街边，兰波摄于1882年。

兰波临终前，渴望从这个港口（马赛港）出发，再去非洲。

兰波临终前肖像，素描，兰波的妹妹伊莎贝尔·兰波绘。

哦，孩童的时日！——身体，

一份任意挥霍的珍宝；哦，爱情，

普绪喀[1]的危难或力量？大地丰饶的

深山幽谷，王子与艺术家辈出，

血统与种族使我们陷入悲伤与罪恶：

世界，你的幸运，你的灾祸。

而此刻，只有艰苦劳作，

你，你的算计，你，你的焦躁，

仅仅只是你自在飘忽的声音和舞蹈，

尽管它出自发明与成功的双重因素，

——穿越无形世界博爱而审慎的人类；

——力量与权力只反射于时兴的舞蹈和声音。

Ⅲ．二十岁

被放逐的有益的声音……苦不堪言，当肉体的纯真变老成[2]……——缓慢而庄严[3]——啊，少年无限的利己，认真的乐观主义：愿这个夏天世界开满鲜花！乐曲和曲式的消解……一个唱诗班，只为安慰无能与空虚！酒杯唱诗班奏响夜曲……而事实上，每根神经都在被拖拽[4]。

---

1 原文 Psyché，普绪喀，希腊神话中的灵魂之神，人的灵魂的化身，她的形象是一只蝴蝶或长着蝴蝶翅膀的少女，曾为爱情而历经种种磨难。
2 原文为形容词 rassise，字面意思是"（面包）不新鲜的、走味的"，引申义为"沉着的，稳重的，老成持重的"。
3 原文为意大利语 Adagio，指音乐中的"柔板"。
4 原文 chasser，原意为"打猎""驱逐"。这里借用航海词汇，意指"船舶走锚"。

Ⅳ.

你还在受安东尼的诱惑[1]。对宗教的热忱反复无常,幼稚、骄傲的抽搐,恐惧与沉沦。

可你依然开始了这项工作;所有和谐的与建筑的可能性都围绕在你的座席四周。完美无缺、出人意料的生命将丰富你的阅历。昔日人群及奢侈慵懒的好奇心将如梦似幻地从你四周涌来。你的记忆和感受只能成为你创作冲动的源泉。至于这世界,当你离开,它会变成什么样子?无论如何,眼前的一切都将不复存在。

---

[1] 原文 la tention d'Anotoine,参见福楼拜的同名小说。但后者 1874 年 4 月才发表。皮埃尔·布鲁奈勒认为,兰波不必看这部小说,可以这么写。因为福楼拜这部小说《圣安东尼的诱惑》的创作灵感,原本来自于 16 世纪的荷兰画家彼得·勃鲁盖尔的同名油画(创作于 1555—1558 年间),画中描绘了基督教隐修院的创始人安东尼抵制魔鬼种种诱惑的故事——圣安东尼最终迁到尼罗河和红海之间的深山旷野,创立了安东尼隐修院。

战争

　　孩子，一些天空让我的目光更为敏锐：各种性格使我的表情变化多端[1]。景色风云变幻。此刻，各种瞬间的永恒折射与数学的无限[2]将我逐出这世界，在此，我忍受了世俗的成功，备受陌生儿童和各种大爱的尊崇。——我梦想着一场"战争"，权力或强力的战争，出人意料的逻辑之战。

　　就像音乐短句那样简单。

1　参见《七岁诗人》："他很聪慧，／可谁知他身藏尖刻的虚伪，／脸上黑色的抽搐和挖苦似乎可以证明。"
2　普莱森（J. Plessen）认为，兰波所梦想的纯净和谐的世界，或建立在数字之上，他曾设想波德莱尔的诗句"仿佛无限事物般扩展、飞扬"中所包含的数学能力。又如波德莱尔的《深渊》："而我的精神，总免不了眩晕，／总是羡慕嫉妒那种冷漠之虚无。／啊！在劫难逃的'命'与'数'！"——参见《太阳与肉身》："众神倾听着'人类'与无限'世界'！"

焦虑[1]

她能让我宽恕那一次次被粉碎的野心吗？——一个轻松的结局是否能补偿艰难困苦的岁月，——成功之日即可消除我们命中注定的笨拙与耻辱[2]？

（哦，金棕榈奖章！钻石！——爱情！力量！——高于一切快乐与光荣！——无论如何，在任何地方，——魔鬼，上帝，——这生命的青春：我！）

科学幻境中的偶然与社会博爱运动，如何能比得上原初的真诚逐渐回归那样珍贵？……

而那使我们学乖了的女吸血鬼操纵着我们：迫使我们用她留给我们的一切自娱自乐，否则就变得更可笑。

让我涌向伤口，在令人疲惫的空气和海水的冲击下；忍受折磨，在沉寂的潮水和沉闷的空气中；承受酷刑，让它在残忍而汹涌的沉默中狞笑。

---

1 根据让-卢克·斯坦梅兹的注释：起初的标题是《她》(《Elle》)，很难确定她的身份，从第四节看，有点像"吸血鬼"，她让我们学乖了，就像人们制伏了那些好动的孩子。从她身上，阿尔贝·亨利（Albert Henry）看出这样几种人生态度：接受、忍耐和反抗。

2 让-卢克·斯坦梅兹认为："宽恕那一次次被粉碎的野心""轻松的结局""补偿艰难困苦的岁月""——成功之日""消除我们命中注定的笨拙和耻辱"，毫无疑问，均表现出兰波内心的绝望。

民主[1]

"旗帜将插上不洁之地,我们的方言土语将湮没鼓声。

"我们将在中心城市培育最无耻的卖淫。我们将屠杀那些合乎逻辑的反叛[2]。

"在热带潮湿的异国他乡!——为畸形而庞大的军工产业的剥削而效力[3]。

"别了,无论去哪里,自愿的新兵,我们将拥有残忍的哲学;对科学一无所知,不择手段地寻求安逸;为了前进的世界而牺牲。这是真正的进军。向前,冲!"

---

1 根据让-卢克·斯坦梅兹的注释:通篇都在引号中。这是谁在说话?显然是一名"满怀善意的新兵",准备投入一场反对旧世界的战斗。这里揭露了所谓的现代"民主"不过是征服者的精神意旨,但这并不意味着兰波反对那些摧枯拉朽的暴力。
2 原文 les révoltes logique,"逻辑的反叛",让-卢克·斯坦梅兹认为,是指反对侵略者,如《战争》中所说:"出人意料的逻辑之战。"
3 自1830年代,法国开始驻军阿尔及利亚、南印度支那半岛、卡宴(法属圭亚那)、塞内加尔等法属殖民地。

H

所有变态玷污了奥尔丹丝[1]的残忍之举。她的孤独如此色情而机械;她的疲惫是爱的原动力。在童年的监督下,她曾经历众多时代,集各民族火热的卫生习惯于一身。她的门开向苦难。在那里,现实生命中的道德对她的热情与行为形同虚设。——哦,初恋在流血的土地上,在闪亮透明的氢气中瑟瑟颤栗!——找到奥尔丹丝。

---

[1] 原文 Hortense,全名 Hortense de Beauharnais(1783—1837),奥尔丹丝·德·波阿尔奈,荷兰王后,拿破仑三世的母亲,《彩图集》中的"神秘过客"之一。另见《工人们》中的昂瑞卡(Henrika)、《虔诚祷告》中的路易丝·瓦纳昂·德·伏林根(Louise Vanaen de Voringhem)、阿什比的莱欧妮·奥布瓦(Léonie Aubois d'Ashby)、璐璐(Lulu),《Fairy》中的海伦(Hélène)。而其中奥尔丹丝占有特殊地位,她似乎是揭开谜团的一把钥匙,而本身也是一个谜——因为 H 本身不仅代表一个人,作为不发音的辅音字母,如《元音》一样让人产生联想:如本文中出现的 H 开头的单词:hygiène("卫生",hydrogène("氢")……而正当我们陷入迷宫,打算知难而退,兰波却"反戈一击",让我们"找到奥尔丹丝"。

童话

　　一位王子对自己终日挥霍光阴，追求粗鄙的慷慨与完美而感到厌倦。他预见到惊人的爱情革命，怀疑他的女人胜于奢华与上天恭维。他想看清真相，看到欲望和本心满足的时刻。他一心想要这些，不惜虔诚得变态。至少他拥有人类的大能。

　　所有认识他的女人都被杀了。这对美的园地是怎样的摧残！她们在屠刀下为他祝福。他不再去操控新的女人。——女人们又出现了。

　　在狩猎和奠酒之后，他杀了所有跟随他的人们。——所有人都跟随他。

　　他喜欢割断珍奇动物的脖子，让人在宫殿放火。他冲进人群，把他们剁成碎片。——人群、金殿与珍奇动物依然存在。

　　难道毁灭令人心醉，残忍能让人焕发青春！人民默无声息，没有人向他谏言。

　　一天夜晚，当他骑在马上，春风得意，一位精灵出现，美得难以名状，甚至不可告人。他的容貌举止再度许下多重复杂的爱的诺言！王子与精灵也许从原本健康的身体里彼此消灭了对方。他们怎么会不死？是的，他们一同灭亡。

　　王子死于他的宫殿，死于一个平庸的时代。王子曾是精灵。精灵曾是王子。

　　我们的欲望中缺乏如此美妙的乐章。

滑稽表演

这些小丑真强大。各显神通，开拓了你的世界。在你们的意识中游刃有余，随意发挥他们辉煌的才能与经验。炉火纯青！他们痴痴的眼神混合着夏夜的黑红，红蓝白三色，金色群星照射的钢铁色泽；面孔扭曲，铅灰、惨白，如经历过火灾；嗓音沙哑、顽皮！身着艳俗戏装，步态冷酷！——这些年轻人——他们会怎样看待谢吕班[1]？——带着恐怖的声音和阴险的谋略。人们将他们打扮得妖艳华丽，派到城里去趾高气昂地走江湖。

哦！疯狂的鬼脸造就的狂野乐园！别拿你们那些江湖骗子和戏剧小丑与之相提并论。他们披上临时的行头，带着噩梦的腔调开始演唱悲歌，上演强盗与灵性的半神人的悲剧，仿佛历史与宗教中从未出现过。中国人、霍屯督人[2]、波西米亚人、傻瓜、土狼、刺蜥、老疯婆、阴险的恶魔，所有这些都被他们混入母性的杂剧，带着禽兽的温情与婆娑。他们上演新戏，歌唱"好女儿"。他们变换场景与人物，尽显喜剧魅力。目光喷火，血液放歌，骨骼膨胀，泪水如红色溪流。他们的玩笑与恐惧持续一分钟或数月之久。

我独自掌管着这野性的滑稽表演的钥匙。

---

1 原文 Chérubin，谢吕班，博马舍（Beaumarchais）的喜剧《费加罗的婚礼》（Mariage de Figaro）中的人物：此人天真幼稚，不谙世事，幻想美好爱情，却不了解现实生活。

2 原文 Hottentot，霍屯督人，居住在西南非洲的少数民族。

古代艺术

优雅的牧神潘的爱子！在点缀着浆果的花冠四周,你的眼睛,如水晶球转动。你的脸颊凹陷,沾着棕色酒污,皓齿明亮闪烁。你的胸膛像一把齐特拉琴,金色手臂流动着叮咚乐音。你的心在双性的腹中跳动。走吧,趁着夜色,轻轻迈开双腿,一二一,左右左。

Bottom[1]

  对于我豪迈的个性，现实布满荆棘，——然而我却发现自己待在"我的"夫人家里，像一只灰蓝的胖鸟，在黄昏的阴影里，振翅飞向天花板上的装饰。

  在装着她的宝贝首饰和肉体杰作的红绡帐底，我是一头胖熊，牙齿青紫，胡须因愁绪而稀疏灰白，眼睛如水晶与托架上的白银。

  一切都变成阴影和燃烧的玻璃鱼缸。

  清晨，——战火纷飞的六月黎明，——我奔向田野，像头野驴嗷嗷嚎叫，发泄内心的愤懑，直到郊区的萨宾女人[2]冲上来，扑向我的前胸。

---

1 **Bottom**，英文，波顿，莎士比亚的喜剧《仲夏夜之梦》中的人物：波顿是一名织工，在戏中戏里扮演皮拉摩斯，后来被迫克（又名好汉罗宾）变成一头驴。参见《仲夏夜之梦》第三幕第二场——迫克："在这群蠢货中间，一个最愚蠢的蠢材扮演着皮拉摩斯；当他退场而走进一簇丛林里去的时候，我就抓住了这个好机会，给他头上罩上一只死驴的头壳。——那时候，提泰妮醒过来，立刻就爱上这头驴了（引自《莎士比亚全集》卷一第350页，朱生豪译，译林出版社，2016年）。"

2 原文 les Sabines，"萨宾女人"。萨宾人曾生活在亚平宁半岛，与拉丁人同为古罗马文明的创立者。起初，罗马人和萨宾人之间冲突不断。相传罗马人曾劫掠了大批萨宾女子为妻，萨宾人于是进攻罗马进行报复，已为人妻人母的萨宾妇女苦劝丈夫与父兄和好，最终促成了罗马人与萨宾人的两个部族的融合。参见法国大革命时期的画家大卫（Jacques-Louis David）的画作《萨宾女人》。

Being Beauteous[1]

　　迎着飞雪，伫立着一位高挑美人。死神的呼啸与低沉的乐音，让这美好身躯如幽灵一般上升、扩展、颤动不已；猩红与乌黑的伤口，从美妙的肌肤绽裂。生命的本色在逐步加深，在工地上，围绕着"幻象"跳跃、旋转。"颤栗"升腾、哀怨，舞中生出的狂热风姿蕴含着死亡的哀鸣，沙哑的乐音仿佛来自我们身后的遥远世界，投向我们美的母亲，——她后退两步，亭亭玉立。哦！我们脱胎换骨，拥有了崭新的爱的身躯。

　　哦，灰烬的面孔，鬃丝的袖领，水晶的手臂！那门大炮，我必倒在炮口之下，躺在清风飘荡的丛林间！

---

[1] 原标题为英文 Being Beauteous，或可译为"美不胜收"。

舞台[1]

古老的喜剧追逐着和谐，分散田园牧歌：
露天舞台上的林荫道。

一端是长长的原木防波堤，另一端是遍地砾石的原野，一群野蛮人在光秃秃的树下漫步、涌动。

在夜雾笼罩的长廊，跟随手提灯笼、踏着落叶的行人脚步。

神秘鸟儿在砖石浮桥上打闹，浮桥被群岛波动着，岛上泊满观众的小船。

随着笛声、鼓乐，抒情的舞台倾向现代俱乐部或古代东方大厅四周平台上的精致小屋。

仙境飘在矮树林环绕的露天圆形剧场上空[2]，——或为了彼俄提亚人[3]而激荡、变幻，在摇曳的树荫里，田间麦芒上。

轻歌舞剧散落在十块隔板分割的舞台，隔板被脚灯照亮。

---

1 原文 scènes，"舞台"或"场景"。这里同时包含双重含义：场景即舞台，舞台即场景。
2 皮埃尔·布鲁奈勒认为，这里指阿里斯托芬的喜剧《鸟》中的情节：戴胜鸟呼唤它的同伴来这片矮树林做窝。
3 原文 les Béotiens，指古希腊彼俄提亚（Béotie）地区的居民。皮埃尔·布鲁奈勒认为，这里指喜剧《鸟》中的珀斯忒泰洛斯（Pisthétaïros）试图说服戴胜鸟，在大地与诸神、彼俄提亚和雅典之间，建立一座理想城邦"云中鹁鸪国"（Nephelokokkugia），——"正如我们要去往德尔菲神殿，就得向彼俄提亚人借路；想要得到诸神的授权，从陌生的大地迁往空中，人们就要祭祀诸神，您将闻到焚烧羊腿的烟雾。"因为心存幻想，人们自然又联想到彼俄提亚人。

生命

I

哦！圣地宽广的林荫大道，庙宇的平台！那个教我《吠陀经》[1]的婆罗门，人们对他做了什么？此后，在那里，我甚至还看见老妇人！回忆那银色时光，阳光洒向河流，一只乡村之手搭在我肩上，而我们站在种满胡椒的平原上相互爱抚。一只猩红的鸽子飞来，在我的思想中发出巨响。——流放至此，我拥有了可以上演所有文学名著的戏剧舞台。我会指给你看你闻所未闻的财富。我审视了你们从前发现宝藏的历史，我看见了续篇！我的智慧像混沌一样受到轻蔑。相比于等待你们的惊愕，我的涅槃[2]又是什么？

II

我是个发明家，与以往的任何发明家截然不同；也是个音乐家，发现了某种东西类似爱情的琴键。此刻，作为一名绅士，在质朴的天空下，荒寒的乡村田野，我试图通过回忆来感动自己：我想

---

1 原文 Provrbes，箴言、谚语。根据上下文，应为佛经。
2 "我的涅槃"，原文为"mon néant"，直译为"我的虚无"，这里根据上下文，译为"涅槃"，因为前文提到"婆罗门"（brahmane）。

起自己当乞丐的童年，做学徒工，穿着木屐进门，一次次的论争，五六次的鳏居，几次婚礼都因为我头脑固执不能与同伴们合拍。我并不因为失去曾经拥有的神圣欢乐而感到惋惜：质朴的天空与荒寒的田野强劲地哺育了我残忍的怀疑主义。可由于此后，怀疑主义一直不能发挥作用，我于是又陷入一种新的不幸，——等待着自己变成一个恶毒的疯子。

Ⅲ

我在谷仓里被关到十二岁，于是我了解了世界，我给人间喜剧画上插图。在一间地窖里，我掌握了历史。在节日之夜的北方城市，我遇见了所有古代画家描绘的女人。在通往巴黎的大道上，人们教会了我经典科学。在一所充满东方色彩的华丽宫殿，我完成了自己的皇皇巨著并辉煌隐居。我酿造了我的血液。我的责任又将我放开。我不再想这些。我其实来自墓中[1]，并不承担任何使命。

---

1 原文 Je suis réellement d'outre-tome，"我其实来自墓中。"这不禁让人想起夏多布里昂的《墓中回忆录（Mémoires d'Outre-Tombe）》。

断章

当世界从我们惊愕的四只眼中退入一片黑树林，——在只为两个忠实的孩子而存在的海滩，——在回荡着我们闪亮激情的音乐房间——我将找到你。

当世界只剩下一位孤独的老人，安详、静美，被"难以置信的奢侈"所包围，——我将拜在你的膝下。

愿我能实现你的全部回忆，——我是那知道如何将你束缚的女孩，——我将让你窒息。

*

当我们都很强壮，——谁会退却？太开心了，——谁先忍不住笑倒？当我们都很恶毒，——谁能把我们怎样？

打扮起来，跳吧，笑吧。——我永远也不会从窗口抛出爱情。

*

我的乞丐同志，我的小魔女[1]！这些不幸的女人，这些阴谋和

---

[1] 参见《工人们》中的"昂瑞卡"（Henrika），《虔诚祷告》中的"神秘过客"。

我的困窘，对你来说不过如此。用你不可能的声音将我们缠绕，你的声音！惟有它，奉承这卑鄙的绝望。

*

七月，一个阴暗的早晨。空气中飘荡着灰烬的气息；——树木的气味在炉膛里蒸发，——花朵锈迹斑斑，——散步者肆意践踏，——田间水渠阴雨连绵，——还不献出乳香和玩具？

*

牵着绳索，从一座钟荡到另一座钟；牵着花环，从一扇窗跳进另一扇窗；牵着金链，从一颗星坠入另一颗星，我就这么跳舞。

*

高高的池塘迷雾升腾。哪位巫婆将立于苍白落日？哪种紫色落叶将纷纷飘零？

*

当人流汇入友爱的佳节，云中响起火玫瑰的钟声。

*

当中国墨汁散发着怡人的芬芳,黑色香粉轻轻撒落我的夜晚。——我调低了吊灯的火光,纵身跳上床,猛回头,黑暗中,我看见你们,我的女孩!我的女王!

沉醉的清晨

哦，我的善！我的美！残酷的军乐中，我不会失足！仙境的刑台！乌拉！为了闻所未闻的作品，为了美妙的身躯，为了史无前例！一切始于孩子们的笑声，并将由此结束。毒药仍将留在我们的血脉中，即使军乐转调，我们也将归于古老的不和谐。哦，此刻我们值得受这样的酷刑！让我们热忱收集为我们创造性的灵与肉所许下的超凡的诺言：这诺言，这疯狂！优雅、科学、暴力！人们已向我们许诺将善恶之树葬于阴影，流放对专制的忠诚，以便让我们获得最纯洁的爱情。这一切始于厌恶，——我们还未能立刻捕捉到永恒——却以迷乱的芬芳而告终。

孩童的欢笑、奴隶的权利、少女的贞洁、神情之恐怖和这里的一切，全都从这一夜的记忆中显现。这一切始于粗野，终于冰与火的天使。

短暂而沉醉的良夜，如此神圣！这一切即便只是你取悦我们的假象。我们肯定你的方式！我们不会忘记昨日，你让我们这个时代的每个人都获得荣耀。我们信奉毒药。我们懂得随时彻底奉献我们的生命。

这正是个"杀手"的时节。

流浪者[1]

可怜的兄弟！我欠他一个多么残忍的夜晚！"我并未在这件事上全心投入。我嘲弄他的软弱。由于我的过错，我们将再度漂泊天涯，过着奴隶的生活。"他总以为我遭受了厄运，假定我身上有一种奇特的纯真，并弥补了一系列担心的理由。

我冷笑着回答了这位魔鬼医生，并走到窗前，在那里，我创造出[2]一支罕见的乐队，这些未来奢侈的幽灵，正浩浩荡荡，穿过旷野之夜。

经历了这次朦朦胧胧、有益健康的消遣之后，我躺在草垫上，伸开四肢。几乎每一夜，刚一躺下，这位可怜的兄弟便起身，嘴巴溃烂，眼珠脱落，——他还在做梦！——把我拉到屋里大谈他愚蠢而忧伤的梦境。

其实，我满怀诚心，尽力使他恢复到太阳之子的原初状态，——我们一起流浪，渴饮岩穴中的露酒，在路上吃干粮，我急于找到一处住所，确立一种生活。

---

[1] 或指兰波与魏尔伦这两个流浪者之间的冲突。参见《地狱一季·妄想狂》。
[2] 原文 Je créais……"我创造出……"这里也可以说是"通灵者"（le voyant）"看见"。

低俗夜曲[1]

一阵风在歌剧院的墙板上掀开缺口，——吹乱虫蛀的屋顶，——吹散壁炉的边界，——遮蔽了一扇扇窗户。

沿着葡萄园，一只脚踏在排水管上支撑着自己，——我走下来，进入一辆老式四轮马车，车上凸出的镜面、弧形挡板和扭曲的座椅标明了它的年代。我那孤零零的睡梦灵车，笨拙的牧羊人小屋，沿着青草间模糊不清的大路盘旋：右上角残缺的镜中，旋转着苍白的月光、落叶和乳房。

——一种碧绿与幽蓝深深浸入这幅图景。点点砾石旁，人们卸下牲口。

——这里，人们将呼唤风暴，唤醒所多玛[2]——索利姆[3]，——残忍的野兽和军队。

---

1 原文 Noctune vulgaire，"低俗夜曲"，其中 nocturne 也指宗教"晚课"，相对于宗教之"神圣"（saint），vulgaire 有"低俗""粗俗"之意。参见《沉醉的清晨》："短暂而沉醉的良夜，如此神圣！（Petite veille d' ivresse, sainte!）"让-卢克·斯坦梅兹认为，这一篇是兰波对着壁炉讲述自己的梦境：梦中炉膛在歌剧院的墙壁上掀开缺口，幻境逐渐呈现，变幻重叠：牧羊人的四轮马车—灵柩—木屋……兰波—牧羊人……最终难分彼此，却又回到起初——"一阵风吹散了壁炉的边界"。

2 Sodome，所多玛，《圣经》中被诅咒的城市，参见《创世记》19章。

3 原文 Solyme，耶路撒冷旧时的名称（参见《坏血统》注释5）。貌似 Sodome 的谐音。发音相近，意义相反。

（——梦中的车夫与野兽再度潜入令人窒息的丛林深渊，让我沉溺其中，直到双眼没入丝般泉水。）

——我们驾车前行，在汪汪犬吠中，淙淙流水和四散流溢的美酒一路相送……

—— 一阵风吹散了壁炉的边界。

花

顺着金露台的阶梯，——在丝织的细绳、灰色轻纱、绿色天鹅绒和阳光下如青铜般发黑的水晶盘之间，——我看见地黄在银丝、眼睛和头发织成的地毯上开花。

播撒在玛瑙上的碎金，支撑绿宝石穹顶的桃花心木柱，白丝绸的花束，红宝石的细杖，纷纷簇拥着水中玫瑰。

有如睁着蓝色大眼睛、身披白雪的神灵，碧海苍天诱惑着大理石平台上，一丛丛含苞欲放的玫瑰。

海景画[1]

银车马，铜车马——
银船头、钢船头[2]——
撞碎浪花，——
将荆棘连根拔起。
荒野激流，
退潮后的宽大车辙，
朝向东方流转，
朝向森林廊柱，
朝向堤岸树木，
海堤一角，被光的漩涡撞击、拍打。

---

1 参照让-卢克·斯坦梅兹的注释：前面已有音乐"低俗夜曲"，这里是一幅海景画。魏尔伦将之命名为《阴沉的诗歌》(《Poèmes saturniens》)，将海上波浪奔涌比作车马翻耕泥土。有人将这首诗看作是第一首现代自由诗。
2 指波浪在海上，形似铜车、银船，奔腾疾驰，其中 les proues d'acier（"钢铁船头"）中的 acier（"钢铁"）接近 azur（"天空"）——海浪似钢铁、银船承载天空。

冬天的节日

瀑布在喜剧歌剧院的茅屋后喧哗。礼花在果园和梅昂德尔河边[1]小路上延伸着落日的红红绿绿。贺拉斯的仙女们穿戴着第一帝国的服饰[2]。——西伯利亚女子欢跳的轮舞[3],布歇笔下的中国女人[4]。

---

1 原文 Méandre,梅昂德尔河,位于小亚细亚的一条古老的河流,因其蜿蜒曲折,日后成了"蜿蜒曲折"的代名词。
2 原文 Horace,贺拉斯,拉丁文 Quintus Horatius Flaccus(公元前65年—前8年),古罗马奥古斯都统治时期的著名诗人、批评家、翻译家。代表作《诗艺》。关于翻译,贺拉斯认为:翻译必须坚持活译,摒弃直译;翻译过来的外来词,可以丰富本族语言。直言"忠实原作的译者,不会逐词死抠"。让-卢克·斯坦梅兹认为,兰波所说的"第一帝国的服饰",其实就是古罗马时期女性的服饰风格。
3 原文 Rondes Sibériennes,西伯利亚女子在冬天庆祝节日或宴饮欢快时跳的一种舞,因转着圈子跳跃,故称为轮舞或环舞。
4 布歇(Francois Boucher,1703—1770),法国画家,笔下常出现中国女人,如《中国节日》,他还画过一些18世纪法国的舞蹈家。

Fairy[1]

为了海伦,晶莹的液汁在少女的阴影里,沉静的光芒在星宿[2]的沉默中悄声细语。消亡的爱情和沉没的芬芳海湾,将夏天的炽热托付给沉默的鸟禽[3],慵懒的疲惫交给一只悲伤的小船。

在伐木女工在丛林废墟间对着湍急的溪流歌唱,山谷里回荡着的鸟兽啼鸣,草原上传来呼啸的风声[4]之后。

为了海伦的童年,丛林、树荫、受苦人的胸膛与天上传说都在风中战栗。

她的眼睛和她神圣的舞蹈仍从清辉间抖落寒霜,在自然背景之中带来惟一的欢欣。

---

1 原文 Fairy 为英文,相当于法语的 fée("仙女"),或 féerie("仙境"),其中古希腊美人海伦同时象征着是古典与现代之美。海伦也曾出现在莎士比亚的《仲夏夜之梦》、歌德的《浮士德》中。美国现代主义诗人爱伦·坡也写过一首著名的十四行诗《致海伦》。
2 海伦影响到星辰,如最后一节:"抖落寒霜"(直译为"带来冰冷的影响")——海伦的两兄弟,波吕丢刻斯(Pollux)和卡斯托尔(Castor)感情深厚。因为一次意外,卡斯托尔即将失去生命,波吕丢刻斯祈求父亲宙斯将自己一半的神力分给卡斯托尔,继而拯救了兄弟的生命。宙斯感念这份兄弟情谊,遂将二人变成双星升空,化成双子座。
3 根据让-卢克·斯坦梅兹的注释:海伦是宙斯变身的天鹅与丽达所生,天鹅平时沉默,直到临终前唱歌,歌尽而亡。
4 在兰波笔下,海伦化身为一名伐木女工。参见《让娜-玛利之手》。

工人们

哦，这二月温热的清晨！季节反常的南方让我们回忆起荒唐的贫困，我们苦难的青春。昂瑞卡[1]穿一件棕白方格的棉布裙，那是上世纪的人常穿的，戴一顶飘着丝带的无边软帽，披一条丝巾，比戴黑纱更让人伤心。我们一起去郊外散步。天色阴郁，南风吹送着干涸的牧场和被毁坏的花园散发出的浊气。

而这一切，并没有让我的妻子和我一样倦怠。她指给我看，在上个月洪水退去之后，高坡上留下的一个水洼里，几条很小的小金鱼。

城市，带着烟雾和纺织机的噪音，远远地跟在我们身后。啊！那是另一个世界，上天祝福的居所，层层绿荫！南方使我想起我的童年那些悲惨经历，郁闷的夏天，巨大的压力和繁琐的科学，而命运总是让它们离我远去。不！我们不要在这贫瘠的土地上度过夏季，在这里，我们只会变成定了亲的孤儿[2]。但愿这强硬的手臂再也别延续这"亲切的画面"。

---

[1] 原文 Henrika，"昂瑞卡"为北欧人名，非具体某人。
[2] 原文为复数 des orphelins fiancés，"定了亲的孤儿"。皮埃尔·布鲁奈勒认为，这是指那些软弱无辜的生命，不得不屈从于外在压力而成亲。

桥

水晶般的灰色天空。一幅桥的奇异图景：这座直立，那一座呈弧形，或斜横低回，蜿蜒交错，形状在闪亮的河网中扭曲，而所有桥都那么悠长、轻盈，以至于有圆顶房屋的河岸显得矮小低沉。一些桥上坐落着几幢茅舍，另一些竖着几根桅杆、几面信号旗和脆弱的护栏。微型的和谐交织、伸展；绳索伸向陡峭的河岸。一件红衣清晰可见，另一些服饰或乐器若隐若现。是通俗曲调、高雅音乐，或是圣歌片段？河水灰蓝，壮阔如大海的臂弯。

一束白光降自长空，喜剧烟消云散。

城市

我是一介蜉蝣[1]和一位公民,对残酷的现代[2]大都市并非那么不满,因为所有已知情趣都在室内陈设和室外装饰,连同那些城市蓝图中被一并规避。这里的建筑,您看不到一丝迷信色彩。道德和箴言最终简化成最朴素的白话!这里的数百万人不必相互认识,他们受着同等教育,从事相同的职业,也同样衰老,根据一项疯狂的统计,他们的寿命要比这片大陆的居民缩短好多倍。而我从窗口看见了新的幽灵,透过无尽而浓重的煤烟,飘向我们的绿荫,我们的夏夜!——新的复仇女神[3]出现在我的村舍,那就是我的故园,我的心灵,因为这里的一切都像是她们[4]——无泪的"死亡",我们活跃的女儿和女仆,绝望的爱情,和在泥泞道路上呐喊的美丽"罪恶"。

---

1 让-卢克·斯坦梅兹认为,这里的"我"一出现,便作为城市风景的见证人,而这座"城市"再度与伦敦重叠。兰波所描述的,正是"这片大陆的人民"所面临的生存状态——大工业城市"无尽而浓重的煤烟",继而又提到"村舍"(cottage)。而"城市"又忽然间以奇特的方式出现在"虚无的城市规划"中。在这些"城市"观光,或可揭示现代幽灵。而皮埃尔·布鲁奈勒认为,"我是一介蜉蝣"为该篇主旨,强调生命之虚无、短暂。

2 参见《地狱一季·永别》中:"必须绝对现代"。

3 原文 Erinnyes,厄里倪厄斯,希腊神话中的复仇女神。

4 原文 ressemble à ceci,"都像是这些",指"新的复仇女神"——"无泪的'死亡',我们活跃的女儿和女仆,绝望的爱情,和在泥泞道路上呐喊的美丽'罪恶'"。其中"死亡"与(美丽)"罪恶"均为大写:la Mort...un joli Crime.

车辙

往右，夏日黎明唤醒了花朵、蒸汽和公园一角的声音；左边的陡坡上，紫色阴影中，潮湿的路面印着无数飞奔的车辙。这的确是仙境中的游行：大车满载着金色丛林里的珍禽、连同旗杆和五彩斑斓的画布，马蹄嘚嘚，二十匹马戏团里的花斑马风驰电掣，孩子和大人们骑在吓人的野马之上；——二十辆马车套着缰绳，插满彩旗、鲜花，就像古代华丽的四轮马车或童话，车上坐满奇装异服的孩子们，他们这就去乡间郊游；——就连暮色中的棺材也翘起乌亮的木板，随着乌蓝的高头大马飞奔。

城市（Ⅰ）

瞧这些城市！正是为了这里的人民，梦中的阿勒格尼山和黎巴嫩山[1]奋然崛起！水晶屋和木屋沿着铁轨和无形的滑轮缓缓移动。被巨兽与铜棕榈包围的老火山口在烈焰中发出自带旋律的轰鸣。爱情的节日在悬挂于木屋后的小河上喧响。狩猎的钟声在狭谷中回荡。巨人歌手身着戏装，挥舞着彩旗，闪亮登场，如山巅之光。深谷平台上，罗兰们[2]正吹奏着华美乐章。火云在深渊浮桥与客栈屋顶，给桅杆挂上了彩旗。神像倒塌，牵动高处原野，天神们在雪崩中恍惚变幻。在至高的浪尖，因诞生了永恒的维纳斯而澎湃不息的那片海，荡漾着浮标的合唱、珍珠的喧哗与精美的海螺；——随着一道致命的闪电，大海黯然神伤。大片的野花在山上呼啸，大如我

---

1 原文 ces Alleghanys et ces Libans⋯⋯分别指位于美国的阿勒格尼山和位于黎巴嫩的山脉。让-卢克·斯坦梅兹认为，这篇的"源起"，或受美国作家埃德加·艾伦·坡的小说《奥古思特·贝德罗先生的回忆》(《Les Souvenirs de M. Auguste Bedloe》) 由波德莱尔译成法文，收在《神奇故事集》中）的影响，该小说描述了一位名叫奥古思特·贝德罗的瘾君子，在吸食鸦片后独自在阿勒格尼山东侧支脉的一片蓝山中漫步，在幻觉中看见一座东方风格的奇幻城市，仿佛《一千零一夜》中出现的城池，他于是记下了所到之处经历和看见的良辰美景。

2 原文 Rolands，"罗兰们"，这里的罗兰，或指法兰西 11 世纪的英雄史诗《罗兰之歌》(La Chanson de Roland) 中的英雄罗兰——公元 778 年，查理曼统治时期，罗兰侯爵作为查理大帝手下的十二圣骑士之一，参加了隆塞斯瓦耶斯隘口的著名战役，虽败犹荣，成为法兰西民族英雄。

们的刀剑、酒杯。玛布女王[1]的队列穿着棕红和乳白色的长裙从激流中涌现。雄鹿脚踏瀑布与荆棘，抬头吮吸着狄安娜[2]的乳汁。酒神巴克斯的女祭司[3]在荒野呜咽，而月亮燃烧并嚎叫。维纳斯走进铁匠与隐士的山洞。一座座钟楼发出人民的心声。建在骨骸上的城堡奏出新奇的乐章。所有的传说都在流传演变，野鹿拥入市镇。风暴的天堂坍塌。野人在节日之夜载歌载舞。我一时落入巴格达动荡的长街，那儿的人群正在郁郁微风中歌唱崭新的劳动后的喜悦，风中依旧飘荡着山间传说中的幽灵，人们从中重新找回了自己。

  怎样的美好怀抱，怎样的良辰吉日才能让我重返这境地，我的睡梦，我细微的行为举止都来自那里？

---

1 原文 Mab，玛布女王，英国神话传说中掌管春梦的女王，曾现身莎士比亚的戏剧《罗密欧与朱丽叶》。
2 原文 Diane，罗马神话中的月亮女神和狩猎女神。
3 原文为复数 Bacchantes，指酒神巴克斯的女祭司们。

城市（Ⅱ）

这座官方卫城[1]夸大了最庞大的现代野蛮观念。那些由亘古不变的灰色苍天，古建筑群中的帝国之光，以及泥土之上永恒的皑皑白雪共同酿造的阴暗时日[2]永远无法描述。人们以一种独特而壮丽的风格重建了这美妙绝伦的古典建筑。在这比汉普顿王宫[3]大二十倍的地方，我出席了画展。这是怎样的绘画！一位挪威的尼布甲尼撒[4]曾让人建造了内阁的楼梯；我所见到的那些部下比婆罗门更高贵；一见那些巨人卫兵与建筑官员我就浑身颤抖。人们已清除了广场建筑群中封闭的露台和墙上刻痕。公园通过绝妙的艺术手段再现了原始的自然。高处更有一些不可思议的地方：在无船的海湾，立着巨型灯柱的码头，一片蓝色冰珠席卷而来。一座短桥在神圣教堂[5]

---

1 原文 acropole，"卫城"，指古希腊建造的城市，尤其是官方宗教性的建筑。l'Acropole 即雅典卫城。
2 皮埃尔·布鲁奈勒认为，这里已不再是指古希腊卫城，而是指北欧城市，让人联想到《桥》中，"水晶般的灰色天空"。
3 原文 Hampton Court，汉普顿王宫，16 到 17 世纪的英国王宫，距伦敦约 20 公里。
4 原文 Nabuchodonosor，尼布甲尼撒，古巴比伦王，后来成为北方的统治者。尼布甲尼撒二世曾修建了世界"七大奇迹"之一的巴比伦空中花园。
5 兰波在此用了大写的 la Sainte-Chapelle，"神圣教堂"。皮埃尔·布鲁奈勒在此调侃：不是说好的不迷信吗？如《城市》中所云："这里的建筑，您看不到一丝迷信色彩。"但这里所说的是"绝对现代"的大教堂，仅从其"直径约一万五千尺的艺术钢梁构建"的穹顶即可见出其全新的"宗教观念"。

的穹顶之下笔直通向暗门，穹顶是由直径约一万五千尺的艺术钢梁构筑[1]。

　　穿过铜制天桥、平台，以及环绕大厅的楼梯、廊柱，我自信已洞见这座城市的深度！这是我无法想象的奇迹：这座卫城上下，其他区域又会达到怎样的高度？对于我们这个时代的外乡人[2]，想要了解这一切根本不可能。商业区是一座别具一格的圆形广场[3]，连拱的回廊[4]，不见商店，只见路上被踩踏的积雪；行人稀少，就像星期天早晨的伦敦大街，几位富翁走向一辆钻石马车。几张红色天鹅绒的长沙发：人们在这里提供极地饮品，价格在八百到八千卢比[5]。忽然想在这圆形广场找一座剧院，想来这些商店本身或许已包含各种忧伤的戏剧？我想这里会有个警察局；可法律如此神奇，以至于我完全放弃了在这里冒险的念想。

　　郊区和巴黎漂亮的街道一样优雅，可以享受到光亮明彻的空气；民主的元素包含数百个灵魂。在那里，房屋互不相连；郊区奇怪地在乡间消隐，那片"伯爵领地"，森林和神奇的庄稼遍布永恒的西方，在那里，野性的绅士们在人们创造的光芒里追逐着他们的编年史。

1　让－卢克·斯坦梅兹援引维侬·安德伍德（Vernon Uderwood）的观点认为，这里暗指伦敦水晶宫（The Crystal Palace），这是一座宏伟建筑，以钢铁为骨架、玻璃为主要建材，是19世纪的建筑奇观之一，也是英国工业革命时代的产物与象征。1851年，首届"万国工业博览会"（后更名"世界博览会"）在伦敦举行，水晶宫即为最主要的展馆。译者认为，无论如何，由此可见兰波的现代观念："必须绝对现代"。
2　原文 l'étranger，"外乡人"，或"局外人"。与加缪的小说《局外人》、波德莱尔《巴黎的忧郁》首篇的《陌生人》是同一个词。这里或指另一个时代的人，或不了解"我们这个时代"的人。
3　原文 circus，圆形广场，马戏团。大写的 Circus，即古罗马圆形竞技场。
4　原文 arcade，建筑学上称为拱廊，连拱廊，即带有拱门的回廊。
5　原文 roupies，卢比。印度、巴基斯坦等国的货币。

大都会

从靛青的海峡，到莪相之海[1]，在酒一样的天空[2]洗净的玫瑰红与橘黄的沙滩，水晶长街刚刚上升交错，两边就住着靠卖水果为生的年轻的贫寒之家[3]。——好一座城市！

沥青的荒漠[4]笔直延伸，隐没于远处层层可怕的迷雾；天空在

---

1. 原文 mers d'Ossian，"莪相之海"。莪相，公元3世纪爱尔兰英雄，吟游诗人，相传曾为青春国的国王。一天，他对自己超自然的美貌新娘说，他希望回爱尔兰，看看他的故园。然而，命中注定，如果他的脚踏上爱尔兰故土，他就再也回不来，再不能与青春美貌的妻子团圆，而且将变成一个盲眼的老人。但莪相坚持要回家。他的妻子无奈，就送他一匹白马，让白马载着他回去，只要他的脚不碰爱尔兰的土地，白马还能带他回来。可当莪相骑着白马回到爱尔兰，为了帮助一位牧人翻开巨石，取出下面一只巨大的号角，莪相不慎从马上掉落，踏上了爱尔兰的土地。这时，白马不见了，莪相从此就留在了故乡爱尔兰，变成一位盲眼的老人。而那只号角一旦吹响，即可召唤爱尔兰各地民众。从1760年起，苏格兰诗人詹姆斯·麦佛森（James Macpherson）以莪相之名发表了一系列史诗作品，讲述了英雄传奇和民间传说，对浪漫主义文学产生了深远影响。在绘画作品中，也常出现莪相对着汹涌的大海吟唱诗歌的场景。本篇所说的"从靛青的海峡，到莪相之海"，中间的陆地也就是英格兰。
2. 原文 le ciel vineux，指"酒一样的天空"，其中形容词 vineux，指"带葡萄酒味道或颜色的"，这也是《荷马史诗》中特有的描述：如 la mer vineuse，杨宪益先生译成"葡萄紫的海洋"。
3. 这里呈现的是19世纪城市化的一个缩影：类似伦敦这样的大都会，一方面是"水晶大街"，光怪陆离的现代文明；另一方面是大批从乡村进入城市的工人，现代城市文明中的无产阶级："靠卖水果为生的年轻的贫寒之家"。
4. 原文 Du desert de bitume，"沥青的荒漠"。沥青的公路伸入荒漠，从海上看，成了沥青的荒漠。根据皮埃尔·布鲁奈勒考证，当时"沥青公路"是最先进的，只有伦敦才有，在巴黎尚未出现。

乌云里扭曲、退缩、低垂；只有悲悼的大西洋会涌出如此愁云惨雾；海螺、车轮、小艇、山丘。——好一场海战！

抬头看：这座拱形木桥；撒玛利亚最后的菜园[1]；这些被寒夜抽打、灯笼着色的面具；河流尽头，衣裙哗哗的幼稚水神[2]；豌豆田里光亮闪烁的头——连同另一些幻影，——好一片乡村。

道路两侧围着栅栏与墙壁，不见树林，而残忍的花朵——人们称之为心灵与姐妹，大马士倦怠地判入地狱，[3]——那些超级莱茵女人、日本女性，连同加拉尼女士所拥有的雍容华贵，从古典音乐汲取的灵感；——另有早已永久关闭的客栈；——还有一群公主，而如果你还不是很累，再研究一下群星，——好一片天空。

清晨，你和"她"，你们在闪亮的雪地上抗争，绿唇、冰面、黑旗、蓝光与极地阳光散发出的红色芬芳，——你的力量。

---

1 原文 Samarie，撒玛利亚，巴勒斯坦中部地区的古城。参见《新约·约翰福音》4章，耶稣曾在撒玛利亚停留两天，并给一位在井边打水的撒玛利亚妇人讲道。

2 原文 L'ondine niaise，幼稚的水神。参见《渴的喜剧》(2)："永恒的水神"。这里的形容词 niais (e) 略带贬义，指"幼稚无知的""愚笨的""羽毛未丰的"。

3 原文 Damas，叙利亚名城大马士革。小写 damas，在法语中为阳性名词，指锦缎、织品。另有 "trouver son chemin de Damas"，"找到大马士革的道路"，通常指改宗信某种宗教。让－卢克·斯坦梅兹认为，此篇第四节文字难以理解，也许是兰波采取自动写作法创作。但另有学者认为：兰波以"大马士"或"锦缎""织物"，比喻大都会海纳百川之丰富、新奇，以及与传统("古典音乐")相互联系。而这里提到的大马士革，或可参见《旧约·以赛亚书》(17:1)："论大马士革的默示：看哪，大马士革已被废弃，不再为城，必变作乱堆。"

蛮荒

远在岁月流逝和季节轮回、生命与王朝存亡兴衰之后[1],

那血肉之躯铸成的旗帜在丝绸海洋与北极鲜花(它们并不存在)之上飘扬;

古老的英雄主义的军乐再度袭来,冲撞着我们的心灵与头脑——远离古老的杀手。

——哦!那血肉之躯铸成的旌旗[2]在丝绸海洋与北极鲜花(它们并不存在)之上飘扬;

温柔之乡!

炭火撒向冰雪狂风,——温柔之乡!钻石风暴吹来的火雨——降自永远为我们燃烧的世俗心灵。——哦,世界!——

(远离人们可以听见和感知的古老的隐居、古老的火焰,)

炭火与泡沫。音乐,深渊中的回旋,星球之上浮冰的撞击。

哦,温柔之乡,哦,世界,哦,音乐!那里,各种形状、汗水、长发、眼睛,飘忽不定。洁白的泪水沸腾,——哦,温柔之乡!——女性的声音在火山深处与北极岩洞回荡。

旌旗猎猎……[3]

---

1 皮埃尔·布鲁奈勒认为,这里指时间尽头,世界尽头。
2 原文 pavillon,阳性名词,一词多义,在此或为"旌旗",或为"退守营地"。让-卢克·斯坦梅兹认为:"那血肉之躯铸成的旌旗在丝绸海洋与北极鲜花(它们并不存在)之上飘扬"作为副歌很不寻常。
3 全篇可见兰波之"声音主题"。参见《贱卖》注释。

海岬[1]

　　金色黎明与萧瑟黄昏，在正对这幢别墅及附属建筑[2]的海上找到我们这宽大的双桅船，形成像埃皮鲁斯和伯罗奔尼撒[3]一样延伸的海岬，或像辽阔的日本岛、阿拉伯半岛！神圣仪仗队[4]的回归照亮的神殿；处于现代海防辽阔的视野中；酒神节与炽热鲜花点染的沙丘；迦太基的大运河与雾蒙蒙的威尼斯河畔的恩班克门码头[5]；埃特纳火山懒洋洋的喷发与花朵及冰川的裂隙；德国白杨环绕的洗衣池；别致的公园斜坡垂落着日本与阿拉伯式的头颅；斯卡伯勒[6]或布鲁克林的"皇家"或"大酒店"的环形墙面；它们的铁轨防

1　原文 Promontoire，阳性名词，海岬，海角，指伸入海中，三面环海的狭长陆地，面积大的则为半岛；与海岬相对的，是三面陆地环绕的海湾。
2　原文 Cette Villa et de ses dépendances，根据皮埃尔·布鲁奈勒的注解：在古罗马时期，一幢别墅包含一个整体的建筑群。
3　原文 L'Epire et le Péloponnèse，埃皮鲁斯和伯罗奔尼撒，均为古希腊地名，位于现在的阿尔巴尼亚南部和希腊西南部。
4　原文为复数形式：des théories，通常指"理论"，如果按字面理解，即"理论的回归照亮了神殿"。但根据让-卢克·斯坦梅兹的注释，théories 来源于希腊语 théoria，这里相当于 Cortège，队列，行列。故这里译为："仪仗队的回归照亮了神殿。"——不敢说这句话一定不包含双重含义，只是译者认为后者更贴切。因为 théorie 的另一重意思是指古希腊时期派往奥林匹亚、特尔斐等地参加竞技会或祈求神谕的城市使团。
5　原文为英文 Embankments，原本是伦敦泰晤士河边的码头，而在兰波眼里，它就在威尼斯河畔。
6　根据让-卢克·斯坦梅兹的注释：原文 Scarbro'，发音相当于英文的 Scarborough，这里指英格兰约克郡的海港与海滨浴场，1874年，兰波曾在此度过一个夏天，并在此找到"皇家"或"大酒店"。

护、挖掘并凌空飞架于旅店的格局之上,取材于辉煌的历史和意大利、美洲、亚洲的巨型建筑,其间的窗户、楼台至今光辉灿烂,注满美酒、清风,向着旅行者与高贵者的精神敞开,——让塔兰泰拉舞曲[1]在日光下的海滨奏响——甚至有间奏曲在艺术名山里回荡,绝妙地装饰着海岬正面的宫墙。

---

1 塔兰泰拉舞曲,tarentelle,意大利南方一种欢快的民间舞曲。

出发

看透了。形形色色的嘴脸一览无余。
受够了。城市的喧嚣,夜晚与白昼,日复一日。
见多了。人生的驿站。——哦,喧嚣与幻象[1]!
出发,到新的爱与新的喧闹中去!

---

[1] 原文为复数、大写的 Rumeurs et Visions,"喧嚣与幻象"。

王位

一个晴朗的早晨,在一个性情温柔的国度,一位绝妙的男子和女人站在广场上对众人喊道:"我的朋友们,我要让她当女王!""我要当女王!"她笑得浑身颤抖。他向朋友们讲述着神灵启示和终极考验。他们一个昏倒在另一个身上。

而事实上,每日清晨,当窗前胭脂红的帷幔徐徐拉开,每天下午,当他们从棕榈树的花园旁经过,他们都是国王。

致一种理性

你的手指在鼓上一敲,乐音缤纷,开始了新的和谐。

你迈进一步,新人类崛起,向前奋进。

你的头一转:新的爱情!再一回头:新的爱情!

"改变我们的命运,战胜灾难,从现在开始。"孩子们对你咏唱。"无论抵达何处,真正提升我们的境遇与心愿。"人们向你祈求。
你随时降临,无处不在。

神秘

  牧场的斜坡上,天使们在钢刃与绿宝石的草尖旋转着羊毛裙。

  火焰般的草地跃上山岗。左边,山梁上的沃土被所有杀戮和战争践踏。所有悲惨的声音都画出弧线。而山梁后的右边是东方之线,进步的曲线。

  画面高处,海螺壳与人类之夜正发出奔腾旋转的喧嚣。

  群星、长空与其余一切所绽放的温情从对面斜坡滚落,像一只花篮迎面而来,在我们眼前化为鲜花盛开的蓝色深渊。

守夜

I[1]

这是明亮的休眠,既不狂热,也不颓丧,躺在床上或牧场。
这是朋友,既不偏激,也不软弱。友情。
这是心爱的女郎,既不折磨人,也不受人折磨。心爱的女郎。
这是尚未被探寻的空气与世界。生命。
——说个究竟?
——睡梦清新。

II

光束重新照亮中心树木。大厅两端,随意的装饰和谐上升,彼此合拢。守夜者面对的高墙是截断的帷幕、气候带及地质断裂的心理延伸。——这是各种性情的人群,各种性格的生命,在各种表象中共有的昙花一现的梦。

1　此篇与《彩图集》的其他篇目不同,从头到尾,按 ABABBB 押韵,或为应和魏尔伦的《无词浪漫曲》。

III

守夜的灯光和地毯涌起波浪之声，沿着船身，夜，轻轻围拢船舱。

守夜的海，阿梅利的乳房[1]。

壁毯，挂到半高的墙上，一群守夜的斑鸠，花边装饰的祖母绿丛林。

……

黑色壁炉中的木柴[2]，真实沙滩上的阳光：啊！神奇的井底，这一次仅现出黎明。

---

1 原文 Amélie，让－卢克·斯坦梅兹认为，是之前提到的"心爱的女郎"。皮埃尔·布鲁奈勒认为，这里不必对号入座，只是比喻波浪起伏。
2 从"黑色壁炉中的木柴"，可见炉子是熄灭的；炉中黑暗，但在通灵者眼中，炉火熊熊，抑或"真实沙滩上的阳光"。

历史性的黄昏

有这样的黄昏，比如，天真的游人从我们的惨淡经营中隐退，琴师的手指弹活了牧场的古钢琴[1]；人们在池塘深处打牌[2]，落日的余晖映照着皇后与嫔妃的召魂镜，人们从中拥有了圣女、轻纱、和谐之子与传奇的音色。

他瑟瑟颤栗，当猎人与游牧部落从眼前经过。喜剧滴落在青草的露天剧场。还有穷人与弱者的窘迫，充斥着这幅愚蠢的图景！

在他奴隶的幻觉中，德国人的脚手架已搭向诸天明月；鞑靼的沙漠熠熠闪光——古老的起义者聚在天朝中心人头攒动；顺着岩石的阶梯和座椅，将会建立一个平整、苍白的非洲与西方的小世界。随后便是著名的夜海之上的芭蕾，无价的神秘变幻与不可思议的旋律。

在邮船把我们送到的每一个地方都上演着同样的资产阶级戏法！就连最基础的物理学家也难以忍受这种个人气氛，一种身体的

---

1 原文 le clavecin des prés，"牧场的古钢琴"。在兰波眼里，或许"牧场"即是一架拨弦古钢琴。法语：clavecin。意大利语：clavicembalo。德语：Cembalo。英语：harpsichord。为名词，"拨弦古钢琴"或"羽管键琴"，这种乐器出现于14世纪，从15世纪文艺复兴到18世纪巴洛克时期在欧洲盛行。

2 参见《地狱一季》(Ⅱ)"文字炼金术"："我真切地看见一座清真寺出现在工厂的位置上，一支天使组成的击鼓队，天路上行驶的一辆辆马车，一间湖底客厅……"这样就不难理解"人们在池塘深处打牌"了。

悔恨的迷雾，其本身的存在已足以令人痛苦。

不！闷热的时刻，大海升腾、岩浆翻滚、行星迸裂与彻底毁灭的时刻，《圣经》和命运女神诺恩[1]都阴险地一带而过，应当交予一个庄严的守望者。——而那时已不再是神话传说。

---

[1] 原文Norne，诺恩，北欧传说中的命运女神。

运动[1]

曲折的流动,在河流坠落的陡坡,
艉柱的漩涡,
轨道斜坡之迅猛[2],
巨流上的骑行,
以奇异的闪光
与崭新的合金,
引领着旅行者,
他们被困在激流之中,
龙卷风席卷的山谷。

这就是世界的征服者,
寻求各自的化学命运;
运动和舒适与他们同行;

---

1 让-卢克·斯坦梅兹认为:此篇类似《海景画》,在《彩图集》中较为独特。米歇尔·缪拉(Michel Murat)发现,无论是此篇《运动》或《海景画》,均为锯齿形重叠的文字,呈现诗的意象,而非诗歌本身,明显表现出散文的形式与特征(不押韵)。
2 原文 la célérité de la rampe,"轨道斜坡之迅猛"。这里的"rampe",指铁路,或装货台的轨道斜坡,体现一种速度,节省时间,并降低燃料消耗。

他们在这艘"巨轮"[1]之上,
统领着种族、阶级与禽兽的教育,
并歇息、晕眩,
在洪荒时代的光芒里,
恐怖的探索之夜。

因为从熔炉[2]之中——血液、鲜花、火焰与珠宝[3]
开始——从逃亡河岸的澎湃的数据中,
人们看见道路那边,河堤如水力列车奔腾,
怪异而魔幻,放射出万丈光芒,
——他们对股票[4]的研究,
让他们陷入和谐的沉醉,
与发现的英雄主义。

在这举世震惊的事变中,
一对年轻夫妇自我孤立于方舟之上,
——这就是人们所宽恕的古老的孤僻?——
它唱着歌儿,孤身独坐。

---

1 原文为大写的 Vaisseau,"船舰",暗示科学进步的巨轮,与大洪水中的诺亚方舟形成对照。
2 原文 les appareils,本意"仪器""器具",这里或指"锅炉",引申为"熔炉"。
3 原文 le sang, les fleurs, le feu, les bijoux,布鲁诺·克莱斯(Bruno Claisse)认为,这种科学性的列举,完全符合兰波时代流行的百科全书的精神。
4 原文为英文 stock,"股票",这个词直到 1878 年才被学术界认可,兰波前 5 年已写入散文诗中,并带有讽刺意味。

虔诚祷告[1]

致我的姐妹路易丝·瓦纳昂·德·伏林根[2]：——她的蓝色修女帽[3]转向北海。——为了海上遇难者祷告。

致我的姐妹阿什比的莱欧妮·奥布瓦[4]，巴乌[5]——嗡嗡作响的难闻的夏日牧场[6]。——为发高烧的母亲和孩子祷告。

---

1 《虔诚祷告》是《彩图集》最后三首散文诗之一，其手稿连同《民主》手稿已遗失或被不知名的私人收藏。一个对教会深恶痛绝的诗人以此为题，着实有些不同寻常。这首散文诗开篇就好像一连串的祈求、祷告，不是置于祭坛上，也不是献给牧师的，而是首先致敬两个女人，两位修女，她们是最谦逊的神职人员的代表：一个为海上遇难者祷告，另一个照顾"发高烧的母亲和孩子"。而之后语气变调：随着"露露"的出现，隐含卖淫女的气息，让我们了解这些祈祷的讽刺语气和真正含义。这是一段非常独特的祈祷：只涉及保护人类。人们或由此尝试跟随兰波的神秘旅程，希望达到他所昭示的新世界的狂喜与至福。

2 原文 Louise Vanaen de Voringhem，让-卢克·斯坦梅兹认为，具有修女特征，不妨设想她曾于 1873 年 7 月在布鲁塞尔的圣约翰医院照顾过兰波。而皮埃尔·布鲁奈勒则认为，这是兰波虚构的弗拉芒语的人名。

3 原文 cornette，修女帽，在俗语中转义为"修女"。

4 原文 Léonie Aubois d' Ashby，根据安德烈·布勒东（André Breton）的阐释："Ashby，英国有三十多个地方叫这个名字，因此让人无法确定其身份，从而使她（Léonie Aubois）为《彩图集》中神秘的过客之一"。——参见皮埃尔·布鲁奈勒的注释。

5 原文 Baou，一句咒语，无实际意义。

6 根据皮埃尔·布鲁奈勒的注释，参见《元音》："A，苍蝇身上闪亮的黑绒胸衣，围着残忍的恶臭嗡嗡不已。"《高塔之歌》："有如草原，／任人遗忘，／渐渐扩展，盈满／乳香花与黑麦草香，／肮脏的苍蝇聚集，／黑压压嗡嗡不已。"《工人们》："天色阴郁，南风吹送着干涸的牧场和被毁坏的花园散发出的浊气。"——炎热，是另一种死亡的威胁。

致璐璐[1],——这魔女——她保存着"女友时代"[2]的小礼拜堂和她教育缺失的气息。为男人们祈祷!——致×××夫人[3]……

致我曾经的少年。致这位神圣长老,隐士居所或天赋使命。

致穷人的精神。并致一位高高在上的教士。

致一切崇拜,在那些值得纪念的崇拜圣地和值得朝圣的事件中,跟从当下的愿望,或我们自身的严重罪恶。

今晚,致高高冰川上的西尔塞多[4],她肥胖如鱼,色泽如十月红夜[5]——(琥珀色的玉液之心[6]),——为了让我惟一的默祷如黑夜笼罩区,并拿出胜似极地混沌之暴虐的勇气[7]。

---

1 原文 Lulu,皮埃尔·布鲁奈勒认为,和前两位一样,也是根据谐音创造的名字。而魏尔伦的《女友》(1868年)暗示,这是一名女同性恋者。

2 原文为复数形式大写的"女友"(...du temps des Amies),让人联想到魏尔伦的《女友》(Les Amies)。

3 原文 A madame ×××,"致×××夫人",曾出现在魏尔伦的诗中。参见《洪水过后》。

4 原文 Circeto,让-卢克·斯坦梅兹认为:这是 Circé 和 Ceto 两个词的合一:前者 Circé 是《奥德修纪》中的女巫瑟西(又译喀耳刻)。在希腊神话中,瑟西是古太阳神赫利俄斯的女儿,住在艾尤岛上,拥有火焰般的红发,善用魔药将敌人变成怪物,并能施展幻术,使日月星隐藏,让大地陷入黑暗。后者 Ceto,在希腊语中指"鲸鱼,鲸须"。从上下文看,Circeto 在此确为两者合一。

5 原文 les dix mois de la nuit rouge,"十月红夜",指极地之夜。通常最长的极夜只有六个月,兰波在此夸大为十个月。

6 原文为英文 spunk,形容词,黑话,暗指"精液"。

7 让-卢克·斯坦梅兹认为:这里暗示孤独、隐秘的自慰,"我惟一的默祷"。依据是英文词 spunk。这是一种理解。但通篇看来不仅如此:兰波似乎是在邀请我们去发现一个"新世界","登陆"极地混沌,"无尽的红夜",其中的严寒,让人生病"发高烧"——由于混乱的词序造成"海难",在海上伴随奥德修斯的旅程,与女巫、极地鲸鱼(Circeto)之混合体不期而遇。可见兰波的"旅途"并不"安全",面对突如其来的堕落、动荡,曲折、变幻,同样需要"虔诚祷告",以突破现实时空,人与神、宗教与非宗教的界限,如《醉舟》"浸入了诗的海面"。

不惜一切，无论如何，哪怕是在冥想的旅途中。——但再没有"然后"。

第三部

彩图集

Solde[1]

卖掉犹太人尚未卖出的一切，罪恶尚未染指的高尚的一切，被诅咒的爱情和公众地狱般的正直尚不了解的一切；时代与科学都尚未认知的一切：

那些"声音"[2]再度回旋：唱诗班与管弦乐竭力颂扬的所有觉醒的友爱，连同它们即时应用的一切；机不可失，放开我们的感觉！

卖掉不属于任何种族、世界、性别和子孙的无价的"肉体"！每前进一步，财富都会喷涌而出！卖掉无限量的钻石！

为了群众，出售无政府状态；为了傲慢的业余爱好者，卖掉无节制的满足；为情人与忠诚者，贩卖残忍的死亡！

贱卖定居和迁徙、体育、仙境与完美的舒适，以及它们创造的声音、运动与未来！

卖掉算术和新奇和谐的跳跃。无可质疑的新发现和终结，瞬间的占有。

向人群兜售荒唐的冲动与无形而辉煌的无限、无从感受的乐趣

---

1 原文为英文 Solde，"出售"，"出卖"。参见《约翰福音》2章13—17节。
2 原文为复数，大写的 les Voix，"声音"，皮埃尔·布鲁奈勒认为，这是兰波的"声音主题"（参见《蛮荒》《商籁》等）、"合唱主题"（参见《二十岁》），均与兰波倡导的新的心愿与精神有关。

中的无限，使每种罪恶变疯狂的秘密——和它可怕的欣喜——

　　贱卖人们从未贱卖过的身体、声音、无可置疑的巨额财富。贩卖者总有卖不完的货色！旅行者不必过早支付佣金！

第三部　彩图集

精灵[1]

祂是爱，是现在，既然祂的屋宇向着严冬泡沫与夏日喧嚣敞开——祂纯化了饮食，——祂是流亡之地的魅力，是重重驿站的超凡快乐。祂是爱，是未来、力量与爱情；站在疯狂与烦愁之中，我们可以看见这一切掠过天空的风暴和狂乱的旌旗。

祂是爱情，是重新创立的完美尺度，出人意料的绝妙理性，是永恒[2]：致命的爱的机器。我们都因祂与自身的让步而感到恐惧：哦，我们健康的享乐，权力的冲动，自私的爱和对祂的热情，而祂爱我们是为了祂无限的生命……

我们召唤祂，而祂四处旅行……如果这份"崇敬"消失、回想，祂的"诺言"便发出回音："让这些迷信、衰朽的躯体，这些

---

1 原文 Génie，指"天赋""精灵"，"守护神"介于人与神之间，因此可以是"他"，或"它"。在兰波作品中出现众多"精灵"，比如《仁慈的姐妹》《童话》。让-卢克·斯坦梅兹认为，兰波的"精灵"集中体现了作为创造发明者的雄心，它同时表现为活力四射与已然实现。这也正是兰波的"现代性"所在——反对古老的拯救者；在领受了古希腊性爱（参见《太阳与肉身》）与宗教圣餐之后（参见《初领圣体》），再度冒天下之大不韪，反抗一切旧的枷锁与"新的暴力恩典"，向着未来进军——"他的脚步！比远古的侵略更声势浩大的迁徙。"

2 原文 l'éternité，"永恒"。参见之前的诗歌《永恒》："终于找到了。/ 什么？——永恒。/ 那是沧海，/ 随太阳消逝。"——与传统宗教与理想主义不同，兰波在自然之中，物质世界"找到"永恒——一如"黑夜空虚，/ 清晨如火"，生与死，"致命的爱的机器"也是如此，永恒轮回。

纷繁的事务和时代统统走开。这时代已然衰落!"

祂不会远去,也不会再度从天而降,不会去完成对女人的愤怒、男人的欢娱以及此类罪恶的救赎:因为这一切已然完成,祂曾是这样,曾被爱过。

哦,祂的气息,祂的头颅,祂的奔波:形式与行动之完美,可怕的迅疾。

哦,精神之繁盛,宇宙之无垠!

祂的身体!梦的释放,混合着新的暴力恩典的彻底粉碎!

祂的目光,祂的视线所及!所有古老的跪拜者与随之而来的悲伤。

祂的时日!所有骚动与喧哗的痛苦,在更加激越的乐声中烟消云散。

祂的脚步!比远古的侵略更声势浩大的迁徙。

哦,祂和我们!比失却的仁慈更亲切的骄傲。

哦,世界!新生的不幸的明亮之歌!

祂认识我们,爱过我们每一个人。要知道,在这冬夜,从海角到天涯,从汹涌的极地到城堡,从人流到沙滩,在众目睽睽之下,力量与我们疲惫的情感,呼唤祂,注视祂,在雪原之上,海潮之下,追随祂的目光、祂的气息、祂的身体和祂的岁月。

第四部

圣袍下的心：
一个修士的内心世界

Un coeur sous une soutane:
Intimités d'un séminariste

圣袍下的心：一个修士的内心世界[1]

……哦，蒂莫狄娜·拉比奈特！今天，当我穿上圣袍，我又回忆起往日激情，如今它已在我的僧袍下冷却、沉睡，而一年前，它曾激荡着一颗年轻修士的心！……

18××年5月1日

……春天来临。修道院院长葡萄园里的草木……在花盆中发芽；庭院树上的嫩芽好像枝头青绿的露珠；一天，从自修室出来，我从三楼窗口看见……那发出鼻音的蘑菇状的东西[2]……我的靴子略微有点味儿；我注意到学生们鱼贯而出……走进院子；他们时常像鼹鼠一样弓着腰，缩头缩脑地躲在自修室里，红红的脸朝向火

---

[1] 根据让-卢克·斯坦梅兹的注释：1870年，兰波的老师G.伊桑巴尔收到兰波这作品的手稿，直到1924年，这篇日记体短篇小说才在超现实主义的刊物《文学》上发表，由阿拉贡和布勒东作序。在布勒东1966年编辑的文集《黑色幽默》中，也收入了这篇作品的片段。事实上，自从1868年兰波所在的夏尔维勒初级中学就开始了这种混合体制：学校与附近的修道院互派教师、牧师，互相上课，附近一些修道院的年轻教士常出入学校课堂。兰波对此非常抵触，十分反感，并由此写下这篇日记体短篇小说。当然，其中的"我"，显然是"另一个"——Je est un autre.

[2] 参见诗歌《蹲着》（14—15行）："这家伙像个肉珊瑚，鼻尖闪着清漆的亮光。"

炉，像母牛一样呼哧呼哧喘着粗气！他们这会儿在外面待了好久，回来的时候哧哧笑着，把他们长裤中缝的扣子仔细扣好，——不，我错了，是慢慢扣好，——在做这个无聊的小动作时，举止机械，一副心满意足的样子……

5月2日

Sup……昨天从他的卧室里下来，闭着眼睛，背着双手，哆哆嗦嗦，拖着神甫的拖鞋，在院子里踏着慢四步！……

这时我的心在胸中剧烈跳荡，我的胸口冲撞着肮脏的课桌！哦，我开始诅咒这样的时光——学生们像肥胖的母羊那样在脏衣服下流汗，在自修室污浊的空气中昏睡，在煤气灯下，炉膛里冒出的枯燥乏味的热气中……我伸开手臂！我叹息，我伸展双腿……我感到我头脑中的东西，哦！那些东西！……

5月4日

……啊，昨天，我已经支撑不住了：就像天使加百列[1]那样，我展开心灵的翅膀。圣灵注满了我的生命！我弹起竖琴，开始歌唱：

光临呀，
伟大的马利亚！
温柔的耶稣！

---

[1] 原文 l'ange Gabriel，基督教与犹太教传统中的天使，曾预言施洗约翰与耶稣的诞生。参见《路加福音》（1∶26-38）。

神圣的基督！

亲爱的圣母！

哦，怀孕的童女，

哦，圣母，

请眷顾我们

哦！您可知道当我采撷这朵诗歌玫瑰之时，那使我心旌摇荡的神秘芳馨！就像大卫王那样，我弹起齐特拉琴[1]，将我那纯真的赞歌，提升至天国的高度！！！ O altitudo altitudinum！[2]……

5月7日

哎呀呀！我的诗收拢了它的双翅，可仍像伽利略那样忍受着酷刑与凌辱，我要说：它还在转动！[3]——大声说：它们还在动！——我不慎丢失了之前提到的那份秘密诗稿，被J……捡到，J……，比冉森教派的教徒[4]更残忍，比Sup……的狂热信徒更严酷，将这秘密交给了他的主人；而那个妖魔，为了使我受到众人的侮辱而绝望，

---

1 原文Cithare，齐特拉琴，源自中世纪一种拨弦乐琴。
2 拉丁文："高度的高度"，应该是对《传道书》"空虚的空虚……"的滑稽模仿。
3 1633年6月22日，伽利略被判必须否定他自己的发现：地球绕太阳转动。这时，他说："然而，它（地球）还在转动！"参见《坏血统》注释1。
4 原文jansénistes，复数，冉森派教徒。冉森派，又译詹森派，是17世纪上半叶出现在法国并流行于欧洲的基督教教派。因荷兰神学家C.O.冉森创始而得名。冉森派信奉"原罪"说，认为必须对儿童严格管理，以预防"原罪"的发展；冉森派的学校禁止学习人文主义作品，要求学生仅读宗教读物，并限制学生自由。

他将我的诗散发到他所有朋友的手中！

昨天，Sup……告诉我：我走进他的寓所，真心诚意地站在他面前。他光秃秃的额上那最后一缕红发微微颤动，像一束悄悄的光芒；他的眼睛从脂肪中浮现，然而平和而镇静；他的鼻子像一根木槌，习惯性地抽搐着；他叽里咕噜地念叨着"请众同祷"；他舔了舔拇指的指尖，翻了翻他的书，然后取出一张脏兮兮的揉皱了的小纸片……

伟大大大的马马利亚！……
亲亲亲爱的圣母母母亲！

他亵渎我的诗！朝我的玫瑰上吐唾沫！他装扮成婚礼上的鹅、约瑟[1]和傻瓜来玷污、糟蹋这首纯洁的诗歌！他结结巴巴、喋喋不休地带着仇恨的冷笑念诵着每一个音节，当他念到诗句的第六行，……"怀孕的童女！"他停住了，拖着鼻音，他——！！突然爆发："怀孕的童女！怀孕的童女！"他鼓鼓的小腹收缩、颤抖着，拖着一种可怕的腔调，羞得我满脸通红。我跪倒在地，双手举向天花板，大叫一声："哦，我的父啊！"……

——你的竖琴！你的齐特拉琴！年轻人！你的齐特拉琴！使你心旌摇荡的神秘芳馨！我真该见识一下！年轻的灵魂，我注意到在这亵渎宗教的忏悔中，有一种尘世间的东西，一种危险的放弃，总之，是一种冲动！——

1　原文 Joseph，或为《旧约》中的约瑟？也不一定。参见《创世记》37 章。

沉默片刻，他的肚子从上到下不停地抖动，而后他又严肃地说：

——年轻人，你可有信仰？……

——我的父亲，你为什么这么说？难道你的嘴唇喜欢这些？……是的，我相信我母亲所说的一切……神圣的教堂！

——可是……怀孕的圣母！……这是一种观念，年轻人，这是一种观念！……

——我的父亲！我相信这种观念！……

——这就对了！年轻人！这是一种……

……一阵沉默之后。……——他又说："年轻的 J……向我报告说，他注意到你在自修室里的行为举止：你双腿分开，越来越多的人看见，他断定你的腿藏在课桌下面的时候，以一种年轻男人的方式绷得笔直……僵硬。这是无可辩驳的事实……过来，跪下，靠近我；我想轻声问你：在自修室里，你有没有把双腿拼命分开？"

然后他把手搭在我肩上，绕着我的脖子，他的眼睛开始放光，他让我说说关于分开双腿的事情……"听着，我想告诉你这是一种非常下流的举动，我知道这一幕场景意味着什么！……"

就这样，人们告密，玷污我的心灵，刺伤我的自尊，——对此我不能说什么，学生们向 Sup……打小报告，写匿名信，互相检举揭发……在绝对权威的控制之下——，而我来到这间卧室，落入这个蠢货的魔掌！……哦，这修道院！……

5月10日

哦！我的同学们极其阴险，极端猥琐。在自修室里，这些不敬神明的人全都知道了关于我的诗歌的故事，而我刚一回头，又撞见 D……那张气喘吁吁的面孔，他悄悄问我："你的齐特拉琴呢？你的齐特拉琴呢？你的日记呢？"而后 L……这个白痴又接着问："你的竖琴呢？你的齐特拉琴呢？"然后，三四个人一齐小声念诵：

伟大的马利亚，
亲爱的圣母！

而我，真是个傻瓜：——耶稣，我不想伤害自己！——但最终，我不会去告密，也绝不写匿名信，为了我神圣的诗歌与廉耻心！……

5月12日

您可知我为何死于爱情？
花朵对我说：致敬。鸟儿对我说：你好。
致敬：春天来临！那是温柔的天使！
您可知我为何心醉神迷！
我的祖母天使，我的摇篮天使，
您可知我正在变成鸟儿，
我的竖琴颤动，我振翅高飞，
像一只燕子？

昨天课间休息的时候，我写下这首诗，而后我走进小教堂，把自己关在忏悔室里，在那里，我青春的诗歌得以扑扇着翅膀，在幽梦与寂静中飞翔，飞向爱的领空。然而，由于人们随时会来抄走我口袋里的每一张小纸片，白天黑夜，我都将这首诗缝在内衣下面，这样它便紧贴我的肌肤，学习的时候，我就将这藏在衣服下面的诗推至我心口，我用手紧紧按着它，浮想联翩……

5月15日

事件接二连三，自从上次的秘密被发现，问题日趋严重，可能会以一种极其可怕的方式影响到我未来的生活和我的内心世界。

蒂莫狄娜·拉比奈特，我崇拜你！

蒂莫狄娜·拉比奈特，我崇拜你！我崇拜你！让我像神圣的大卫抚琴作歌一样弹奏我的柳特琴[1]，为你歌唱！在我眼里，你是多么圣洁；我的心多想投入你的心，为了永恒的爱情！

星期四是放学的日子，我们有两小时自由活动时间；我出门去。母亲在她的上封信中对我说："……我的儿子，你放学的时候可以礼节性地去塞莎兰·拉比奈特家里拜访，他是你刚去世的父亲的朋友，在你晋升神职之前，应该找时间跟他认识一下……"

……我来到拉比奈特家，他没说什么就开恩将我打发到厨房：他的女儿，蒂莫狄娜和我单独待在一起，她手拿一块布，正在擦一只大碗，将碗贴在心口，一阵长时间的沉默之后，她突然打破了沉默，对我说："哎，雷欧纳多先生？……"

直到这会儿，我才惊讶地发现自己正和这样一位年轻女子单独待在这间厨房里，我垂下眼睛，在心里默念着圣母马利亚的名字。

---

1 原文 luth，柳特琴，又译"鲁特琴"，16—18世纪盛行于欧洲的一种诗琴：一边弹奏，一边唱诵抒情诗歌。

我满脸通红地抬起头,和这样一位美人交谈,我只能结结巴巴,弱弱地问一句:"小姐?……"

蒂莫狄娜!你如此美丽!如果我是画家,我就会在画布上画出你的容貌,题为:持碗的圣母!但我仅仅是个诗人,想要赞美你,我的语言如此苍白……

黑色的炉灶,炉膛里燃烧的木炭如红红的眼睛,平底锅里的甘蓝、芸豆汤冒出缕缕轻烟,散发出天堂的芳香;站在炉边,你用温柔的鼻子轻轻呼吸着蔬菜的清香,用你那美丽的灰眼睛注视着你的肥猫,哦,持碗的圣母,你在擦拭着你的圣器!你平整的裙带和金灿灿的头发羞怯地披在你太阳般金黄的额头上;你的眼神溢出一道蓝色弧线,划过你的脸颊,就像圣·特雷莎[1]!你的鼻子充满芸豆的气味,使你柔和的鼻翼微微翕动;你的唇上细软的汗毛弯弯曲曲,给你的脸庞平添了一份美的力量;你的下巴闪烁着一抹棕色柔光,那上面颤动着初生的美丽绒毛;你的头发用发卡乖乖地别在后脑勺,但有一绺短发从中逃逸……我徒劳地搜寻你的双乳;可你没有,你鄙视这种世俗的装饰:你的心便是你的双乳!……当你转过身,要用你的大脚踢那只金色肥猫时,我看见你的肩胛突出,吊着你的连衣裙;当你的腰部那两张轮廓分明的弓优雅地扭动,我被爱情穿透!……

从那一刻起,我便崇拜你。我崇拜的,不是你的头发、你的肩胛或你腰身的扭动:我所爱的,是一个女人,一位童女身上,那种神圣的庄重;使我芳心乱跳的,是恭敬与腼腆。这才是我崇拜你的原因,年轻的牧羊女!……

---

[1] 原文 Santa Teresa 圣·特雷莎(1515—1582),16 世纪西班牙修女,著名基督教神秘主义作家。

我试图让她看出我的激情；可我的心，我的心却在和我作对！我只能磕磕绊绊地回答她的问题；有好几次，我竟在慌乱中称她"夫人"，而不是"小姐"！渐渐地，听着她富于魔力的音声腔调，我终于支持不住了，决定自我放弃一切：当她又问了个不知什么问题，我竟从椅子上后仰翻倒，一只手按在心口，另一只手抓住口袋里的念珠，竟让白色的十字架滑落；一只眼睛盯着蒂莫狄娜，另一只眼睛望着天，我痛苦又温柔地回答，就像一头雄鹿回答一头母鹿：

　　——啊！是的！蒂莫狄娜……小姐！！！！

　　悲催！悲惨！——从悬在我头顶的一块火腿上，忽然间滴落一滴盐水，正好滴在我痴痴望着天花板的眼睛里，我羞红了脸，从激情中清醒过来，低下头，这时我发现我左手握着的并不是一串念珠，而是一个棕色奶瓶——那是母亲一年前交给我的，让我给妈妈的小宝贝用的！——从我朝向天花板的眼睛里，渗出苦涩的盐水；——然而，从我凝视着你的眼睛里，哦，蒂莫狄娜，流出的却是泪水，爱情的泪水，痛苦的泪水！……

　　…………

　　大约一小时后，蒂莫狄娜告诉我，饭已经做好了：一份芸豆配咸肉煎蛋的简餐，而被她的魅力所感动，我轻声回答：——您瞧，我内心满满，哪里还有胃口！——我坐到桌前；哦！我依然能够感觉到，她的心在回应着我的心：在用餐时间，她什么也没吃。

　　——你没闻到什么味儿？她反复说；她的父亲没听懂；可我心有灵犀：这是大卫的玫瑰，约瑟的玫瑰，《圣经》中的神秘玫瑰；这就是爱情！

　　她突然起身，走到厨房的一角，向我展现了她腰身的并蒂莲，她把手臂伸进一堆乱糟糟的鞋堆里,那只肥猫从中蹿了出来;她把所有这些统统扔进了一个空壁橱;而后她又回到座位上来,以不安的神情询问空气如何;突然,她皱起眉头大声叫道:

——还是有味儿!……

——对,是有味儿。她的父亲傻乎乎地答道。(他根本不懂,完全是外行!)

我发现我童贞的身体里注满了对她内在的激情冲动!我崇拜她,美美地品尝着金黄的煎蛋,我手握刀叉打着拍子,而桌子下面,我的脚在靴子里幸福地战栗!……

然而,一道光从我眼前闪过,让我觉得那是永恒爱情的保障,又仿佛蒂莫狄娜的温情的是,在我离开时,她殷勤地递给我一双白袜子,微笑着对我说:

——你的脚要不要穿上这个,雷欧纳多先生?

5月16日

蒂莫狄娜!我崇拜你,崇拜你和你的父亲,崇拜你和你的猫……

蒂莫狄娜:
Vas devotionis,
Rosa mystica,
Turri Davidica, Ora pro nobis[1]!
Coeli porta,
Stella Maris,

---

[1] 拉丁文,(左)从上至下:"虔诚的圣器","神秘的玫瑰","大卫的高塔","天堂之门","北斗星",——(右)"为我们祈祷!"(Ora pro nobis)

5月17日

这会儿,这世界发出的噪音和自修室里的噪音算得了什么呢?在我四周垂头丧气的慵懒和萎靡又算得了什么?今天早晨,当所有头脑都贴在桌上昏昏欲睡;一阵沉闷的鼾声仿佛末日号角,从辽阔的客西马尼缓缓升起[1]。而我,一名斯多葛主义者[2],坦诚、宁静,从这群死尸中抬起头,有如废墟之上一棵挺拔的棕榈树,藐视这失礼的气味和噪音,我双手托腮,静听心跳,心里充满蒂莫狄娜的身影;透过窗口精美的玻璃,我的双眼没入苍穹!

5月18日

感谢圣灵赐予我灵感,让我写出这些美好的诗句。这些诗,我会逐字逐句珍藏心底:直到上苍有眼,让我与蒂莫狄娜重逢,那时我将献给她,以换取她的袜子!……

我称之为《微风》:

> 在棉花的居所,
> 睡着甜甜的微风……
> 在丝绒与羊毛的安乐窝,

---

[1] 参见《马太福音》(26:36,40):"耶稣同门徒来到一个地方,名叫客西马尼,就对他们说:'你们坐在这里,等我到那边去祷告。'……(耶稣)来到门徒那里,见他们都睡着了,就对彼得说:'怎么样?你们不能同我警醒片时吗?总要警醒祷告,免得入了迷惑,你们心灵固然愿意,肉体却软弱了。'"

[2] 原文 Stoique,斯多葛主义者,又译禁欲主义者。

睡着笑盈盈的和风。

当微风振翅,
飞出棉花的居所,
当她经过,花朵叫着她的芳名,
芳香袭人,微风清和!

哦,微妙的微风!
哦,爱情之微妙!
当玫瑰风干,
空气清新美好!

耶稣!约瑟!耶稣!马利亚!
有如神鹰的翅膀,
让祈祷者半醒半梦!
微风轻拂,送我们进入梦乡!

....

结局是非常秘密、非常美妙的:我将它藏进我灵魂的圣龛[1],下次放学时,我将把它献给我的神圣芬芳的蒂莫狄娜!

让我们凝神静思,虔诚等候。

....

---

1 原文 le tabernacle,古代犹太人在沙漠中搭建的帐幕;存放约柜和圣物的帐幕。或指天主教的圣体龛、圣体柜。

不知哪一天。——等待吧！……

6月16日

主啊，愿您的旨意得以实现：我丝毫也不会在其间放置任何障碍！如果您想要您的仆人蒂莫狄娜回心转意，当然也随您的意愿；可是主耶稣啊，难道您自身从未置身爱情，难道爱情之矛未曾让您学会屈尊忍受不幸！请为我祈祷吧！

哦！6月15日这天放学的两小时，我已盼了很久：我克制着自己的灵魂，并对它说：到那天你就自由了。6月15日，我把头发梳得整整齐齐，还抹了玫瑰发蜡，使头发紧贴在额头上，就像蒂莫狄娜系上了裙带；我还修饰了眉毛；我又仔仔细细把我的黑礼服刷了又刷，巧妙掩饰了衣服上的几处破绽。满怀希望地按响了塞莎兰·拉比奈特先生家的门铃，我随后就等在那里，过了好一会儿他才开门，他歪戴着教士的圆帽子，一绺涂着发蜡的硬邦邦的头发挂在脸上，像一道伤疤，一只手插在带黄花的睡袍的口袋里，另一只手拧开门锁……他冷冷地和我打了个招呼，皱着鼻子扫了一眼我系着黑鞋带的皮鞋，而后双手插兜，撑着他的睡袍走在前面，就像×××修道院院长身着长袍……我可以看见长袍下面他身体的轮廓。

我跟在他后面。

穿过厨房，我随他来到客厅。哦！这客厅！我已用回忆的别针将它固定在记忆中！挂毯上映着棕色的花；壁炉之上，一只黑木的巨型挂钟悬挂在圆柱上；两只插着玫瑰的蓝色花瓶；墙上一幅描绘安凯尔芒战役[1]的油画；另有一幅是塞莎兰的朋友画的铅笔画，描绘了一座带有石磨的磨坊，水磨吐着小溪像吐唾沫一样，所有初学者画的素描大多如此。而其中的诗意还是很可取的！……

客厅中央放着一张桌子，铺着绿桌布，坐在桌旁，我全神贯注地凝视着蒂莫狄娜，尽管同座的还有×××教区圣器室的前任管理员和他的妻子丽弗朗杜耶夫人，而我刚一进来，塞莎兰自己就已经先坐回到座位上。

我坐在一张装饰过的椅子上，心想自己身体的一部分已经倚靠在毫无疑问是蒂莫狄娜亲手缝制的椅套上。我向每个人问好，把黑礼帽搁在桌上，放在我面前，像一道壁垒，我仔细倾听……

我不说话，可我的心在诉说！先生们继续玩儿牌：我注意到他们都在作弊，互相欺骗，这让我感到一种痛苦的惊讶。——游戏结束后，大家围坐在空空的壁炉边，我坐在一个角落，几乎被塞莎兰那个巨型朋友挡得看不见，而他的椅子正好搁在我和蒂莫狄娜中间；我暗自高兴：这样可以避开众人的目光，而我则可以任内心活动流露在脸上而不被察觉；我让自己温柔地放弃，让这三人的谈话升温并参与其中；因为蒂莫狄娜很少开口；她用爱的目光注视着她的修道院学生，她不敢看我的脸，而用闪亮的眼睛直盯着我那擦得锃亮的皮鞋！……而我，躲在那个胖家伙后面，我可以随心所欲。

我开始向蒂莫狄娜欠身，并抬眼看着天。她转过身去。我又坐直了，低头看着我的胸前，我叹了口气；她一动不动。我又拨弄我的纽扣，动了动嘴唇，轻轻画了个十字；她什么也没看见。于是，我因爱情而疯狂，不能自已，像领圣体那样伸出双手，俯身向她倾

---

[1] 原文 Inkermann，指 1854 年 11 月 5 日英法联军在克里米亚战胜俄国军队的那场战役。

倒，并痛苦地大叫一声"啊"……太惨了！当我手忙脚乱，不住地祈祷，我从椅子上空摔下来，发出沉闷的响声。那个肥胖的圣器室管理员冷笑着转过身来，而蒂莫狄娜对她的父亲说：

——哎呀，雷欧纳多先生摔倒了！

她的父亲也冷笑着！太惨了！

我因爱情的羞怯和软弱涨红了脸，管理员先生抓住我，将我扶回那张软垫座椅上。而我垂下眼睛，直打瞌睡！这个社会令我心烦意乱，完全想不到爱情正在阴影中备受折磨：我昏昏欲睡！可我又听见他们将话题转向我！……

我吃力地重新睁开眼睛……

塞莎兰和那个管理员各自抽着一支细长的雪茄，一副装腔作势的样子，看上去极其可笑；管理员夫人坐在椅子边上，她凹陷的胸部向前倾斜，使她身上的黄裙子鼓起的层层波浪一直涌到她的脖颈，惟一的裙褶在她身边盛开，她摘下一朵玫瑰上的花瓣：半张着嘴唇可怕地微笑着，露出干瘪的牙龈上两颗黑黄的牙齿，好像旧壁炉上涂了彩釉的陶器。——而你，蒂莫狄娜，你如此美丽，衣领洁白，目光低垂，裙带平整。

——这是个很有前途的年轻人，他正开创着他的未来。管理员先生说着，口吐一股灰色烟雾。

——哦！雷欧纳多先生一定会为他的修士长袍赢得荣耀。管理员夫人带着鼻音说，并露出那两颗牙齿……

而我呢，我像个好孩子似的红着脸；我看见他们把椅子搬开，坐到离我较远的地方悄悄议论我……

蒂莫狄娜还在盯着我的皮鞋；那两颗脏牙齿正威胁着我……管理员先生大声嘲笑：我一直低着头……

——拉马丁[1]死了……蒂莫狄娜突然说。

亲爱的蒂莫狄娜！正是为了你的崇拜者，为了你的可怜的诗人雷欧纳多，你才在这样的谈话中冷不丁说出拉马丁的名字；于是我抬起头，感到诗歌奇特的思想或将使这些亵渎神明的人返璞归真，我感到我的翅膀又在扑扇着，于是，我两眼放光，望着蒂莫狄娜说：

——这位《诗歌沉思录》的作者，他的桂冠上花繁叶茂！

——诗歌天鹅已经死了！那位管理员说。

——是的，可他唱出了哀歌！我又激动地说。

——可是，管理员夫人大声嚷道，雷欧纳多先生也是一位诗人！一年前他母亲还给我看过他的诗……

我斗胆说道：

——哦！夫人，我既没有竖琴，也没有齐特拉琴；可是……

——哦！你的齐特拉琴！你前些日子不是带着的吗……

——既然如此，如果这无伤大雅——我从口袋里掏出一页纸片，——我就给你们念几句诗歌……献给蒂莫狄娜小姐。

——好！好！年轻人！太好了！念吧，念吧，站到客厅那头去……

我向后退了几步……蒂莫狄娜盯着我的皮鞋……管理员夫人摆出一副圣母的姿态；两位先生凑到一块儿；我红着脸，咳嗽两声，而后温柔而有节奏地念道：

---

[1] 拉马丁（Alphonse de Lamartine），法国浪漫派诗人，1790年10月21日出生，去世这一天，是1869年2月28日，其代表作：长诗《湖》《诗歌沉思录》。兰波曾在书信中说："拉马丁有时是个通灵者，但被陈旧的形式所束缚。"这里通过情人蒂莫狄娜之口冷不丁说出一句"拉马丁死了"，一语双关：浪漫诗人死了；法国浪漫派也死了。

在棉花的居所，
睡着甜甜的微风……
在丝绒与羊毛的安乐窝，
睡着笑盈盈的和风。

所有人都噗嗤一声笑了出来：凑在一块儿的先生们彼此说着粗俗的双关语；而最恐怖的还是管理员夫人的表情：眼睛望着天，做神秘莫测状，笑起来露出丑陋不堪的牙齿！蒂莫狄娜，蒂莫狄娜也爆发出一阵大笑！这对我是致命一击，蒂莫狄娜站在了他们一边！……

——一阵温柔的微风吹进棉花的居所，这很美妙，挺美妙的！……塞莎兰大叔说着，用鼻子吸气，嗅着什么……

我相信我发现了什么……然而大笑只持续了一秒钟：大家都试图恢复严肃状态，尽管时不时还会笑出声来……

——继续，年轻人，挺好，挺好的！

当微风振翅，
飞出棉花的居所，
当她经过，花朵叫着她的芳名，
芳香袭人，微风清和！

这一次，一阵狂笑震撼了我的听众；蒂莫狄娜盯着我的皮鞋：我很热，双脚在她的注视下燃烧，在汗水中游泳；因为我对自己说：这双袜子我穿了一个月，这是她爱情的馈赠，她注视着我双脚的目光,是她爱情的见证:她崇拜我!

这时,我才发现,我的鞋子似乎散发出一点味道:哦!我知道他们为什么大笑了!我理解了蒂莫狄娜·拉比奈特,在这险恶社会里误入歧途,蒂莫狄娜根本不可能放任自己的激情!我知道,对我而言,我也只能吞下这枚五月的一天下午,在拉比奈特的厨房里,面对持碗的圣母扭动的腰身,从心底结出的初恋的苦果!

客厅的挂钟响了,四点钟,该回去了;心怀狂热、燃烧的爱情与痛苦的疯狂,我抓起帽子,碰翻了椅子逃之夭夭,穿过走廊时,心里还在默念着:我崇拜蒂莫狄娜,就这样,我一口气逃回了修道院……

我的黑色燕尾服在身后飘飞,像风中一只悲伤的燕子!……

6月30日

从今往后,就让神圣的缪斯来抚慰我的伤痛;十八岁的爱情殉道者,痛苦之时,我想起另一种性的殉道者,他能使我们快乐、幸福,我爱的人已不复存在,我索性去皈信仰!愿基督、马利亚将我拥入他们的怀抱:我将跟随他们;我还不配给耶稣系鞋带;可我忍受着痛苦与折磨!我已经十八岁零七个月了,我背着十字架,头戴荆棘花冠!可是清晨,在芦苇丛中,我拥有了一把齐特拉琴!它将抚平我的伤口!……

一年以后,8月1日

今天,人们又给我披上圣袍;我将为上帝服务;我会在富裕乡村拥有一名女神甫和一位谦逊的女仆。我有了信仰；我将拯救我的灵魂，不用太大花费，我会像上帝忠实的仆人那样和他的女仆在一起。我的圣母，神圣的教堂将用她的胸腔温暖我：该如何感谢她！感谢上帝！

对于我珍藏在心灵深处的这份残酷而又亲切的激情，我将忠贞不渝：无须精心呵护，我随时能够回忆起当初；往事历历在目，无比温柔！——况且，我生来便是为爱情与信仰存活！——或许有一天，我会回到这个村落，说不定我还能有幸向我亲爱的蒂莫狄娜忏悔？告诉她，我至今保存着那段甜蜜回忆：她送给我的那双袜子，一年来，我原封未动……

那双袜子，我的上帝！我会穿在脚上，直至走进您神圣的天堂！……

第五部

爱情的沙漠（残卷）
Les Déerts de l'amour

沙漠中的爱情[1]

致读者[2]

下面这些文字是一个青年人的手记,他非常年轻,生活漂泊不定;他没有母亲,没有祖国[3],也不去考虑人们关注的一切,和那些可怜的青年人一样,他也四处逃避着道德的束缚。然而,他是那

---

1 根据让-卢克·斯坦梅兹的注释:很难给这篇作品划分题材,它像是出自每个年轻人的手记。《致读者》描述了一位有些类似夏多布里昂的后期浪漫主义的英雄。内心忧愁而无依无靠,作者在此放弃了一贯的自动写作法与文字游戏,而采用一种思乡怀旧的笔调,因为他面对的是一个青少年,笔下所描绘的是他充满梦幻色彩的生活。根据德拉哈耶(Delahaye)的回忆,《爱情的沙漠》写于1871年春天,在阅读了波德莱尔之后,在这一时期,波德莱尔自己也开始写梦的故事,而兰波尚未出现写作散文诗的迹象——这些文字,可以看作是日后写作《地狱一季》与《彩图集》的前奏曲。尽管我们已大致了解了这篇作品创作时间,而且可以确定初稿肯定出自兰波之手,但后面的一些日期存疑。无论如何,这些作品所展现的幻觉世界,并不比兰波的其他作品逊色。

2 从这篇《致读者》中可以看出作者有一个更大的写作计划,这是让兰波常以"写作"编辑自居,告诉青年人,我们每个人都要面对这样一颗"迷失的灵魂"。

3 根据让-卢克·斯坦梅兹的注释,这个年轻人让人想到他的前辈:缪塞的《一个世纪儿的忏悔》,夏多布里昂的《勒内》,其中的主人公自云,"没有父母,没有朋友,在茫茫人世间举目无亲,也没有爱过谁,而承受着一种过剩的生命。"另见波德莱尔的《陌生人》自云:"我没有父亲也没有母亲,没有姐妹也没有兄弟。""朋友",不知这个词是什么意思。"祖国",不知它坐落在什么方位。

样的苦闷，以至于一心赴死，就像走向可怕而又致命的羞耻心。他并没有去爱女人，——尽管热血沸腾！——他的灵魂、他的心灵和全部力量都被他奇特而忧伤的错误所提升。以下这些梦想——他的种种爱情！——来到他的床上或路上，在其过程与结局之中，在温柔的宗教心愿里显现——还记得伊斯兰教徒关于睡眠的传说故事吗[1]？——他们的确勇敢，而且受过割礼！然而这种奇异的痛苦却拥有一种令人担忧的特权，人们似乎真诚希望，在我们所有人之中的这颗迷失的、甘愿赴死的灵魂此刻深受尊重，并感受到庄严的慰藉。

I

这一次是我在城里见到的女人，我对她说，她对我说。

我待在一间黑暗无光的卧室里。有人来告诉我她已经来了：没有光，我看见她躺在我床上，一切都属于我！我太激动了，因为这是在我家里：我同时感到一阵悲伤！我，衣衫褴褛，和她，一位社交名媛，她要献出自己：她应当走开！带着无可名状的酸楚，我握着她，任她跌到床下，她近乎赤裸；我以一种难以描述的软弱无力[2]倒在她身上，和她一起在黑暗无光的地毯上摸爬！一盏又一盏

---

1 根据让-卢克·斯坦梅兹的注释，参见《古兰经》(18:9-22)：七名少年躲到一个岩洞中避难，结果睡着了，直到两个世纪之后才醒来，而他们被称为"岩洞伴侣"。

2 原文 dans ma faiblesse indicible，意思是"在一种难以描述的软弱无力中"。缪塞（Musset）也曾用 indicible（"难以言说"）这个词说："我将如何说出一种难以描述的痛苦呢（Comment exprimerai-je une peine indicible）？"——这种"难以描述"本身，或许正是"一个世纪儿"的痛苦。

的灯火将邻舍的卧室映红。这时，那个女人已然消失。我的泪水扑簌而下，比上帝要求的更多。

我进入了那座无尽的城市。哦，多么疲惫！浸没在沉沉黑夜里，逃避着幸福。有如冬夜，覆盖着皑皑白雪，令整个世界窒息。那些朋友，我大声问他们：她在哪里？但他们的回答都很虚伪。我站在她每晚出入的玻璃门前；我跑进被埋没的花园。人们将我推了出来。我失声痛哭，为了所有这一切。最后，我来到一个落满尘土之地，坐在一堆木料上，任自己体内全部的泪水，伴随着黑夜，滚滚流尽——我时时感到筋疲力竭。

我理解她每天都有自己的生活；仁慈的回转比重新造就一颗星球更加漫长。她没有回来，她再也不会回来；我崇拜的人儿回我家来——我不敢奢望。真的，这一次我比全世界所有儿童哭得都更厉害。

II

还是在同样的乡村，我父母的陋室：门楣上还是那焦黄的木板钉成的壁橱，上面刻着兵器和狮子。晚餐时，摆着蜡烛和葡萄酒，装饰着乡村风格的细木护板。餐桌极大。那些女仆！她们的人数跟我记忆中的差不多。——那里还有我从前的一位神甫朋友，穿着神甫的道袍；就在此时：为了更自由自在。我还记得他紫红的卧室，贴着黄纸的玻璃窗[1]：他藏匿的书，都已沉入大海！

而我，我被遗弃在无尽的乡村这所房子里：在厨房里读书，在主人面前烘干我衣服上的淤泥，在客厅里聊天：被上个世纪的夜晚与清晨的牛奶的"咕嘟咕嘟"声感动致死。

在一间阴暗的卧室里：我能做什么？一个女仆来到我身边：我可以说她是一只小狗：虽然很美，带着一种我难以形容的母性的高贵：清纯、亲切、柔美！她在我胳膊上掐了一把。

我试图回忆起她的模样：不是为了想起她的胳膊——我曾将那皮肤从我的两个手指间轻轻划过；不是为了想起她的嘴巴——我的嘴，曾像一个小小的绝望的浪头，在上面久久地侵蚀着什么。在黑暗的角落，我把她推翻在一只装着垫子和帆布的竹篮里。我只记得她的长裤上有白色花边。

而后，哦，再度绝望！隔墙幻为模糊的树影，夜里，我沉入爱情的痛苦深渊。

---

1 参见之前的诗歌《蹲着》的注释 1 及第 13 行。

《反福音书》[1]

I

在撒玛利亚[2]，许多人信了他[3]。他并未见过他们。撒玛利亚的新贵，自私自利的人，遵行其新教律法，比犹太人遵守摩西十诫更严格。在这里，不允许公开讨论公共财富。奴隶和士兵这种惯用的诡辩由来已久：先奉承诸位先知，再将他们杀害。

那泉边妇人对耶稣所说的话十分阴险："您是先知，您知道我从前所做的一切。"[4]

女人和男人们从前相信先知。如今，人们只相信国家政要。

刚刚出城两步，他便不能再实实在在地警示这座城了，果真有先知大能，会这么奇怪吗？

---

1 本篇I和II，原文及注释均源自皮埃尔·布鲁奈勒编辑的《兰波作品全集》，译者所依据的原书——芝加哥大学1966年版的《兰波作品全集》中本篇I和II部分缺失。
2 原文Samarie，撒玛利亚，位于巴勒斯坦中部的古地区和古城名。《约翰福音》4章记载，耶稣曾在撒玛利亚停留两天，并向一位在井边打水的撒玛利亚妇人传道。
3 他，这里指耶稣。
4 《约翰福音》（4：25）：妇人说："我知道弥赛亚（就是那称为基督的）要来，他来了，必将一切的事都告诉我们。"

耶稣不能再对撒玛利亚人说些什么。

II

加利利的空气轻柔美好,人们充满好奇地欢迎他[1],他们曾经见过他因神圣的愤怒而颤抖,鞭打那些在加百利的殿堂做野禽交易的人和商人[2]。他们认为这是一种狂躁而苍白的青春冲动。

他感到他的手被一个戴戒指的手握住,被一个官员的嘴亲吻[3]。那个官员跪在灰土中,头脑兴奋,尽管已半秃顶。

车马从狭窄的街道穿过,这一刻,对于这座城镇[4]非同寻常;这天晚上,一切看起来都那样令人心满意足。

耶稣抽回他的手:他有着这样一个孩童和女人般的骄傲的举动。"若不看见神迹奇事,你们总是不信。"[5]

耶稣再没有行神迹。他曾在婚礼上、红红绿绿的餐厅里对圣

---

1 原文 Galilée,加利利,位于巴勒斯坦地区。《约翰福音》第4章记载,耶稣在撒玛利亚过了两天之后,就离开那里,去往加利利——"到了加利利,加利利人既然看见他在耶路撒冷过节所行的一切事,就接待他,因为他们也是上去过节。"(4:45)

2 参见《约翰福音》(2:13-16):犹太人的逾越节近了,耶稣就上耶路撒冷去,看见殿里有卖牛、羊、鸽子的,并有兑换银钱的人坐在那里。耶稣就拿绳子做成鞭子,把牛羊都赶出殿去,倒出兑换银钱之人的银钱,推翻他们的桌子。又对卖鸽子的说:"把这些东西拿去,不要将我父的殿当作买卖的地方。"

3 参见《约翰福音》(4:46-47):"耶稣又到了加利利的迦拿,就是他从前变水为酒的地方。有一个大臣,他的儿子在迦百农患病。他听见耶稣从犹太到了加利利,就来见他,求他下去医治他的儿子,因为他儿子快要死了。"

4 指迦拿(Cana)。

5 《约翰福音》(4:48):耶稣就对他说,"若不看见神迹奇事,你们总是不信"。

母马利亚提高了嗓音说话[1]。也没有人再提及在迦拿的卡法诺姆[2]的酒，或集市和码头上的事[3]。可能是有产阶级吧。

耶稣说："回去吧！你的儿子活了。"[4]官员就去了。因为人们带来一些灵丹妙药。耶稣继续走着不寻常的路。牵牛花与琉璃苣[5]在铺路石间闪着魔幻的光芒。最终，他借着曙光，他才从远处看见尘土飞扬的牧场，金色花蕾和渴望的雏菊。

III

毕士大，有着五座廊台的水池[6]，是个令人厌恶的地方。它好

1　参见《约翰福音》（2：4）：耶稣说，"妇人，我与你有什么相干？我的时候还没有到。"这里"妇人"，即耶稣的母亲，圣母马利亚。
2　原文 du vin de Cana à Capharnaüm，"迦拿卡法诺姆的酒"。迦拿（Cana）位于拿撒勒之北约14公里的一个村镇，其中卡法诺姆（Capharnaüm）是湖边、溪水旁的一个小渔村。相传耶稣曾在这里将水变为酒。
3　这里分别指耶稣在婚礼上将水变酒，在市场上驱赶做买卖的人，并在海面上行走的事。参见《约翰福音》（2：1-11，13-21，6：16-21）将水变酒、在海上行走均为耶稣所行神迹，而在市场上驱赶买卖人则不是，"因此犹太人问他说：'你既做这些事，还显什么神迹给我们看呢？'耶稣回答说：'你们拆毁这殿，我三日内要再建立起来。'……但耶稣这话，是以他的身体为殿（《约翰福音》2：18-19，21）。"
4　《约翰福音》（4：50）。
5　原文为复数 des liserons, des bourraches，"牵牛花、琉璃苣"，即前面说的"一些灵丹妙药"（quelque pharmacie légère），可谁承想，兰波是要"从牵牛花中／吮吸快乐毒汁。"（Attirez le gai venin /des liserons）。"——参见《文字炼金术》《饥饿》篇。
6　《约翰福音》（5：1-9）记录了耶稣在毕士大（Bethsaida）池边治病的情形："这事以后，到了犹太人的一个节期，耶稣就上耶路撒冷去。在耶路撒冷，靠着羊门有一个池子，希伯来话叫作毕士大，旁边有五个廊子。里面躺着瞎眼的、瘸腿的、血气枯干的许多病人（有古卷在此有"等候水动，因为

像一个阴森的洗衣池，时时笼罩着雨雾和黑暗；乞丐们哆哆嗦嗦，战战兢兢——被地狱中预示风暴来临的闪电吓得面色惨白，那电光嘲笑着他们失明的蓝眼睛和紧裹在残疾肢体上的蓝白内衣。哦，军用水房，哦，公共浴池。水总是黑的，没有一个残疾人落水，即使在他们的梦中。

正是在这里，耶稣和一群污秽的残疾人完成了他们最初的壮举[1]。二月、三月或四月的某一天，午后两点，太阳在阴沉的水中铺开一把大镰刀；在那里，远远站在那群残疾人后面，我可以看见这束孤零零的光，唤醒了嫩芽、水晶和幼虫，仿佛一位白色天使侧卧近旁，所有纯白的反光，瑟瑟颤动。

所有罪人，魔王顽固而轻佻的子孙，但凡心灵有些敏感，都觉得这群人比鬼魂更可怕；他们争相跳入这水中，这些残疾人下水，不再是嘲弄，而是出于嫉妒。

据说最初出水的那些人伤病痊愈。不，是罪人们又在驱赶他们上路，逼迫他们去寻找新的水池：因为他们的魔王不能停留在注定受人施舍的地位。

午后一点，耶稣也浸入水中。没有人清洗或牵引牲畜。水池中的光，像葡萄树上最后的叶子那样枯黄。圣主靠在一根圆柱上：他看着这些罪恶的子孙；魔鬼用他们的言语吐着舌头，嘲笑或否认。

有天使按时下池子搅动那水，水动之后，谁先下去，无论害什么病就痊愈了"）。在那里有一个人，病了三十八年。耶稣看见他躺着，知道他病了许久，就问他："你要痊愈吗？"病人回答说："先生，水动的时候，没有人把我放在池子里；我正去的时候，就有别人比我先下去。"耶稣对他说："起来，拿你的褥子走吧！"那人立刻痊愈，就拿起褥子来走了。"

1　参见《马可福音》（2:12）：那人就起来，立刻拿着褥子，当众人面前出去了，以致众人都惊奇，归荣耀与神说："我们从来没有见过这样的事！"

那个曾躺在他身边的"瘫子"[1]站立起来,越过廊台,"下地狱的人们"[2]看着他迈出坚定而非凡的一步,穿越廊台,消失在城中。

---

1 原文为大写的 le Paralytique,指"那个瘫子"。
2 原文 les Damnés,"下地狱的人",同样大写,复数,兰波似乎站在这些人中间,望着"那个瘫子"作为一个"人"自己站立起来,"昂起温柔可怕的头,向着地平线前行(《太阳与肉身》)。"

第六部

书信选（1870—1891）
Lettres: 1870~1891

致泰奥多尔·德·邦维勒[1]

夏尔维勒，1870 年 5 月 24 日

亲爱的导师：

我们生活在爱的时节；我都快十七岁了[2]。正如人们所说，这是个充满希望和幻想的年龄，——在此，作为一个被缪斯的手指触碰过的孩子——请原谅，如果这么说太俗气——我开始表达我美好的信念、希望和感受，诗人应有的一切——我把这些称之为春天。

我之所以通过优秀的出版商阿尔方斯·勒梅尔转给您这几首诗，因为我热爱所有的诗人，所有优秀的帕尔纳斯诗人[3]，——因为诗人都是帕尔纳斯派，——钟情于理想之美；我天生爱您，因为您是

---

1 原文 Théodore de Banville（1823—1891），泰奥多尔·德·邦维勒，兰波的老师，法国诗人、剧作家。另，此信译文经我的导师黄晋凯先生校正。
2 其实当时兰波只有十五岁零七个月，几个月后，他便"提前"写出《传奇故事》："十七岁的年龄，什么都不在乎……"
3 原文 Parnassien，音译"帕尔纳斯"，名称源自希腊神话缪斯的住处帕那索斯山（Mont Parnasse），是法国 19 世纪的一个文学流派，介于浪漫主义和象征主义之间，追求诗歌形式的新颖、完美。在 1866 年—1876 年间，曾出版发行文学杂志《当代帕尔纳斯》（Le Parnasse contemporain）。

龙沙的继承者[1]，我们1830年的导师们的兄弟[2]，一位真正的浪漫主义者，真正的诗人。这就是原因所在。——这样说很愚蠢，不是吗？可结果呢？……

一两年内，我就会来巴黎。——让报界的先生们瞧着吧，"我也"[3]将成为一名帕尔纳斯诗人！——这会儿我不知自己有什么……可以脱颖而出……——我发誓，亲爱的导师，永远崇拜这两位女神：缪斯和自由。

读这些诗的时候，请不要撇嘴巴……亲爱的导师，如果您能使《Credo in unam》[4]在帕尔纳斯诗派中占有很小的一席之地，我会高兴得发疯……我将成为帕尔纳斯派的最后一批诗人：这将成为诗人的"信仰"[5]……——奢望！哦，疯狂！

接三首诗：《感觉》《奥菲利娅》和《Credo in unam》
……（略）

---

1 原文 Ronsard，全名 Pierre de Rosard（1524—1585），彼埃尔·德·龙沙，法国第一位近代抒情诗人。出身于贵族家庭。1547年组织七星诗社。代表作《颂歌集》，其中《致埃莱娜的十四行诗》（Sonnets pour Hélène）最为著名。而这位兰波的老师邦维勒，曾于1856年出版同名诗集《颂歌集》，并宣称自己受到七星诗社的启示。
2 根据让－卢克·斯坦梅兹的注释：这里兰波显然是指当时第二次浪漫主义思潮，以及雨果风格的文学诗社，这些诗人受到七星诗社的龙沙、杜·贝雷（Du Bellay）的抒情诗的影响，并结社出版诗集，这时期的代表诗人先是圣－博夫（Sainte-Beuve），随后是奈瓦尔（Nerval）。
3 原文为意大利文 Anch'io，"我也"。
4 拉丁文《Credo in unam》(《信仰惟一》)，参见《太阳与肉身》(《Soleil et Chair》) 注释。
5 Credo，拉丁文，"信仰"。

这些诗能否在《当代帕尔纳斯》中找到自己的位置呢？——它们不正是诗人的信仰吗？

——我没有名气，这有什么关系？诗人皆兄弟。这些诗相信、热爱并殷切希望：这就是一切。

——亲爱的导师，请帮助我：我很年轻，助我一臂之力……

阿尔蒂尔·兰波

致乔治·伊桑巴尔[1]

夏尔维勒，1870 年 8 月 25 日

先生：

您真幸运，您，不再住在夏尔维勒！

在外省小城中，我故乡的城市显得极其愚昧。您瞧，在这一点上，我已不再抱任何幻想。因为它与梅西埃尔[2]相邻，——一座地图上找不到的城市，——因为可以在它的街道上看见两三百人的行军队伍经过，这里貌似驯良的居民爱指手画脚，平庸而自负，喜欢舞刀弄剑，与梅兹和斯特拉斯堡被围困的人们[3]截然不同！实在可怕，连退休的杂货店老板都重新穿上了军服！太精彩了，这里所有的猫儿狗儿：公证人、玻璃商贩、税务官、小木匠和大肚皮都抱着步枪，在梅西埃尔大门口执行巡逻任务；我的故乡站立起来！……可我宁愿看见它坐着：不必担心！这是我的原则。

我痛苦、彷徨、狂躁、愚钝、神魂颠倒；我渴望沐浴灿烂阳

---

[1] 原文 Georges Izambard（1848—1931），乔治·伊桑巴尔，兰波的老师，在夏尔维勒的初中教修辞学。1870 年，乔治·伊桑巴尔从他的 25 名学生中发现了兰波，并给兰波提供了很大帮助。

[2] 原文 Mézières，梅西埃尔。

[3] 据皮埃尔·布鲁奈勒考证：1870 年 8 月 18 日，由巴赞（Bazaine）率领的法国第三军团被普鲁士皇家军队围困在梅兹（Metz），危及斯特拉斯堡（Strasbourg）。

光，无止境地漫步、歇息、旅行、冒险，总之，想云游四方；我渴望报刊、书籍……没有！什么也没有！书店收不到任何包裹；巴黎一定在嘲笑我们：一本新书也没有！这无异于死亡！至于报刊，我已沦落到读体面的《阿尔当纳邮报》的地步，——老板、发行人、社长、主编和惟一的编辑都是 A. 布里雅[1]！这份报纸反映了大众的愿望、建议和观点：您可想而知！……人们在自己的故乡被流放[2]！！！

　　幸而我有您的房间：——您答应过给我的。——我拿走了您一半的书籍！我拿走了《巴黎魔王》[3]。请告诉我还有什么比葛朗维勒[4]描绘的人物更愚蠢可笑的？——我还发现了《印度的卡斯塔》[5]和《奈须的裙子》[6]这两部有趣的小说。我再告诉您什么呢？……我读了您所有的书；三天前我研读了《苦难》[7]，而后又读了《拾麦女》[8]，——是的，我重读了这本书！——这些就是全部！……然后就没有了；您的图书馆，我最后的靠山已山穷水尽！……《堂·吉

1　原文 A. Pouiilard（A. 布里雅），报纸名叫 Courrier des Ardennes（《阿尔当纳邮报》）。

2　原文 On est exilé dans sa patrie，"人们在自己的故乡被流放。"这里，阴性名词 patrie 也是"祖国"。

3　原文《Le Diable à Paris》，乔治·桑的作品。

4　原文 Granville（1803—1847），漫画家，以画《拉封丹寓言》插图而著名。

5　原文 Costal l'Indien，作者加布里埃尔·费雷（Gabriel Ferry，1809—1852），四卷本，1855 年出版。

6　原文 La Robe de Nessus，作者阿梅代·德·阿夏尔（Amédée Achard，1814—1875），1855 年出版。

7　原文《Les Epreuves》，作者苏利·普吕多姆（Sully Prudhomme，1839—1907），1866 年出版。

8　原文《Les Glaneuses》，作者保罗·德梅尼（Paul Demeny，1844—1918），1870 年出版。

诃德》曾出现在我眼前；昨天我花了两小时，翻阅了多雷的版画[1]：现在，我什么也没有了！

寄给您的诗，请在清晨的阳光里读，我正是在这样的情境中写的；现在我希望您不再是我的老师！

....

我建议您买一本保罗·魏尔伦的《好歌集》，最近刚在勒梅尔出版社出版；我还没读到，这儿什么也没有；许多报纸都说这本诗集很棒。

再见，请给我寄一封25页的信——留局自取——尽快！

A. 兰波

又及：我很快会告诉您有关我假期生活的情况……

---

[1] 原文 Doré，多雷（Paul Gustave Doré，1832—1883），法国画家、雕刻家。

致乔治·伊桑巴尔

巴黎，1870 年 9 月 5 日

亲爱的先生：

您让我别做的事情，我还是做了：我离开了母亲的家，来到巴黎！是 8 月 29 日出发的。

一下火车就被抓，因为身无分文，还欠了 13 法郎的火车票钱，我被带到了警察局，这会儿，我就在马萨等待判决[1]！——哦！我把希望寄托在您身上，就像寄托在母亲身上；我一向把您看作是我的兄弟：恳请您帮助我。我已给我母亲，给帝国检察官和夏尔维勒警察署的专员都写了信；如果您在下星期二之前还没有我的消息，在从杜埃[2]开往巴黎的火车出发之前，请乘上这趟列车，凭着这封信到这里来传唤我，或向检察官自我介绍，请求您，为我做担保，替我还债！做您所能做的一切。当您收到这封信时，请您也写信，我命令您，是的，给我可怜的母亲写信（Quai de la Madeleine，5，Charlev.[3]），安慰她！也给我写信；做所有一切！我像爱兄弟一样爱您，我将像爱父亲一样爱您。

---

1 原文 Mazas，马萨，兰波所在监狱位于狄德罗大道（boulevard Diderot）。
2 原文 Douai，杜埃，法国北部小城。
3 兰波母亲的地址。

紧握您的手。

您可怜的

阿尔蒂尔·兰波
于马萨

如果您能让我获释,请把我带到杜埃[1]。

---

[1] 之后伊桑巴尔的妻子冉德尔(Gindre)的三姐妹在杜埃收留了兰波。

致乔治·伊桑巴尔

> 夏尔维勒，1870 年 11 月 2 日

先生：

——这封信只给您。——

您走后的第二天我就回到了夏尔维勒。我母亲把我接回家，而在这里……整天无所事事。到 1871 年 1 月份之前，我母亲不会把我送到寄宿学校。

因此，我遵守了我的诺言。

我在平庸、恶意与灰暗中沉沦、死亡。怎么说呢，我疯狂地崇拜自由的自由，……许多事都"很遗憾"[1]，不是吗？我甚至今天就想重新上路；我能够做到：穿上新衣，卖掉手表，自由万岁！——可我还是留下来！——好多次我都想重新上路。——上路，戴上帽子，裹着风衣，拳头插在衣兜里，出发[2]。——可我将留下，我将留下。我并未许诺这一切！可我必将上路，为了不辜负您的爱：您对我说过。我将不辜负您的爱。

对您的感激之情，我今天和日后都不知该如何表达。我将向您

---

1 皮埃尔·布鲁奈勒认为，这想必是兰波母亲的口头禅。
2 参见与此同时写作的诗歌《流浪（幻想）》："拳头插在破衣兜里，我这就上路……"诗已写成，而在现实中却未成行，只是"幻想"。又如《感觉》，从头至尾，都是将来时。而《流浪（幻想）》用的是未完成过去时。

证明！如果能为您做些什么，我死都愿意，——这话是我说的。

我还有许多话要说……

"没心没肺的"

A. 兰波

致保罗·德梅尼[1]

夏尔维勒，1871 年 5 月 15 日

我决定花一小时和您谈谈新文学。我想从我最近的诗篇说起：

《巴黎战歌》

………（略）

A. 兰波

——以下是关于诗歌未来的散文——

所有的古诗都归于希腊诗歌，和谐的生命。——从古希腊到浪漫主义运动，——中世纪，——有许多文人、写诗的人。从恩尼乌斯[2]到泰奥多勒斯[3]，从泰奥多勒斯到卡西米尔·德拉维尼[4]，全都

---

[1] 此信译文经我的导师黄晋凯先生校正。
[2] 原文 Ennius，恩尼乌斯（公元前 239—前 169），第一位拉丁诗人，戏剧家兼讽刺作家。被公认为罗马文学之父。
[3] 原文 Theroldus，泰奥多勒斯，又译狄奥多鲁斯。生活在 6 世纪。希腊教会历史学家，著有两部重要的拜占庭历史纲要。
[4] 原文 Casimir Delavigne，卡西米尔·德拉维尼（1793—1843），法国著名诗人，法兰西院士，其作品融合了古典主义和浪漫主义。

是韵文，一种游戏，一代又一代的傻瓜引以为荣的陈词滥调：拉辛是纯洁、有力而伟大的。——若不是有人吹奏他的韵脚，搅乱他的诗律，这位"神圣的傻瓜"[1]或许至今还像原初到来的第一位作者那样鲜为人知。——拉辛之后，这类游戏就发霉了。它持续了整整两千年！

这既非玩笑，也不是反语。对于没有一个"青年法兰西"[2]表示过愤怒的主题，我有自己明确的理性判断。况且，厌恶前人是新一代人的自由：我们在自己家里，我们有的是时间。

人们从未恰当地评价过浪漫主义。谁在评价它呢？批评家！！浪漫主义者，他们恰好证明了歌谣通常难以展现作品，也就是说，很难从中看清歌者所理解并歌咏的思想。

因为"我"是另一个[3]。如果青铜觉醒，发现自己是一把铜号[4]，这不是它的错。这对我显而易见：我目睹了我思想的孵化：

---

1 原文 le Divin Sot，"神圣的傻瓜"。参照让-卢克·斯坦梅兹的注释：浪漫主义者早前就取笑拉辛，说他是个"顽童"；兰波在此旧话重提，并提升到一个"新的境界"。

2 原文 un jeune-France，"青年法兰西"，文学团体与杂志名，1830年的"青年法兰西"代表着一种强烈的浪漫主义倾向。诗人泰奥菲勒·戈蒂耶（Théophile Gautier）曾于1833年专门写过一部《青年法兰西，揶揄的小说》嘲笑这种倾向。

3 原文 Je est un autre，"我是另一个。"这看似是一个文字游戏：本来法语"我是……"应为 je suis……，而这里故意说成 Je est……相对于英文的 I is……"不符合"语法，并颠覆了感官及认知……参见《醉舟》：其中"我"并非作者，而是"醉舟"本身开口，"我"成了第三人称。一句"Je est un autre"被评论界看作是投入诗歌池塘的一枚炸弹，拉开了重新定义诗歌艺术的序幕。

4 原文 Si le cuivre s'eveille clairon, il n' y rien de sa faute，"如果青铜觉醒，发现自己是一把铜号，这不是它的错。"——青铜是一种天然材料，铜号是一种乐器。这里兰波的意思是，如果这个人（青铜）意识到他是一个诗人（铜号），那是因为他本质、天性使然，不能改变，因此"这不是他（它）的错"。

我注视它、倾听它，我开弓拉琴：交响乐在内心震颤，或跃上舞台。

假如蠢货们未能找到"自我"，只找到一些虚假的意义，我们还不至于要扫清这些数以万计的朽骨——他们从古至今堆积着他们独眼的智慧[1]，还大言不惭地自诩为作家！

我说过，在古希腊，诗歌与竖琴让行动富于节奏。而此后，音乐和韵律变成了游戏和娱乐。对这段历史的研究使好奇者着迷，许多人以翻新这些古董为乐趣：——当然是为了他们自己。博学的智者自然要抛出他的思想；人们拾起他头脑中智慧果实的一部分，并由此著书立说：这就是所谓进步，而他们自己却不劳而获，昏睡不醒，甚至尚未进入一场完整的大梦。官员们、作者们：作家、创造者、诗人，这样的人还从未出现过！

想成为诗人，首先须要研究的，是关于他自身的全部知识；他寻找他的灵魂，并加以审视、体察、探究。一旦认识了自己的灵魂，就要去耕耘它！这似乎很简单：所有的头脑都会顺其自然地发展，并自我实现；许多利己主义者自称为作者；还有不少人把他们智力的进步归于自身！——而这就得制造怪异的灵魂：就像comprachicos[2]一样，想想看吧，一个人在脸上种植并培育瘊子将会是什么模样。

我认为诗人应该是一个通灵者，使自己成为一个通灵者。

必使各种感觉经历长期的、广泛的、有意识的错轨，各种形式

---

[1] 让-卢克·斯坦梅兹认为，这里是相对于通灵者的创作而言。

[2] 根据让-卢克·斯坦梅兹的注释：comprachicos，西班牙语，指买卖儿童的人贩子。参见雨果1869年出版的《笑面人》第二章："他们做儿童生意，买进又卖出儿童……他们拿这些儿童去做什么？这些妖魔鬼怪。"

的情爱、痛苦和疯狂,诗人才能成为一个通灵者,他寻找自我,并为保存自己的精华而饮尽毒药。在难以形容的折磨中,他需要坚定的信仰与超人的力量;他与众不同,将成为伟大的病夫,伟大的罪犯,伟大的诅咒者,——至高无上的智者!——因为他达到了未知!他培育了比别人更加丰富的灵魂!他达到了未知;当他陷入迷狂,最终失去了幻觉,却看见了幻象本身!数不清的光怪陆离、难以名状的新事物使他兴奋跳跃以致崩溃:随之而来的是一批可怕的工匠,他们从别人倒下的地平线上起步!

——暂停六分钟——

这里我想脱离正文,插入第二首诗:请您侧耳倾听,——每个人都会着迷。——我手持琴弓,现在开始:

《我的小情人》
…………(略)

您瞧。要不是怕让您破费六十多生丁的话,——我这个战战兢兢的可怜虫,七个月以来手头没一个铜板!——我还会给您寄上我的《巴黎的情人》,一百行的六音步诗,先生,我的《巴黎之死》[1]有两百行!

——言归正传:

因此,诗人是真正的盗火者。

---

1 原文《Amants de Paris》《Mort de Paris》,《巴黎的情人》《巴黎之死》这两首诗至今未曾发现。

他担负着人类，甚至动物；他应当让人能够感受、触摸并听见他的创造。如果它自带形式，就赋予它形式；如果它本无定形，就让它没有定形。找到一种语言；

——再者，每句话都是思想，语言大同的时代必将来临！为了完善一部无论什么语言的词典，必须做一名科学院院士——比化石更坚硬。弱智者已经开始思考字母表中的第一个字母了，他们很快陷入疯狂！

这种语言将来自灵魂并为了灵魂，包容一切：芳香、音调和色彩，并通过思想的碰撞放射光芒。诗人在同时代的普遍精神中觉醒，界定许多未知；他所贡献的超出了他的思想模式，也超越了有关他"进步历程"的一切注释。如果异乎寻常变成人人都认可的正常，那才是成倍的巨大进步！

你们将看到，这种未来是唯物主义的；——总是充满了"数字"与"和谐"。这些诗歌创作出来只是为了留存。——实质上，它有点类似希腊之"诗"。

永久的艺术也有其功能，正如诗人都是公民一样。诗歌将不再与行动同步，而应当超前。

这样的诗人必将出现！当女人从永久的束缚下解放出来，当她自立自强，男人——至今令人憎恶——将她撇在一边；女人也将成为诗人，她也行！女人将找到未知！难道她们的精神世界与我们有什么不同？——她们将发现奇异的、深不可测的、丑恶与甜美的事物，而这些也能为我们所把握和理解。

在等待之日，我们要求全新的诗人，——思想与形式的新颖。所有聪明人都以为他们已然达到这个要求。——并非如此！

最初的浪漫主义者曾是通灵者，只是他们自己并未意识到：他们灵魂的耕耘[1]始于偶然：被遗弃的火车头还在燃烧，却已停在了铁轨上。——拉马丁有时是个通灵者，但被陈旧的形式所束缚。——雨果，这个"老顽固"[2]在最后几部著作中"视野"开阔：《悲惨世界》是一首真正的诗；我手头有一本《惩罚集》；《星辰》[3]差不多体现了雨果在"视觉"方面的尺度。只是他的作品有太浓重的贝尔蒙戴[4]、拉梅内[5]、耶和华与浮雕圆柱的味道，过于庞大、老朽。

我们耽于幻想的痛苦的一代人，对于缪塞[6]有着十四倍的憎恶，他以天使般的倦怠侮辱了我们！哦！那些乏味的故事与格言！哦，《夜歌》！哦，《洛拉》，哦，《纳慕娜》，哦，《酒杯》！[7] 都是法兰西式，也就是说可恶到了极点；法兰西式的，而不是巴黎式的！据丹纳[8]评述，这位可憎的天才有一部作品，竟是从拉伯雷、伏尔泰、

---

1 原文 culture 阴性名词，"耕作、耕耘"，也是"文化、文明"。
2 原文 trop cabochard，直译"太过固执、顽固"。
3 根据让－卢克·斯坦梅兹考证：雨果的《惩罚集》(《Les châtiments》)出版于1853年，《星辰》(《Stella》)是其中的第六辑，结尾处，诗人赞颂了以"光明"和"自由"唤醒民众的"热情的诗歌"。
4 原文 Belmontet，贝尔蒙戴（Louis Belmontet，1799—1879），法国新古典主义作家。
5 原文 Lamennais，拉梅内（Hugues Felicité Robert de Lamennais，1782—1854），法国天主教神父、哲学家、基督教社会主义者，复辟时期最有影响力的知识分子之一。
6 原文 Musset，缪塞（Alfred de Musset，1810—1857）法国诗人、小说家，代表作《一个世纪儿的忏悔》影响了一个时代，也成为众矢之的——陈兰波之外，波德莱尔也称之为"花花公子大师"(《maitre des gandins》)。
7 原文 ô les Nuits! ô Rolla, ô Namouna, ô la Coupe! ——"哦，《夜歌》！哦，《洛拉》，哦，《纳慕娜》，哦，《酒杯》！"
8 原文 Taine，丹纳（Hippolyte Adolphe Taine，1828—1893），法国文艺理论家和史学家，代表作：《拉·封丹及其寓言诗》《英国文学史》《艺术哲学》。其中《艺术哲学》一书由傅雷翻译成中文，并在20世纪80年代的中国产生深远影响。

让·拉封丹那里汲取了灵感！青春期的，缪塞的精神！多么美丽，他的爱情！这就是他珐琅质的图画，僵硬的诗歌！人们将长时间品味法国诗歌，但仅限于法国。所有的杂货店伙计都能一口气说出《洛拉》式的质问；所有修道院的修士都在秘密的小本上记着五百个韵脚。十五岁时，这种热情的冲击就使得青少年情欲萌发；十六岁时，他们就会满怀情感地背诵这些诗句；十八岁，甚至十七岁时，所有的中学生就都会写《洛拉》，而且都能写出《洛拉》，可能还会有人因此而死去。缪塞他什么也不会：窗纱后幻象重叠，他却闭上眼睛。法兰西式的缠绵被他从小咖啡店带到中学生的课桌上。美丽的死者已经死了，往后别再以我们的厌恶之情去将他唤醒，给我们带来痛苦！

后期浪漫派是典型的通灵者：泰奥菲勒·戈蒂耶、勒孔特·德·李斯勒、泰奥多尔·德·邦维勒[1]。然而观察无形、倾听无声与重新把握死去的事物的灵魂是两回事。波德莱尔是第一位通灵者，诗人的皇帝，真正的上帝。只可惜他生活在一个过分艺术的圈子里；他那被过分夸赞的形式其实很平庸：未知的发明创造呼唤着新的形式。

对旧形式轻车熟路的，——在那群天真者中，A.雷诺，——曾写过他的《洛拉》；L.葛朗台，——曾写过他的《洛拉》；——高卢式的与缪塞式的，G.拉菲内斯特、科朗、CL.波贝兰、苏拉里、L.萨勒；学生气的，马尔克、埃卡尔、特里耶；老朽及傻瓜，奥特朗、巴比埃、L.皮夏、勒穆瓦纳，德尚之流与德塞沙尔之辈；新闻

---

[1] 原文分别为 Th. Gautier（1811—1872），法国诗人、小说家，文学批判家。Leconte de lisle（1818—1894），法国帕尔纳斯派诗人。Th. de Banville（1823—1891），法国诗人、作家。

记者，L. 克拉岱尔、罗伯特·吕沙士、德·里卡尔；幻想家，C. 孟戴斯；浪子们；女人们；天才，莱欧·狄埃克斯、苏利·普吕多姆、科佩；——新兴的被称之为帕尔纳斯派中有两位通灵者：阿尔贝·梅拉和真正的诗人保罗·魏尔伦[1]。——就这些。

就这样，我努力使自己成为一个通灵者。——让我们以一首虔诚的诗歌作为结束。

---

[1] G. 拉菲内斯特（Lafenesre, 1837—1919）和 CL. 波贝兰（Claudius Popelin, 1825—1892）从事艺术史研究；苏坦里（Joséphin Soulary, 1815—1891）因其《幽默十四行诗》而家喻户晓。马尔克（Gabriel Mar）曾于 1869 年出版《十月的太阳》（《Soleils d'Octobre》）、《拉马丁的荣耀》（《La Gloire de Lamartine》）。埃卡尔（Jean Aicard, 1848—1921），1908 年出版宗教小说《摩尔人莫兰》（《Morin de Maures》）。特里耶（André Theuriet, 1833—1907）只在 1867 年出版过《丛林之路》（《Le Chemin des bois》）。兰波随后又乱堆了一些名字，都是同时代的诗人、作家：奥特朗（Joseph Autran, 1813—1877），1835 年出版《大海》（《La Mer》）；巴比埃（Auguste Barbier, 1805—1882），1832 年出版著名的《抑扬格》（《Iambes》）。之后的一些人 L. 皮夏（Laurent Pichat）、勒穆瓦纳（André Lemoyne, 1822—1907），德尚兄弟（les Deschamps）均参加过浪漫主义运动，和雨果一同创办过《法兰西的缪斯》（《La Muse française》）；还有德塞沙尔（les Desessarts）父子；L. 克拉岱尔（Léon Cladel, 1835—1892），1862 年，波德莱尔曾为其作品《可笑的殉道者》（《Martyrs ridicules》）作序。罗伯特·吕沙士（Robert Luzarches），1862 年出版《被开除教籍的人们》（《Excommuniés》），1870 年出版《新的红色幽灵》。德·里卡尔（Xavier de Ricard, 1843—1911）、莱欧·狄埃克斯（Léon Dierx）、科佩（Coppée），兰波都曾在《"凡事不在乎"集锦》（《L'Album Zutique》）中嘲笑或滑稽模仿过他们的作品。C. 孟戴斯（Catulle Mendes, 1842—1909），《当代帕尔纳斯》的创始人之一。苏利·普吕多姆（Sully Prudhomme, 1839—1907），参见之前注释，也是首届诺贝尔文学奖得主。阿尔贝·梅拉（Albert Mérat, 1840—1909）曾与《当代帕尔纳斯》合作，1866 年出版《空想集》（《les Chimères》），1869 年出版《偶像》（《L'Idole》），并讽刺嘲笑那些"凡是不在乎主义者"。

《蹲着》

……（略）

您若不回信就太可恨了：快，也许一周后我就到巴黎了。再见。

A. 兰波

致泰奥多尔·德·邦维勒

夏尔维勒,阿尔当纳,1871 年 8 月 15 日

致泰奥多尔·德·邦维勒先生

《与诗人谈花》
…………(略)

先生,亲爱的导师:

您还记得 1870 年 6 月收到的一封外省来信,寄给您一首有关希腊、罗马神话的一百或一百五十行的六音步诗歌吗?题为《Credo in unam》。承蒙您好心回信!

下面这些诗是同一个傻孩子寄给您的,署名为 Alcide Bava。——抱歉。

我十八岁了。——我将永远热爱邦维勒的诗。

去年我只有十七岁!

我有进步吗?

ALCIDE BAVA

A. 兰波

致保罗·德梅尼

夏尔维勒（阿登地区）[1]，1871年8月28日

先生：

您让我再祈祷：我会的。这里满腹牢骚。我尽量说得心平气和；可我的艺术功力还不够深，只能如此。

我的处境不出所料：出于您所知道的原因，我脱离正常生活已经一年多了，如今没完没了地被困在阿登这个鬼地方，接触不到一个人，整天干着一种可耻、荒谬、愚顽而隐秘的工作，——对于一切问题，一切粗暴的恶狠狠的训斥，我一概以沉默应对，我表现出的叛逆姿态，最终导致了像七十三个戴铅头盔的衙门一样强硬的母亲痛下决心，做出残忍的决定。

她强迫我在夏尔维勒（阿登地区）没完没了地干活儿！她说，要么在指定时间内接受这份工作，要么走人。——我拒绝这种生活，却说不出理由：实在可悲。时至今日，我还可以推迟这个期限。她已经到了这种地步：就想让我轻率地离家出走，逃离！贫穷又缺乏

---

[1] 原文 Charleville（Arennes），兰波的故乡，位于阿登地区，阿登位于比利时和卢森堡交界的一片森林覆盖的丘陵地带，这片丘陵一直延伸到德、法境内。阿登也是法国境内的一个省。

经验，我早晚会进教养所[1]。从此，让寂静摄着我[2]！

这就是人们塞进我嘴里的恶心的手绢。就这么简单。

我一无所求，只想了解一些实情。我愿意自由地工作：但在我热爱的巴黎。您知道，我只是一个行路人，别的什么也不是，来到一座巨大的城市，我没有任何生活来源，而您曾对我说过：有谁愿意干苦力、一天挣十五个苏就来这里，干这样的活儿，靠它养活自己。我来了，我干了这样的活儿，靠它养活自己。请您告诉我有什么工作不至于占用太多时间，因为思想需要大量时间。而对于赦免一个诗人，这种物质上的动荡令人欣慰。我在巴黎，当然需要经济来源！您认为这不是实话吗？真可笑，我在向您证明我的严肃认真！

我产生了以上想法：这是让我觉得惟一有道理的思想，换一种方式跟您说。心存美好愿望，我做了所能做的一切，以一个不幸者的可以理解的方式诉说！为什么要训斥这样一个孩子？——他因为不懂动物学原理而希望飞鸟有五只翅膀。而人们让他相信小鸟有六只尾巴或三张嘴！人们借给他一本《家庭布封》[3]，让他不再天真幻想。

不知您在回信中将对我说些什么，不多解释，我将继续信赖您

---

1 原文 entrer aux établissements de correction，"进入教养所"，或译"惩教所"。兰波最终并未进去，只是受到威胁。

2 原文 silence sur moi，字面意思为"寂静悬在我头顶。"或隐含双重意义：一是指母亲希望我销声匿迹，别再给她添麻烦；二是暗示我将失语，永久沉默。果然一语成谶。

3 原文《Buffon des familles》，《家庭布封》，书名。布封（Georges Louis Leclere de Buffon，1707—1788），18世纪法国博物学家，著有三十六卷巨著《自然史》。《家庭布封》是布封学说的通俗版，普及到每个家庭。

的经验，感恩您的善意，并希望您能设身处地为我想想，——如果您愿意……

我的这些劳动成果，不会让您感到厌烦吧？

A. 兰波

致欧内斯特·德拉哈耶[1]

巴黎，（18）72年7月[2]

我朋友，

是的，真是令人瞠目，从阿登来的人无奇不有。这个省的人以淀粉和泥浆为食，喝当地的葡萄酒和啤酒，而这些并不让我感到惋惜。你不断谴责它也是对的。在这个地方：蒸馏，合成，一切都那么狭隘，还有难挨的夏天：炎热并非一直持续，遇见好天气，人人都受益，而每个人都是一头猪。我恨夏天，当它初露端倪，就会杀了我。我极其害怕腐烂：阿登河和比利时河，那些岩穴[3]，真正让我痛惜。

这里有一个我喝酒的好去处。苦艾酒学会万岁[4]，尽管那些家

---

1 欧内斯特·德拉哈耶（Ernest Delahaye, 1853—1930），法国作家，兰波在家乡夏尔维勒的好朋友。
2 原文 Parmerde, Juinphe 72，据皮埃尔·布鲁奈勒考证，这里指巴黎，1872年7月。
3 原文 Les cavernes，阴性名词，复数，"岩穴"。参见《流浪者》："我们一起流浪，渴饮岩穴中的露酒（nous errions, nourrions du vin des caverns）。"波德莱尔诗云："岩穴是细小的流泉，一如人们在阿登森林里所见（les cavernes sont sont des petites fontaines comme on en trouve dans les forêts ardennaises）。"
4 据皮埃尔·布鲁奈勒考证，这是指位于圣-雅克（Saint-Jacques）街176号的一家名为普罗斯贝·贝勒里耶（Prosper Pellerier）的苦艾酒零售商店。

伙不怀好意[1]！这是最精美、最颤抖的衣衫，苦艾酒，这冰川植物的魅力让你沉醉！然后，就倒在一堆狗屎中昏睡。

总是痛苦呻吟，什么！可以肯定的是：佩兰[2]真该去死。而在"全球"咖啡[3]的柜台，也不知是否朝向广场，我并不诅咒"全球"咖啡——我恨不得阿登被狠狠占领并压迫。然而一切照常。

而问题是，你不得不苦苦折磨自己。也许你是对的：花大量时间行走和阅读。无论如何，不要困在办公室和宅在家中，这样你才不至于变得迟钝、愚蠢。我无意去贩卖镇痛剂。在艰苦的日子里，我相信习惯无法带来任何安慰。

此刻，我正在夜里工作，这是凌晨五点。在过去一个月，我在莫虚－王子路[4]的房间俯瞰圣－路易中学的花园，大树生长在我狭窄的窗户下面。凌晨三点，烛光苍白：所有鸟儿都在树间同时鸣叫，已然止息。我也不再工作。在这难以言说的初始清晨，我不禁凝望绿树、天空，校舍寂然无声，而大街上已断断续续传来声响，马车踢踏的美妙音声。我抽着我的大烟斗，往瓦片上吐痰，因为我的房间在小阁楼上。凌晨五点，我下楼买了点面包：到时间了。工人们四处走动[5]。而对我来说，这是去葡萄酒商那里去买醉的时辰。我回来吃东西，然后睡到早晨七点，这时，太阳已经晒出了瓦片下

---

1 根据皮埃尔·布鲁奈勒的注释，这里或指那些人因为兰波年纪太轻，或喝醉了酒，将他推出门外。
2 原文 Perrin，佩兰。据皮埃尔·布鲁奈勒考证，这是伊桑巴尔的继任者，于 1871 年 7 月之后担任文学杂志《东北》（Le Nord-Est）的总编，曾拒绝兰波的投稿。
3 原文 l' Univers，"全球"，根据皮埃尔·布鲁奈勒的考证，这是兰波的故乡夏尔维勒的一个咖啡馆的名字。
4 原文 rue Monsieur-le-Prince，莫虚（先生）－王子路。
5 参见《彩图集》中的《晨思》。

的一群甲壳虫。在这里,夏日最初的清晨,还有十二月的黄昏,总让我心醉神迷。

而此时此刻,我有一间美丽卧室,在深不可测的院落,只有三平米,在索邦广场,维克多·堂兄街[1]转角处的巴斯-莱茵咖啡[2],另一端可以俯瞰苏弗罗街[3]。在这里,我整夜喝水,看不见早晨,又睡不着,我感到窒息。就这样。

你的投诉一定会奏效。如果遇见,别忘了痛斥那份《复兴》文学艺术杂志。为了躲避如此瘟疫,我才从夏尔维勒逃到这里。该死的季节,拿出勇气。

勇敢些。

A. R.
于维克多·堂兄街,克吕尼旅馆

---

1 原文 rue Victor Cousin,维克多·堂兄街。
2 原文 Bas-Rhin,巴斯-莱茵(咖啡)。
3 原文 rue Soufflot,苏弗罗街。

致欧内斯特·德拉哈耶

拉伊图（罗石）（阿蒂尼地区）（18）73年5月[1]

亲爱的朋友，你可以从下面的水彩画中看到我现在的样子[2]。

哦，自然哦，我的妈妈！

多讨厌！多么无辜的怪物，这些农民。晚上想喝一口，你得走两古里[3]。母亲把我搁在一个悲伤的洞里[4]。

我不知道如何摆脱：然而，我会逃脱。我为这个残忍的夏尔维勒、全球咖啡、图书馆感到悲哀。然而，我照常工作，写一些散文体小故事，题为：异教书，或黑奴书。这是多么地愚蠢和天真。哦，天真、纯洁、无辜……灾难性的！

魏尔伦想必给了你一个糟糕的委托，让你去和《东北》文学杂志的出版商德凡先生商谈。我相信这位德凡先生能够相当便宜且干

---

1 原文 Laïtou（Roche）(canton d'Attigny)，其中 Laïtou 为方言土语，指罗石（Roche）。
2 根据皮埃尔·布鲁奈勒在《兰波作品全集》中提供的图画：画中最右边是一棵树，兰波手持一根木杖，穿着木屐从树下经过。左边天空中，飞着一个持银铲的小天使，对他喊道："哦，自然，哦，我的姐妹！"草地上，一只鹅叫道："哦，自然，哦，我的姨妈！"
3 原文 deux lieux，皮埃尔·布鲁奈勒认为这是兰波的笔误，应为 deux lieu(es)，指法国古里。《醉舟》中已注：1古里约合4公里。
4 参见兰波的另一幅画，《拉伊图，我的村庄》(《Laïtou, mon village》)。

净利索地出版魏尔伦的书[1]（如果能不用《东北》杂志的陈词滥调，或添一幅插图，一则广告！）

别的没什么要告诉你的，在晨光中沉思，让我身心迷醉[2]！我是你的，哦，自然，哦，我的妈妈！

紧握你的手，我会尽一切努力，争取尽早见面[3]。

R.

重新打开这封信。魏尔伦会约你在 18 号，星期天，在布里翁会面[4]。我不能去。如果你去，他可能会给你我的或他的一些散文片段，而我得回去。

兰波的母亲大人，将在六月的某个时候返回夏尔维勒。当然，我也尽量在这个美丽小镇待一阵子。

早晨结冰，阳光很压抑。前天我在距离这里 7 公里，有 10000 个灵魂的武济耶小城[5]看见了普鲁士人，这让我很兴奋。

我非常尴尬。没有一本书，没有触手可及的歌舞表演，也没有街头事件。这片法国乡村是多么可怕。我的命运取决于这本书，而其中还差半打残忍的故事，我在这里如何能创作出残忍？我还没给

---

1 根据皮埃尔·布鲁奈勒的考证，这里指魏尔伦的《无词浪漫曲》(《Romances sans Paroles》)。
2 根据皮埃尔·布鲁奈勒的注释，这里包含强烈而粗鲁的讽刺意味。
3 根据皮埃尔·布鲁奈勒的注释，这里指尽早催促母亲回夏尔维勒。
4 原文 Boulion，据皮埃尔·布鲁奈勒考证，应该是 Bouillon，布永，法、比边境小城。5 月 18 号这一天，兰波没有去，德拉哈耶也没去。实际见面日期是 5 月 24 号。
5 原文 Vouziers，武济耶，法国东北部小城。

你寄去，虽然我已经有三个故事了[1]，这让我付出了惨重代价！就先写到这里！

再见，你会看到这些。

另外，我会给你寄邮票，请帮我买一本歌德的《浮士德》，照公共图书馆里的版本。寄这些书需要花一个苏。

告诉我这个图书馆里，有没有新出的莎士比亚译本。

如果有最新书目也一并寄给我。

R.

---

[1] 皮埃尔·布鲁奈勒认为，很难确定究竟是哪三个故事，可能是《地狱一季》中的《坏血统》。

致魏尔伦

伦敦，星期五下午（1873年7月4日）

回来，回来，亲爱的朋友，我惟一的朋友，快回来吧。我发誓会对你好。如果说我从前讨厌你，那纯粹是在开玩笑，我曾沉迷于这种玩笑，现在后悔至极。回来，忘掉这一切。如果你相信这种玩笑，那将是多么不幸。两天来我不停地哭泣。回来。勇敢些，亲爱的朋友。什么也没有失去。你只需重新踏上归途。我们将勇敢而耐心地在此开始新的生活。啊，我恳求你，这也会对你更好。回来，你将找回你所有的一切。我希望你现在清楚地意识到我们的争论不是真的。那可怕的时刻！当我做手势让你下船，你为何不回头？我们在一起住了两年，难道就是为了走到这一步！你要去哪里？如果你不愿回到这里，我可以去你那儿找你吗？

对，是我错了。

哦！说呀，你没忘记我？

不，你不会忘记我。

而我，我一直在这里想你。

说呀，回答你的朋友，我们是不是再也不能够一起生活了？

勇敢些。快回答我。

我不能在此久留。

只须听从你的善心。

快告诉我,我是否可以来找你。

一生属于你。

兰波

快回答我:我在这里最迟不能超过星期一晚上。一个便士也没有了,我无法寄出这封信。我把你的书和你的手稿都交给了维尔梅什[1]。

如果我再不能见到你了,我就去当海员或去参军。

哦,回来呀,我又哭,一直哭。叫我来找你吧,我这就出发。说呀,给我打电报。——

星期一晚上我必须离开。你去哪儿?你要干什么?

A. 兰波

---

1 原文 Vermersch,维尔梅什(Eugène Vermersch,1845—1878),据皮埃尔·布鲁奈勒考证,这是一名巴黎公社老社员,曾在兰波赞赏的革命宣传手册《人民的呼声》上签名;魏尔伦曾在位于伦敦鲁贝特街(Rupert Street)的"巴黎公社流亡者俱乐部"见过他。

致魏尔伦

伦敦，1873 年 7 月 5 日

亲爱的朋友：

你落款"在海上"的那封信我收到了，这一次，你错了，完全错了。首先，你信中所说的一切都不着边际。你的妻子会回来，什么时候，三个月或三年以后，谁知道呢？至于毁灭，我了解你！你将在等待你的妻子和你的死亡的过程中不停地迁徙、漂泊，且令人生厌。不是吗？你，你还没意识到这种愤怒对于双方来说都是虚假的？而且你，你最终的错误在于，我已经提醒过你，你还坚持这种虚情假意。你以为跟别人在一起会比跟我在一起更幸福吗？痴心妄想！——啊！那是绝对不可能的！

只有和我在一起，你才有自由，因为我已发誓将来要对你特别好，我痛悔自己从前犯下的错误，而最终我获得了纯粹的精神，我非常爱你，如果你不愿回来或不想让我跟你联系，那将是犯罪，而且你将因长年失去自由而痛悔并痛苦至极，那将是你一生从未经受过的痛苦。而事到如今，再想想你认识我之前的情形！

至于我，我不会回我母亲那里。我要去巴黎。我打算星期一晚上动身。你将逼我卖掉你所有的衣服，我别无选择。这会儿衣服还没卖掉：人们星期一早晨来把它们拿走。如果你给我往巴黎写信，寄往 L. 弗兰，289，圣－雅克大街[1]（转兰波），他会知道我的地址。

当然，如果你的妻子回来，我就不再连累你了，不再给你写信，——永不再给你写信。

惟一的真话就是：回来。我想和你在一起，我爱你。如果你听见了这一切，你就会拿出勇气和真心。

否则，我可怜你。

可我爱你，拥抱你，我们会再见的。

兰波

---

[1] 原文 L.Forain，289，rue Saint-Jacque.

给家人

亚历山大，1878 年 12 月

亲爱的朋友们：

经过十多天的长途跋涉，我来到这里，转眼已经两星期了，情况开始好转！我很快就可以找到一份工作；我已经干了一份活儿，微薄的收入足以养活自己。也许我会在十多古里[1]之外的一个大农场找到工作（我已经去过那里，但数周之内暂无工作）；——或者到英国—埃及的海关工作，那里收入丰厚；——或许到英属岛屿塞浦路斯，给一个劳工队当翻译。总之，人们答应了我一些事情；因为我正在和一位好心而又能干的法国工程师打交道。现在他们只要求我做一件事情：让你写一句话，妈妈，并由市政府公证，这样写即可：

我签名确认如下：兰波夫人，罗石城业主，申明我的儿子阿尔蒂尔·兰波已放弃本地工作，并于1878年10月20日自愿离开罗石，且在此之后，正当地来到这里，他不再受军队法律的制约。

签名：EP. R...

---

[1] 原文 quelque dix lieues，十多古里，相当于四五十公里。

一定要盖上市政府的公章。

没有这份材料，人们就不会给我一份固定工作，尽管我相信他们还会继续用我一段时间。注意，一定要说我在罗石待了没多长时间，期限未满，因为这样人们才能让我工作更长时间；而且这样还可以让人们相信，我有能力在农场做好这份工作。

请你们帮我写这几个字，越快越好：事情简单而效果显著，至少他们整个冬天都会给我一个好的职位。

详情以及亚历山大的情况，还有在埃及的生活下次再告诉你们。今天来不及了。向你们说声再见。如果弗雷德里克[1]在家，向他问好。这里天气很热，就像罗石的夏天。

告知近况。

A. 兰波
于法兰西邮局，亚历山大，埃及

---

1 原文 Frédéric，弗雷德里克，兰波的哥哥。

给家人

拉纳卡（塞浦路斯）[1]，1879年2月15日

亲爱的朋友们：

因为不知道自己会被打发到什么地方，所以现在才给你们写信。这会儿你们应该已经收到了我从亚历山大寄出的信，信中我跟你们说到关于在塞浦路斯的下一份工作的事，到明天，2月16日，我就在这里工作整整两个月了。老板在塞浦路斯的主要港口拉纳卡。而我是在海边沙漠中的一个采石场当监工[2]：这里也要开筑运河。要把石头装船，装到公司的五艘小船和汽船上。这里还有一座石灰窑、一个砖场等。到最近的一个村庄需要步行一小时。

这里只有一片岩石、河流与海洋，没有一座房屋。没有土地，没有花园，没有一棵树。夏天，这里会热到80度。而现在，通常是50度左右。这是冬天，有时下雨。吃的是野味，山鸡等。除我之外，所有欧洲人都得了病。这里的营地共有20个欧洲人。第一批在12月9日到达这里，现在已经死了三四个。

塞浦路斯的工人们来自附近村落；到现在为止，他们已有60多人在这里干活儿。我负责管理他们：安排每天的工作日程，安装

---

1 原文Larnaca（Chypre），拉纳卡，位于东海岸的塞浦路斯第二大港口城市。
1 据皮埃尔·布鲁奈勒考证，这是一家英国公司承包的重建码头项目，负责人是英国工程师阿兰·布隆狄（Alain Blondy），兰波在采石场当监工。

设备；向公司汇报情况，负责伙食及各种开销，付他们工资。昨天我给希腊工人发了 500 法郎。

我按月领工资，每月 150 法郎，迄今为止，我想，我总共才挣到 20 多法郎。可我很快就能领到全额报酬，我甚至想到辞职，因为将有一个新公司驻扎在我们这里，承包所有的活儿。

因为这些未知因素，所以我迟迟没给你们写信。总之，我的伙食每天只需 2.25 法郎，没花老板什么钱，我一直留在这儿是为了等待别的工作，在塞浦路斯，我总归会有工作的。人们还要在这里修筑铁路、要塞、兵营、医院、港口和运河……3 月 1 日，人们将出让土地特许经营权，除了地契的登记注册，没有其他费用。

你们那里怎样？要我回来吗？各方面如何？

尽快给我写信。

阿尔蒂尔·兰波

（塞浦路斯）拉纳卡邮局

我在沙漠上写的这封信，还不知何时才能寄出。

给家人

特罗多斯山（塞浦路斯）[1]，1880 年 5 月 23 日，星期天

原谅我到现在才给你们写信。或许你们一直想知道我在哪里；而其实我一直无法寄信告诉你们我的近况。

我在埃及找不到工作，来塞浦路斯已近一个月。刚到这里，我就找到了我从前破了产的老板[2]。头一个星期，就找到我现在做的这份工作，在一个建筑工地上做监工——人们正在特罗多斯山顶，为总督建造一座宫殿[3]，这座山是塞浦路斯的最高峰[4]。

直到现在，我才单独和一位工程师待在营地的木棚里。昨天来了 50 个工人，工程即将开工。我是这里惟一的监工，忙到现在，我每月只有 200 法郎，两周领一次薪水，可我的开销很大：必须骑马赶路；运输极为困难，村庄很远，食品巨贵。再者，平原地区非

1　原文 Mont-Troodos，特罗多斯山，塞浦路斯最大的一座山，位于岛屿中央，最高峰为奥林匹斯山，主体山脉向塞浦路斯西部伸展。

2　原文 mes anciens patrons en faillite，"我从前破了产的老板"（复数）。据皮埃尔·布鲁奈勒考证，他们是欧内斯特·让（Ernest Jean）和蒂阿勒·菲勒（Thial fils）。

3　据皮埃尔·布鲁奈勒考证，这幢建筑上至今铭刻着："阿尔蒂尔·兰波（法国天才诗人）无视自己的名声，为这座房屋的建造做出了贡献。"——"ARTHUR RIMBAUD（poète et génie français）au mépris de sa renommeé contribua à la construction de cette maison"。

4　海拔 2100 米。

常炎热，而这么高的地方，一个月之内就会冷得够呛；阴雨、冰雹、狂风会把人掀翻，我不得不买床垫、被子、外套、靴子等。

数周之内，将有一支英国军队驻扎在头顶的一座营地，因为那会儿平原酷热，而山上很冷，所以他们肯定需要临时服务。

所以这会儿我在一家英国机构做事：我想可以很快加薪并干到这项工程结束为止，大约要到9月份。这样我就可以得到一份好的推荐证明，为下一份工作提供保障，并存上几百法郎。

我的身体不太好；有时心跳剧烈，非常难受。可最好不去想它。再说又能怎样呢？这里的空气有益于健康，山上只有冷杉和一些蕨类植物。

今天星期天，我写这封信，而后还得到十古里之外一个名叫里玛索勒[1]的邮局去寄信，还不知道什么时候才有机会去那里。恐怕至少也得一星期之后。

这会儿，还想请你们帮个忙。

为了我的工作，我迫切需要两本书，一本是：

《农林锯木厂画册》[2]，英文版；定价3法郎，包括128幅图片。

（可直接写信给机械设计师M. 阿尔贝，地址：Cours de Vincennes，Paris.）

另一本是：

《木工手册》[3]，包括14幅样图，作者：梅利，定价6法郎。

（向拉克瓦克斯出版社[4]购买，地址：rue des Saints-Pères, Paris.）

请尽快订购这两本书，并给我寄过来，我的地址：

1　原文 Limassol，利马索尔。
2　原文 Album des Scieries forestières et agricoles，《农林锯木厂画册》。
3　原文 Le Livre de poche du Charpentier，《木工手册》。
4　原文 Lacroix, éditeur，拉克瓦克斯出版社。Lacroix 也是出版社创始人。

阿尔蒂尔·兰波先生

邮局自取。利马索尔邮局（塞浦路斯）

只好请你们先付钱。因为这里的邮局不收汇款，所以我无法寄钱给你们，本来我可以买一样小玩意儿寄给你们，把钱藏在里面。但这是不允许的，我就没这么做。下次如果再请你们寄东西，我就试着以这种方式把钱寄给你们。

你们可知道从塞浦路斯邮寄，来回一趟需要多少时间；我想，从我现在所在的地方，要收到这些书，最快也得六星期之后。

说了半天都在说我自己，对不起。想来你们身体都还好吧，一切都好吧？你们那里肯定比我这里热。告诉我小火车的消息。还有米歇尔大叔[1]和"伯爵夫人"[2]，他们怎么样了？

下次我会给你们寄一小盒有名的"骑士团封地"葡萄酒。

别忘了我。

你们的

阿尔蒂尔·兰波

（塞浦路斯）利马索尔邮局

还有，我忘了（军事）说明书的事。我会告诉这里的法国领事，一切都顺其自然吧。

---

1 原文 Michel père，据皮埃尔·布鲁奈勒考证：米歇尔大叔，罗石农场的老仆人，卢森堡人。
2 原文 Cotaîche，即 Comtesse，"伯爵夫人"。据皮埃尔·布鲁奈勒考证：Comtesse 依照卢森堡人的发音为 Cotaîche。而这位"伯爵夫人"是米歇尔大叔驾驭的一匹母马。

给家人

亚丁，1880 年 8 月 25 日

亲爱的朋友们：

上封信我好像提到过，我已不得不痛苦地离开了塞浦路斯和我如何穿越红海来到这里的。

现在我在一个咖啡商的办公室里给你们写信，公司的经纪人是个退役将军。生意还可以，还会有更大的发展。可我挣得不多，一天不到 6 法郎；但如果我留在这里，我最好还是留在这里，因为想要挣到日后所需的法郎，不在一个地方干几个月以上是远远不够的，如果我留下来，可能会得到一个可靠的职位，也许会到另一个城市的代办处工作，那样，钱就会来得更快一点。

亚丁是一块可怕的岩石，没有一株草，也没有一滴淡水：人们喝的都是用海水蒸馏的水。气候极其炎热，尤其是 6 月和 9 月这两个月的炎炎酷暑。在一间通风的清凉房间里，昼夜的温度都持续在 35℃。什么都很贵，就是这样。可我必须留在这里：我像一个囚徒，至少得在这里熬上 3 个月才能够勉强维持生活，或找到一份更好的工作。

家里好吗？收获季结束了？

请来信告诉我你们的近况。

阿尔蒂尔·兰波

给家人

亚丁，1880 年 9 月 22 日

亲爱的朋友们：

你们 9 月 9 日的来信已收到，因为明天会有邮件发往法国，所以我现在回信。

我在这里过得挺好。这个建筑工程每月能挣数千法郎。我是惟一的雇员，一切都由我经手。现在我已对咖啡生意十分在行。老板已绝对信任我。只是我的工钱很低：每天只有 5 法郎，包括衣食住行等，每天要花十几法郎。而我是亚丁惟一一个有点头脑的雇员，所以等我在这儿干满两个月，也就是说到 10 月 16 日，如果除去一切费用之外，还挣不到 200 法郎我就辞职。我宁愿走人也不愿受人剥削。现在我手头已有将近 200 法郎。

我可能会去桑给巴尔[1]，那儿有事情可做。而这里事情也不少。阿比西尼亚[2]海岸将兴建许多商业机构。公司在非洲也有一些沙漠商队；我也可能去那里，那儿总比亚丁要好过些，尽管住在这里，但谁都知道，亚丁是全世界最糟糕的地方。

---

1 原文 Zanzibar，桑给巴尔，早期也译作桑其巴鲁，位于东非坦桑尼亚联合共和国东部的半自治区，包括印度洋的桑给巴尔群岛。桑给巴尔一度为独立岛屿，1964 年与坦噶尼喀合并组成坦桑尼亚。
2 原文 Abyssinie，阿比西尼亚，埃塞俄比亚旧名。

现在这里的室内温度为 40℃。每天都要流几升的汗水，我希望它索性热到 60℃，就像我在马萨瓦[1]时一样！

得知你们有一个美好的夏天，真棒，这是对严冬的补偿[2]。

书我还没收到，因为（可以肯定）我刚一离开特罗多斯，就有人冒名领取。我还要这些书，还有其他一些书，但我不会再让你们寄任何东西了，因为在没有绝对的生活保障之前，我不敢给你们寄钱，说不定我月底就要离开这里。

祝你们吉祥好运，拥有一个持续 50 年的盛夏。

请照原先的地址给我写信；如果换了地方，我会再写信告诉你们。

兰波

——请写清地址，因为这里还有一个兰波，是法国邮船公司的雇员，为此我得多付 10 生丁的邮资。

我想，如果在别处能找到职位，就别让弗雷德里克来罗石定居了[3]，他会很快厌倦的，你们不能指望他会留下来。至于结婚，在一没钱，二没前途，又没能力去争取的情况下，这种想法岂不是灾难性的？对我来说，要我在这种情况下结婚，还不如立刻杀了我。而每个人都有自己的想法！他怎么想，不关我的事，也丝毫不

1　原文 Marssaoua，马萨瓦，红海沿岸的一座港口城市。
2　对兰波而言，1879—1880 年冬天是一段痛苦记忆。参见 1881 年 2 月 15 日书信。
3　原文 Frédéric，弗雷德里克，兰波的哥哥。罗石（Roche），参见诗歌《耻辱》注释 2。

会影响我，我祝愿他在这个世界上，尤其在阿蒂尼地区[1]，获得最大的幸福。

你们的

兰波

---

[1] 原文 le canton d'Attigny，阿蒂尼地区，位于法国阿登（Ardennes）省。

给家人

哈拉尔[1]，1881 年 2 月 15 日

亲爱的朋友们：

收到你们 12 月 8 日的来信，我想之后我又给你们写过一封信，可来到乡下，我已经忘了。

请注意我给你们寄了 300 法郎：1. 从亚丁；2. 大约 12 月 10 日从哈拉尔；3. 大约 1 月 10 日从哈拉尔。我想你们已经收到了我分三次寄出的 100 法郎，并已寄出我向你们要的东西。谢谢你们现在告诉我东西已经寄出，可等我收到，至少得两个月以后了。

请再寄一本《金属制造》，作者：蒙日，定价 10 法郎[2]。

我不会在此久留，并且很快就知道何时启程。我并未找到我想要的；我的生活索然无味，也不能从中得到任何益处。等挣到 1500 或 2000 法郎，我立刻走人，那时我会很轻松。我想在更远的地方能找到更好的生活。请写信告诉我巴拿马工程的情形，一开工我就去。我恨不得现在就动身。我病了，病情本身并不严重；可这里的气候潜伏着各种疾病隐患。伤口破了就再也无法愈合。手指上一毫米的伤口就会化脓好几个月，而且很容易溃烂。再者，埃及的医疗

---

[1] 原文 Harar，哈拉尔，埃塞俄比亚东部一座城墙包围的城市。阿拉伯语意思是"圣徒之城"。

[2] 原文《les Constructions métalliques》，par Monge，prix：10francs.

机构缺医少药。夏天气候潮湿：这对健康很不利；我感觉很糟，对我来说，天气太冷了。

寄书的时候，罗莱的书[1]就不用再寄了。

四个月以前，我从里昂邮购了一些东西，在过去的两个月，我什么也没收到。

别以为这里是一片蛮荒之地。我们拥有埃及的步兵、炮兵和骑兵，还有他们的办事处。一切都和在欧洲一样；惟一不同的就是这里是一群乌合之众。当地的土著是加拉人[2]，都是农牧民：不去惹他们，他们都很温和。尽管阴冷潮湿，这里还是一片美好的土地；但农业很不发达。贸易主要以兽皮为主，这些野兽活着的时候，人们挤它们的奶，死了以后就被剥皮；其次是咖啡、象牙、黄金、香料、乳香、麝香等。可惜这里距海洋有60古里，运费很贵。

很高兴看到你们的小驯马场经营得不错。但愿1879—1880年冬天的事不再发生。想起来伤心，希望再也别经历类似的不幸。

如果能找到一册不成套的波旦的《巴黎和外国人》[3]（旧版也行），花几法郎给我打包寄过来：我迫切需要。

顺便在邮包里给我寄半磅甜菜种子。

如果还剩一些钱，请给我买一本拉克瓦克斯出版的《军事与民

---

1 原文 ces mamuels Roret，全名 Nicolas-Edme Roret（1797—1860），法国的一位编辑和出版商，以出版一系列的手册和百科全书而闻名。
2 原文 Gallas，主要分布在埃塞俄比亚的一个民族，在肯尼亚东部、北部以及索马里也有分支。通常称为奥罗莫人（Oromoo），称加拉人时略带贬意。
3 原文 un exemplaire dépareillé du Bottin,《Paris et Etranger》，指波旦出版的《巴黎和外国人》工商企业名录。塞巴斯蒂安·波旦（Sébastien Bottin, 1764—1853）是法国行政人员和统计学家，于1798年出版了第一份工商年鉴，并将自己名字写在其中的电话簿上，在瑞士和法国出版发行。

用工程词典》[1]，定价 15 法郎。这本书要得不急。

请放心，我会很爱惜我的书。

我们的摄影器材和研究自然历史的设备还没到，我想在它们到达之前我可能已经走了。

还有好多事需要你们的帮助；等先寄来波旦的电话簿再说吧。

另外，你们怎么会找不到阿拉伯语词典呢？肯定就在家里。

请弗雷德里克在一堆阿拉伯文的稿纸中找一本没有标题的练习本，上面用阿拉伯文写着："玩笑，文字游戏"等字样；还有一些对话和歌曲，我记不清了，反正对学语言有用。

如果有阿拉伯文的书，请寄给我；其余的放好即可，不值得邮寄。

我会给你们寄 20 多公斤的木哈咖啡[2]，是我送你们的，如果关税不是太高的话。

告诉你们：我们就快见面了！希望天气更好一点，工作不再这么愚蠢；你们以为我生活得像个王子，但我自己清楚，我过着愚蠢而乏味的生活。

这封信与一支沙漠商队一同出发，3 月底之前还到不了。这是个好办法，同时也是最糟糕的办法。

你们的

兰波

1　原文 Lacroix《le dictionary of Engineering molitary and civil》。
2　原文 café moka，木哈咖啡，原产于阿拉伯的一种上等咖啡。

给家人

亚丁，1882年1月18日

亲爱的朋友们：

我收到了你们1881年12月27日的来信，其中包含一封德拉哈耶的来信。信中你们说到两次写信告诉我收到这笔钱。可你们的信怎么还没到？我1月5号，从亚丁打电报到里昂，敦促他们付这笔钱。你们也没跟我说收到多少钱，我现在急于想知道。无论如何，辗转六个月终于收到这封信还是很高兴。我不知道你们在哪里可以换汇付钱。——将来，我要选择另一种方式寄钱。因为这些人的行为方式实在不敢恭维。我省下大约2000法郎，但接下来我就会用上。

我已离开哈拉尔回到亚丁。我在等着与原先的公司解除雇佣合同，这样好找新的工作。

关于服兵役的事，你们会看到这里有一封领事写给我的信，说明了我从前所做的，还有几份须要向政府部门出示的材料。将这封信交给军队中的权威人士，事情就太平了。如果可能，复制一份我丢失的我的身份手册寄给我。我可能下次还要请你们做这件事，因为领事跟我要我的身份手册。最终，凭着你们手头有的和我寄来的材料，我想事情即可办成。

这里还有一封给德拉哈耶的信，请看一下。如果他在巴黎，这将对我很合适：我需要买一些精密仪器。因为我将在哈拉尔和加拉人的区域为"地理协会"工作，需要带上地图和图版。我这会儿已在里昂订购了摄影器材，我会将它转运到哈拉尔。我将带回这些陌生地区的景色。这着实是件美差。

我还需要一些器材以架设摄影设备和测量纬度。等到这些工作完成，我将被"地理协会"录取，我或将在别的旅行中从它这里挣到费用。事情就这么简单。

所以请你们把附在这里的订货单转交给德拉哈耶，他会负责购买这一切，你们只需全额付款即可。这得花几千法郎，但会给我带来丰厚收入。请尽早将所有这些寄给我，直接寄到亚丁。请求你们完整实施，订购所有这些，如果缺了其中几样，将会给我带来很大麻烦。

你们的

兰波

给家人

亚丁，1883 年 1 月 6 日

我亲爱的妈妈，

我亲爱的妹妹：

八天前就收到你们的来信，信中你们祝我新年快乐，我在此回报你们一千倍的祝福，愿我们都能心想事成。我总是想念伊莎贝拉，每次都是在给她写信，我尤其祝愿她能够如愿以偿。

3 月底，我又离开了哈拉尔。之前提到的摄影器材将在两周内送达。我将立刻用上，并付费，这并不困难，这些未知地区的复制品和其中包含的奇特事物的影像将在法国出售；而我将撤离这里，甚至可以从这种荡秋千式的交易中直接获取利润。

我希望这笔生意的花费到此为止，如果探险仍需新的费用，请继续付出，并尽早付清。

那些书还请寄给我。杜巴尔先生[1]也会寄给我一个称之为量角器的科学测量仪。

我希望今年能在哈拉尔获得一些利润。我会把让你们花费的开销寄给你们。而得到佣金之后，今后很长时间，我都不会再打扰你们。如果之前打扰到你们，敬请原谅。从哈拉尔来回一趟的邮寄时

---

1 原文 M. Dubar，杜巴尔先生。

间很长，我希望自己即刻，并在今后长时间都能将一切安排妥当。

　　祝一切都好。

兰波

第六部　书信选（1870—1891）

给家人

哈拉尔，1883 年 5 月 6 日

我亲爱的朋友们：

我 4 月 30 日在哈拉尔收到了你们 3 月 26 日的来信，得知你们给我寄了两箱书，可我只在亚丁收到一箱，就是杜巴尔说省了 25 法郎的那一箱。另一箱还没到，可能会和测量仪一起到亚丁。因为在离开亚丁之前我就给你们寄了一张 100 法郎的支票和另一份书目，你们应该已将支票兑现；书或许已经买到。总之，对于日期，我已相当模糊。我很快会再给你们寄一张 200 法郎的支票，因为我还需要一个摄影镜头。

这笔佣金相当可观；如果愿意，我会很快挣回我花掉的 2000 法郎。这里的每个人都想拍照；即使每张相片要花一个畿尼[1]。我还没有完全安顿下来，对周围环境还不太熟悉，如果能很快适应，我会给你们寄一些好玩的东西过来。

这里有两张我自拍的相片。这里的情况总比在亚丁好些。工作更轻松，还有更好的空气和绿色植物……

我新签了一份 3 年的合同，可我相信这个机构很快就要关闭，因为赢利还不够支付费用。不过，无论如何，如果他们辞退我，就得额外付我 3 个月工资。到今年底，我已经在这里干了整整 3 年了。

---

1 原文 une guinée，"一个畿尼"。一种英国旧金币，一个畿尼合 21 先令。

如果遇见一个严肃认真、受过良好教育的男人，一个有前途的男人，伊莎贝拉还不结婚，则是一个严重错误。生活就是这样，孤独在人世间不是什么好事。至于我，我很后悔没有结婚，建立一个家庭；而今被迫流浪，被遥远的生意缠身，日复一日，对于环境、生活方式，甚至欧洲语言，我都变得十分麻木。

哎呀！在异国他乡来回奔波，这些辛劳、这些历险，连同其中包含的充斥记忆的语言，无名的伤痛，有何益处呢，如果若干年后的某一天，我还不能在自己心仪的居所定居，找到一个家，至少有一个儿子可以和他在一起共度余生，并用我的思想哺育他，用这个时代所能受到的最完善的教育来充实他、武装他，看到他成为一名著名的工程师，一个依靠科学而强大、富有的人？可谁知要抵达这座山，我还得经历多少岁月？我会无声无息，永远消失在这些部落中。

你们跟我谈起政治新闻。殊不知，这一切对我恍如隔世！两年多来，我没碰过一张报纸。如今在我看来，所有这些冲突都是不可思议的。就像穆斯林一样，我知道该发生的总会发生，就是这样。

而我惟一感兴趣的是家里的事情，我总是乐于坐在你们简朴的劳动场景中歇息。可糟糕的是冬天，屋内也寒冷、凄凉，可你们现在是春天，那里的气候在这个时节和我这里的哈拉尔一样。

看看相片上的我，一张是站在门口的空地上，另一张站在咖啡园里，还有一张双手交叉，站在香蕉园里。相片都有些发白，因为冲洗相片的显影水很糟糕，但今后我会做得更好。这些相片只是为了记录我的疲惫，也让你们对这里的风光有个印象。

再见。

兰波

给家人

亚丁，1884年5月5日

我亲爱的朋友们：

你们知道，我们公司已完全破产，我负责的哈拉尔代办处已经撤销；亚丁的代办处也已经关闭。据说在法国的总公司亏损近百万，而亏损的部门与我们这里的业务不同，这里的工作还算令人满意。但总之，4月底我已被解雇，好在根据合同，我还能继续领3个月的工资，到7月底为止。虽然我还住在公司原先的房子里，租期到6月底为止，但实际我已经失业。巴尔蒂先生[1]十天前就去了马赛，寻找新的靠山来维持这里的生意。但愿他能成功，但恐怕结果正相反。他让我在这里等着；可到这个月底如果还没有令人满意的消息，我就得去找别的工作了。

现在这里找不到工作，大公司在这里的办事处全都迁到马赛去了。而对于没有工作的人来说，这里的生活非常昂贵，生存百无聊赖，尤其是到了夏天；你们知道，这里有全世界最炎热的夏季！

我完全不知道一个月之后我会在哪里，我现在手头有12000到13000法郎，因为这里的人完全不可靠，所以你不得不为自己存一笔钱，并时时小心保存。而这笔钱的一点利息仅够我在失业的情形

---

1 据皮埃尔·布鲁奈勒考证，此人名叫阿尔弗雷德·巴尔蒂（Alfred Bardey）。

下维持生存，别的什么也不能带给我，除了无尽的烦恼！

在这种恶劣气候与荒唐境地，我的生活如此悲凉！本来有了一点积蓄，有了生活保障，在长年的劳苦之后，我总算可以歇一会儿；可谁知我不仅无法忍受这种没有工作的日子，而且也无法享受我的积蓄；珠宝在这里只能存着，没有利息，公司的住房也完全靠不住！

我无法给你们一个回信地址，因为不知道自己日后会沦落到什么地方，走什么路，身在何处，为什么，会怎样！

英国人很可能会占领哈拉尔；我也许会回到那里。也许可以在那里做一点小生意，我可能在那儿买几片园地，种些植物，以此为生。因为哈拉尔与阿比西尼亚气候宜人，比欧洲的气候更好，那儿没有严冬，生活也很容易，饮食好，空气甜美；而红海岸边的生活却让强壮的人变得衰弱，在那里过一年，相当于在别处过四年。

我在这里的生活是一场真实的噩梦。你们不要想象我会过得好，远非如此。我甚至发现不可能有谁比我过得更艰苦了。

如果近期内工作能重新开始倒还不错：我就不必倾家荡产地去探险了。在这种情况下，我很有可能继续待在亚丁这个可怕的岩洞里；因为从另一方面来说，私营企业在非洲非常危险。

请原谅我跟你们念叨我的烦恼。而我很快就30岁了（生命的一半！），我已无力再在这个世界上徒劳地奔波。

对你们而言，你们不会有这样的噩梦；我希望你们安居乐业，过着宁静安详的生活，愿这样的生活一直持续下去！

至于我，我注定只能在这样的地方长期生活了，在这里我已被认可，我总能找到工作；而如果回到法国，我会变成一个外国人而找不到任何工作。

无论如何,希望我们都能更好。

祝一切顺利。

阿尔蒂尔·兰波

给家人

亚丁，1885 年 1 月 15 日

我亲爱的朋友们：

你们 1884 年 12 月 26 日的来信已收到，谢谢你们的祝福。愿你们尽早度过严冬，迎来幸福的一年！

在这肮脏的地方，我的身体还行。

我又续了一年的合同，也就是说要工作到 1885 年底；而这一次在合同到期之前，或许生意还会中断。自从与埃及人打交道，情况就变得很糟。我的条件还和从前一样，每月净挣 300 法郎，也就是说除去我生活的全部开销，每月还有 300 法郎的收入。这份工作一年能挣 7000 法郎左右，到年终，我可以余下 3500 至 4000 法郎，别以为我会变成资本家：我的所有资本现在总共有 13000 法郎，到年底大约能有 17000 法郎。那将是我 5 年的心血。可有什么用呢？我最好还是耐心待在这里，靠工作养活自己；除此之外，我还有什么前途呢？还不都一样，年复一年，我什么也没攒下。在这些国家，我永远也不可能靠利息生活。

我在这里的工作是购买咖啡。我每月大约要进 20 万法郎的咖啡。在 1883 这一年之内，我总共买了 300 多万法郎的咖啡，而我的收入只有那份寒酸的工资，一年三四千法郎。你们知道，雇员的工资总是少得可怜，到处都一样。而原先的公司确实亏损了 90 万法郎，可这并不能归咎于亚丁的生意，亚丁的生意即使没有赢利，至少也没有亏损。我还进过许多别的货物：树胶、乳香、鸵鸟羽毛、象牙、干兽皮、丁香等。

没给你们寄相片；我尽量避免花无用的钱。而且我总是穿得很破；这里人只穿一件很薄的棉布衣。

在这里过上几年，人们就不能再回欧洲去过冬了，否则他们会很快死于胸腔炎症。如果我回来也只能是在夏天，冬天我必须再度南下，靠近地中海。而在任何情况下都别指望我性情中流浪的气质会有所减损，恰恰相反，但凡有办法旅行，而不必在一个地方住下来工作，以维持生计，人们就不会看见我在同一个地方住上超过两个月。世界很大，充满了神奇的地域，人就是有一千次生命也来不及一一寻访。我想存几千法郎，每年去两三个不同的地方，过简朴的生活，做一点小生意维持开销。而总是住在同一个地方，我会感觉非常的不幸。总之，在多数情况下，人们总是去他们不想去的地方，做他们不想做的事情，他们的生死都与其愿望相悖，也不指望获得任何形式的补偿。

《古兰经》我早已收到，是整整一年前，在哈拉尔。至于其他的书，早就卖掉了。

我很想让你们寄些书来，可我已经在这上面花了不少钱。而在这里，我没有任何消遣，没有报纸，没有图书馆，像野人一样生活。

请给哈什特书店[1]写信，问问他们有没有最新版的纪尧姆的《商务与航海词典》[2]。如果有1880年以后的版本，你们就给我寄来，

1　原文 la librairie Hachette，哈什特书店。
2　原文《Dictionnaire de Commerce et de Navigation》de Guillaume，纪尧姆的《商务与航海词典》。

两大厚本,要上百法郎,但在索东书店有减价的。如果只有旧版本就不必了——下封信再详谈此事。

你们的

兰波

给家人

塔朱拉[1]，1885年12月3日

我亲爱的朋友们：

我目前正在这里组建一支沙漠商队，准备去韶阿[2]；像平常一样，进展缓慢；不过到1886年1月底，我将从这里出发。

我还好。——请按地址给我寄我要的词典。这个地址，今后联系一直可以沿用。通过它，始终可以找到我。

这个塔朱拉属于奥波克[3]的法属殖民地已经一年了。这里是丹卡利[4]的一个小村庄，有几座清真寺、几棵棕榈树。还有一个埃及人从前建造的要塞，现在那儿正躺着6个法国士兵，他们听命于掌管哨所的一个中士。人们保留了这里的小苏丹[5]和地方行政机构。这是一个保护国。地方贸易就是贩卖奴隶。

欧洲的沙漠商队就是从这里出发去不远处的韶阿；路途艰险，因为自从英国海军司令赫威特[6]与迪格莱皇帝让[7]签署了废除奴隶贸

---

1 原文 Tadjourah，塔朱拉，吉布提旧名。
2 原文 Choa，韶阿，亚的斯亚贝巴旧名。
3 原文 Obock，奥波克，位于吉布提的塔朱拉海湾，伸向亚丁湾。
4 原文 Dankali，丹卡利，旧地名，位于埃塞俄比亚北部洼地。
5 原文 petit sultan，小苏丹。苏丹是对某些伊斯兰国家最高统治者的称呼。
6 原文 L'Amiral anglais Hewett，英国海军司令赫威特。
7 原文 L'Empereur Jean du Tigré，迪格莱（埃塞俄比亚境内旧地名）皇帝让。

易条约，周围的土著人一夜之间都成了欧洲人的敌人；而当地惟一的贸易本来还比较兴旺。现在这里成了法国的保护国，人们并没有试图阻碍这种贸易，这样更好。

不过别以为我会成为奴隶贩子。我们现在进的货是步枪（用40年前的老式来福枪改造的），这在列日[1]和法国旧武器市场上的价格是每支7到8法郎，而在孟尼利克二世[2]的韶阿王国，每支可以卖到40多法郎，但费用巨大，更不用说来回路上的危险了。沿途都是丹卡利人，贝督因[3]的牧民，狂热的穆斯林：他们都很可怕。我们都是带着装好弹药的武器上路的，而他们只有长矛；但所有商队都遭到攻击。

有一次我们越过哈瓦什河[4]，进入强大的孟尼利克国王的领地，这里地势很高，有海拔3000米；气候宜人；东西非常便宜；生活着一些从事农耕的基督徒；所有欧洲植物都能在这里生长；我们在此受到当地人的欢迎。这里一年下6个月的雨，和在哈拉尔一样，这是埃塞俄比亚群山的支脉。

祝你们1886年身体健康，一切顺利。

你们的

A. 兰波

1　原文 Liège，列日，比利时城市。
2　原文 Ménélik II，孟尼利克二世（1844—1913），埃塞俄比亚皇帝。
3　原文 bédouin，贝督因人，生活在北非和亚洲西部。
4　原文 la rivière Hawache，哈瓦什河。

给家人

开罗，1887年8月23日

我亲爱的朋友们：

我在阿比西尼亚的旅途已经结束。

我曾告诉你们这是什么原因，我的合伙人死了，他的遗产问题让我在韶阿遇到了大麻烦，他欠的债，人们要我加倍偿还。为了从这些事务中脱身，我忍受了非人的痛苦。如果我的合伙人没死，我本来可以挣到30000多法郎；而现在，经过两年疲惫不堪的可怕的挣扎，我只保住了我原有的15000法郎。我真是不走运！

我来这里是因为今年红海边热得吓人：持续50到60摄氏度；经历了7年难以想象的疲惫与贫困，我已虚弱不堪，原本打算在这里休整两三个月，可还是费用问题，我在这里找不到事情做，而欧洲式的生活开销太大。

这些日子，腰部的风湿病把我折磨得死去活来；我的左腿也时不时出现麻痹症状，左膝关节疼痛难忍，右肩又出现风湿症状（已是老毛病）；头发全部灰白。我想，我的生命已开始衰败。

想象一下，一个人在没有衣食、没有水的情况下，经历乘船漂洋过海、骑马长途跋涉的劳累之后，他的身体会是什么样子。

我已筋疲力尽。现在我没有工作，生怕失去我仅有的积蓄。你们可以想象，我腰间时时缠着一万六千几百法郎的黄金，重约8公斤,这使得我害了痢疾。

但我不能去欧洲,因为一些原因:首先,我冬天就要死了;再者,我过惯了漫无目的的流浪生活;最后,那里没有我的位置。

我只有在疲惫与贫困的流浪生活中了此残生,而惟一的前景就是在痛苦中死去。

我不会在此久留:我没有职业,一切都很贵。我不得不回苏丹,或阿比西尼亚,或阿拉伯地区。也许我会去桑给巴尔,从那里出发可以穿越非洲,也许去中国,到日本,谁知道呢。

好了,请写信告诉我你们的近况。祝你们平安、幸福。

你们的

阿尔蒂尔·兰波

给家人

哈拉尔，1888 年 8 月 4 日

我亲爱的朋友们：

你们 6 月 27 日的信已收到。这么晚才到，你们不要吃惊，这地方与海岸隔着沙漠，信要走 8 天才能越过沙漠；然后还要经过连接泽拉[1]与亚丁的没谱的邮局，从亚丁到欧洲的邮件每周发送一次，要两周后才到马赛。这样，写封信到欧洲，等到回信，至少得三个月。从欧洲直接写信到哈拉尔是不可能的，因为要越过泽拉，这是英国保护国，这片沙漠上居住着游牧部落。这里是山区，与阿比西尼亚的高原相连：气温从不高于零上 25 摄氏度，不低于零上 5 摄氏度，所以既不会冷到结冰，也不会热到流汗。

现在正是雨季。很伤脑筋。这里是孟尼利克国王统治下的阿比西尼亚政府，也就是说一个黑人基督徒的政府；总体来说，这里相对平和安宁，贸易时好时坏。在这里别指望很快会成为百万富翁。总之，命运又让我生活在了这样一个地方……

在整个阿比西尼亚总共只有二十来个欧洲人。可想而知，在这片辽阔地域他们是多么分散。在哈拉尔还算是比较集中的：约有十来个欧洲人，法国籍的只有我一个。还有一个天主教团体，共三位

---

[1] 原文 Zeilah，泽拉，索马里西部的港口城镇。

神甫，其中有一个像我一样的法国人，在这里教育黑人孩子。

总是苦不堪言，我还没见过一个像我这么惨的人。这样的生命难道不悲惨吗？——无家可归，干着粗活，迷失在一群黑人中间——你想改善他们的命运，而他们却想方设法地剥削你，异想天开地想让你把所有商品一次性廉价处理。被迫说着他们莫名其妙的语言，吃着他们肮脏的食物，忍受着他们的懒惰、变节和愚蠢带来的无穷烦恼！

而最可怕的还不是这些，而是恐怕有一天你也会变得一样愚钝，因为长期与世隔绝，远离一切文明社会。

我们现在买进丝织品、棉织品和长袍等，卖出咖啡、树胶、香料、象牙和来自遥远国度的黄金等。这些生意虽然很重要，但还不够我做的，何况还要与散落在这片大地上的欧洲人平分秋色。

问候大家。给我写信。

兰波

给母亲

哈拉尔，1890 年 8 月 10 日

很久没有您的音讯。但愿您健康平安，和我一样。

…………

明年春天我可否回来结婚，住在您那里？可我既不愿在您那里久住，又舍不得放弃我这边的生意。您认为我能否找到一个愿意和我一同旅行的人？

望尽快得到您的回音。

祝您一切都好。

兰波

给母亲

哈拉尔,1891年2月20日

我亲爱的妈妈:

您1月5日的来信已经收到。

得知家里都好,除了天气寒冷,我从报上看到,现在你们那里是全欧洲最冷的地方。

我现在的情况很糟。至少右腿的静脉曲张让我很遭罪。这就是我在这个令人伤心的国度得到的回报!静脉曲张是风湿病的并发症。这里并不寒冷,但这气候造成了病因。由于这可恶的腿难受至极,至今我已经15夜没合眼了,我很想离开这里,我相信亚丁的大热天对我的健康有益,可我不能走,因为别人欠我很多钱,我一走钱就没了。我已在亚丁托人去买适合于下肢静脉曲张的病人穿的弹性袜,但我怕那里没有。

所以请你们帮忙:帮我买一只这种弹性袜,要适合于我干瘦细长的腿——(我的鞋是41码的)。这只袜子得超过膝盖,因为我的静脉曲张延伸到了膝部以上。这种袜子是棉的或丝织的,带有弹性丝线,可以阻止静脉鼓胀。丝织的最好,更结实。价钱不贵,再说我会付给你们。

而这会儿,我的腿上缠着绷带。

将邮件包好，寄给亚丁的蒂昂先生[1]，他一有机会就会立刻转给我。

这种袜子或许在武济耶会有。无论如何，让家庭医生不管从哪儿带一只好的过来。

这种病是由于我长期骑马、徒步、长途跋涉造成的，因为我们所在的这些国家地处崇山峻岭的迷宫之中，一些地方连马也不能骑，不仅没有大路，连羊肠小道也没有。

静脉曲张对人的生命没有太大威胁，但使人无法从事剧烈运动。严重的是，如果不穿弹性袜，静脉曲张就会留下伤痕；更要命的是，紧绷的大腿根本无法忍受穿上这种袜子，尤其是在夜间。而除此之外，还有我右膝的风湿病常常在夜里剧烈发作！要知道这个季节这里是冬天，气温从未低于零上（而不是零下）10摄氏度。而一阵阵干旱的风，对于白人的身体总体来说很有害。即使是25到30岁之间年轻的欧洲人，只要在这里住上两三年，也会得风湿病。

糟糕的食物、肮脏的住所、单薄的衣衫、种种忧郁、烦愁，以及生活在群氓般的愚昧的黑人中间接连产生的愤怒，所有这些都在短时间内深深摧残着人的精神与健康。在这里过1年相当于在别处过5年，这里的人老得快，整个苏丹都一样。

回信时确切告诉我，像我这种情况是否还能去军队服役。我可否一试？确认一下，

请来信告诉我。

兰波

---

1 原文 Monsieur Tian，蒂昂先生。

给家人

亚丁，1891 年 4 月 30 日

我亲爱的朋友们：

你们的信和两只袜子均已收到；我是在十分悲惨的境地中收到的。

眼看着我的右膝越来越肿，疼痛剧烈，但没有药品，毫无办法，因为在哈拉尔我们生活的黑人中间，根本没有医生，我于是决定回亚丁。这样就不得不放弃我在这里的生意：这并不容易，我的钱散落在各处；而最后我几乎都清了账。在二十多天里，我躺在哈拉尔，丝毫动弹不得，忍受着残忍的病痛，一刻也不能入睡。我雇了 16 个黑人搬运工，把我从哈拉尔运到泽拉，每人付给他们 15 塔拉里[1]；我让人做了一副盖着帆布的担架，我躺在上面，在过去的 12 天中，我们在哈拉尔与泽拉港之间的山区、沙漠中行走了 300 公里。这一路忍受了怎样的痛苦不提。我一步也不能离开担架；我的膝盖眼看着肿起来，疼痛不断加剧。

到达这里，我进了一家欧洲人开的医院。只有一间病房，供能付得起费用的病人居住：我住了下来。当我刚露出我的膝盖，那

---

[1] 原文 thalaris，塔拉里，19 世纪非洲的一种地方钱币，在海陆交汇的十字路口，成为一种通用货币。到 1950 年初期突然消失，被埃塞俄比亚的美元和吉布提的法郎所代替。

个英国医生就叫起来,他说这是滑膜炎肿瘤,已到了非常危险的程度,是因为没有照料好和过度疲劳造成的。他上来就说到截肢;而后又决定再等几天,看药物治疗能否使肿痛稍许缓解。就这样已经过了6天,没有任何好转,除了疼痛大为减轻,那是因为我休息下来的缘故。你们知道,滑膜炎是一种膝关节液体的病症:它可能源自遗传,或事故,或其他各种原因。至于我,病因必定是由于在哈拉尔的步行和骑马导致的过度疲劳。总之,到了这一步,即便是在最好的情况下,也不可能在3个月之内痊愈。我现在直挺挺躺着,腿上被绷带缠绕、固定并牢牢锁住,丝毫动弹不得。我变成了一具骨架:我很吓人。我的脊背被床板磨破;我一刻也不能入睡。这里炎热高温。医院的伙食又贵又差。我不知该怎么办。另外,我还没有与我的合伙人蒂昂先生结完账。这件事至少需要一个多星期。我将从这笔生意中挣到大约35000法郎,本来我该得到更多;但由于我不幸离开,损失了几千法郎。我盼望能够尽早乘船回法国治疗。旅途还得花一些时间,在法国,医疗条件和药品要好得多,而且空气也好。我很可能回来。可糟糕的是去法国的轮船总是客满,每年这时候,大家都要从殖民地回来;而我这个可怜的残疾人必须特别小心地运送!总之,我一周后动身。

  面对这一切,别害怕,在这种时候。更好的时日总会来临。而这毕竟是如此劳作、穷困与痛苦换来的惨痛回报!啊呀!我们的生命竟是如此悲惨!

  向你们致以最衷心的问候。

兰波

  又及——至于袜子,已经没有用了。我会找机会卖掉。

给母亲和妹妹

马赛,1891年5月23日,星期五

我亲爱的妈妈、我亲爱的妹妹:

在亚丁无人照顾,我忍受了可怕的痛苦,随后乘一艘邮轮回到了法国。

经过13天的痛苦旅程,我昨日到达。由于一到就感觉极度虚弱,且受了风寒,我不得不住进圣育医院[1],这里包括医疗费在内,每天10法郎。

我的情况非常非常糟糕。病魔已使我骨瘦如柴,而我的右腿现在肿得像个大南瓜。这就是滑膜炎、囊肿等,一种骨骼与关节的病症。

如果并发症不需要截肢,这种状况将持续很长时间。而在任何情况下,我都将残废。可我怀疑我自己是否还能等到那一天。生命对我来说已变得不可能了。我是多么不幸!竟落入如此悲惨境地!

我必须将36800法郎的支票拿到巴黎国民贴现银行[2]去兑现。可没有人能帮我做这件事。而我,一步也不能离开病床。我有钱却

---

[1] 原文Hôpital de la Conception,圣育医院。
[2] 原文le Comptoir National d'Escompte de Paris,巴黎国民贴现银行。

不能支取。怎么办？多么悲苦的生命！
你们什么也帮不了我了？

兰波
于马赛，圣育医院

给妹妹

马赛，1891年6月23日

我亲爱的妹妹：

一直没有你的音讯，出了什么事情？你的信让我害怕，我很想了解你的近况，但愿那不是新的痛苦，因为，唉，我们同时遭受着不幸！

至于我，只能是日夜哭泣，我是个快死的人了，终身残废。我以为两周之后就会好起来；可那样也只能挂着拐杖行走。至于假肢，医生说要等很久，至少6个月！而这段时间我又能做什么？我待在哪里？如果我到你那里，3个月甚至更短的时间内就将被寒冷驱赶；由于在这里，6周之内我无法动弹，这段时间，我必须学着用拐杖行走！所以我得到7月底才能到你那里。然后9月底又不得不离开！

我完全不知道该怎么办。重重的忧郁快把我逼疯了：我一分钟也不能入睡。

总之，我们的生命是一场苦难，无尽的苦难！我们为什么要生存？

告诉我你的近况。

我最美好的祝福。

兰波
于马赛，圣育医院

在荒野遇见兰波

感谢命运,让我在异国他乡,遇见兰波。具体说来,这里是太平洋以东,落基山背后的一片荒山野岭,四周举目无亲,除了山坡上的野草与黑牛——奇怪,一只羊也没有,而且,所有的牛都是黑黝黝的,油亮的脊背,好像被午夜的阳光照射;当然,这里还有树间乱窜的松鼠,在门前偶尔驻足的梅花鹿——梅花鹿看我一眼,欲言又止,却把话都说尽了;一如兰波日后放弃了文学?一晃三年,我在这片无名的荒野里先后翻译了法国当代学者米歇尔·冉克(Michel Zink)先生的《游吟诗人》,重译了《兰波作品全集》,新译了波德莱尔的《恶之花》,还有……还有什么?沉默。荒野里的沉默会说话?跟谁说?——兰波,只因眼前的场景与兰波的诗歌相契合,我知道这意味着什么——为何初来乍到,我这位"异乡人"感觉眼前这座荒凉山谷并不陌生,好像从前来过,又仿佛被这座山谷收留?而所有这一切,都是从"看见"《深谷睡人》开始的——

在这座青青山谷,歌唱的小河
将细碎的银光纷乱地挂上草尖;
太阳越过高傲的山峰,金光闪烁:
这是一座小山谷,倾吐着光的泡沫。

一位年轻的士兵，张着嘴，露着脑袋，
颈项已被清鲜的蓝色水芹浸没，
他睡了；在苍穹下展开肢体，脸色苍白，
在他的绿床之上，阵阵光雨飘落。

双脚伸进菖兰花丛，他睡了，面带笑容，
像个病弱的孩子脸上的微笑：
大自然用温热的怀抱将他轻摇：

他很冷。花香已不再使他的鼻翼颤动，
他睡在阳光里，一只手静静搁在前胸，
在他胸腔右侧，有两个红色弹孔。

  重译兰波，诗中的场景常常与眼前的景物相重叠，真真切切——或许这就是"文字炼金术"产生的奇异效果——"我习惯于单纯的幻觉：我真切地看见一座清真寺出现在工厂的位置上，一支天使组成的击鼓队，天路上行驶的一辆辆马车，一间湖底客厅；妖魔鬼怪，神秘莫测；一部滑稽剧的标题在我眼里现出恐怖的情景。"于是，我愈发珍惜这种"看见"，继而发现在这"看见"背后，或许是一种"相遇"；而"相遇"背后，则是一种"重叠"导致的幻象（les visions）？这一切看似偶然，但无巧不成书！偶然换一种说法，就是"可巧"二字，如《红楼梦》中"冷香丸"的制作——唯如此"冷香"，可化解心中"热毒"。

  而作为译者，我以为"我"与作者之间，本质上是一种"遇见"：就像朱生豪"遇见"莎士比亚，傅雷"遇见"巴尔扎克、罗曼·罗兰，草婴"遇见"托尔斯泰，杨宪益"遇见"奥德修斯……而古往今来佳作如云，译者更是层出不穷，怎么偏巧他们"相遇"，或彼此选择，或冥冥之中存在一种感应、契合，如波德莱尔《应和》诗云：

> 自然是一座庙宇，布满活的柱子，
> 不时地发出含混的语音，
> 行人经过这里，穿过象征的森林，
> 林间总投来亲切的注视。

> 仿佛悠远的回音模糊不清，
> 渗入幽暗而深邃的合一，
> 浩瀚有如静夜，亦如星际，
> 芬芳、色彩和声音交相感应。

> 有些芳香，清鲜如婴儿的肌肤，
> 柔和好似风笛，碧绿形同牧场，
> ——另一些，腐朽、丰盛、得意洋洋，

> 拥有无限事物之扩展、飞舞，
> 仿佛琥珀、麝香、安息香和乳香，
> 歌唱心灵和感官的回旋激荡。

值得一提的是，直到译完了《恶之花》，我才发现，波德莱尔的诗歌的音韵惊人地精准、和谐，几乎就好像巴赫的音乐，除了严谨的合抱韵（abba）、交叉韵（abab）、双韵（aabbcc）之外，比如《和平烟斗》全诗六行一节，按 aabccb 押韵，诗歌《毒》五行一节，按 abbab 押韵，更有甚者，《邀约远游》，全诗均为短句，共 32 行，分 3 组循环，每一组共 14 行，均按 aabccbaabccb dd 押韵，我起初只有感叹，不敢想在译诗中也按照原文的音律同样押韵，但后来经过一番努力，发现在汉语译诗中，完全可以做到。至于为什么一定要这样做？答案很简单：因为原文如此。在译《恶之花》中，我抱定了一个信念：法语诗歌能做到的，汉语诗歌也能实现，如果做不到，只是说明自己水平还有待提高。而在交付了《恶之花》译稿之后，我又萌生了一个念头，将已经重译的兰波诗歌再重新审视，除了字义诗意之外，再看看韵律如何，这一看不要紧，又是三个多月，100 天左右的时间全心投入，于是有了现在这一版：比如前面的几首长诗《孤儿的新年礼物》《铁匠》《七岁诗人》原文均为 aabbccdd……之双韵，还有《太阳与肉身》原文除了第 115—118 行换为 abab 的交叉韵，其余均为 aabbccdd……之双韵；而在此前的译本中，我除了在《醉舟》一诗中狠下了些功夫，保持 100 行的原文通篇均为 abab 的交叉韵之外，兰波其余的诗歌，我均未仔细关注并译出韵律，这一次，我尽了努力，试图像译《恶之花》一样，尽可能使译诗与原文韵律相吻合，当然个别地方还是没能完全做到（比如《高塔之歌》，原文按 ababcc 押韵），但总体基本实现了译诗符合原诗原韵。至于为什么要这样？还有一个理由：好玩。诗歌在一定程度上有文字游戏的成分，按兰波的话说仍是"文字炼金术"，但有一个严肃的前提（我给自己规定的）：绝不"以词害意"，为了押韵而伤害语言内在的节奏、韵律。但反过来说是，能在准确且自然流畅的前提下，译出原诗原韵，何乐而不为？尽管好不容易，可一旦实现了"可巧"二字，内心确如服用了"冷香丸"一般爽快。

在韵律之后，请允许我在此简单回顾一下翻译兰波的全过程：1986年，我误打误撞进了北大金丝燕老师的课堂，金老师当时正在讲"法国象征主义诗歌"——神奇的是，时隔多年，我依然清晰地记得当时课堂上的场景，看见那些流动的画面，听见金丝燕老师念诵诗歌的声音，的确，我必须承认，有些句子就是当时金丝燕老师的原句原话，因此说，这一版《兰波作品全集》是给金丝燕老师的一份迟交的作业，当然也献给不朽的兰波和热爱兰波的读者。

而与兰波"相识"之后，直到2000年初译《兰波作品全集》，由刘丽华女士编辑，在东方出版社出版，其间在止庵先生的建议下，又加译了兰波书信选。大约十年之后的2011年，有幸遇见作家出版社的资深编辑王淑丽女士，得以在作家出版社再版，使得沉寂多年的兰波"重获新生"。转眼又过了十年，各种机缘巧合，让我在异国荒野与兰波"重逢"。而"重逢"意味着"重译"；重译意味着脱胎换骨？我不敢说，敬请读者鉴定并批评指正。而在此，向金丝燕老师，刘丽华女士、王淑丽女士表示衷心感谢，也衷心感谢止庵老师当时的重要建议——包含了书信，让我们更加接近兰波的生命与灵魂，理解了为什么诗人说："不幸曾是我的神灵。我倒在淤泥中。"（《地狱一季》引言）

当然，重译兰波并不容易，投入时间、精力倒在其次，关键是需要真诚和勇气。首先，一个严峻的课题摆在我面前：对于"旧译"中的错误与遗憾怎么办？我想，如果爱作者、作品，胜过爱自己和自己的译文；爱真理胜过爱慕虚荣；尊重读者胜于自恋，就应当不惜一切，尽力弥补以往的过失，以新的译本向读者致敬、致歉。——当然，翻译并不简单，不仅是一个黑白对错的问题，新译或许有些地方还不如旧译，但作为译者，自己所能做的，不是挑别人，而是挑自己的毛病；发现错误，最好的办法莫过于勇敢承认并及时纠正。关于新旧译本，这里恕不细论，还想说明一点：在新译中，增添了"注释"：兰波的精神尽可以"混乱""混沌"，但作为译者和读者，若不探寻其深厚背景，掌握"文字炼金术"的钥匙，恐怕很难深入其诗歌本质；而在这一方面，法国前辈学者早已做了大量认真细致的研究与探索，更何况他们有着语言、文化等诸多方面的优势。因此，当我仔细阅读皮埃尔·布鲁奈勒（Pierre Brunel）和让-卢克·斯坦梅兹（Jean-Luc Steinmetz）两位法国当代学者各自编注的《兰波作品全集》时，我想，自己所能采取的最好方式便是虚心学习，让中国读者也能在"第一时间"（已经很晚了）分享到他们对兰波诗歌的精心"注释"——引用时均一一标明出处。而这些"注释"本身，对译者重译兰波诗文大有裨益。所以，在此，请允许我向皮埃尔·布鲁奈勒和让-卢克·斯坦梅兹两位先生致敬，并衷心感谢。

当然，"诗无达诂"，在兰波的诗歌面前，或许并没有"绝对权威"；如果有读者感觉"注释"多余，尽可忽略。的确，读兰波的诗，需要为其中"壮丽的混沌"（tohu-bohus plus triomphants）留出足够空间。

关于翻译本身，简言之，二十年前译兰波，感觉"兰波附体"，开口吟咏汉语诗歌；如今"重译"，自始至终，诚惶诚恐，"战战兢兢，如履薄冰"，生怕出错。"可巧"的是，在北美的这座荒凉小城的一家咖啡馆，我偶然偶遇来自法国的奥黛丽·葛莱克（Audrey

Collec）女士，并向她请教了诸多问题，她都一一耐心解答，在此，向奥黛丽·葛莱克女士表示衷心感谢。

毕竟功夫不负有心人。重译兰波，自己也收获点滴启示，愿与读者分享：

第一，"孤儿"的"母亲"与"亲人"。

兰波的第一首诗《孤儿的新年礼物》描写了两个刚刚失去母亲的"孤儿"，躲在冰冷的大房间，瑟瑟颤抖的"白窗帘"后面——

> 卧室布满阴影；隐约传来两个孩子
> 寒寒窣窣，温柔伤心的低语，
> 他们歪着脑袋，还在沉沉梦想，
> 长长的白窗帘瑟瑟颤抖、飘扬……
> ——窗外瑟缩的鸟儿正相互依偎；
> 冻僵的翅膀，临到天色暗灰；
> 新年正随着一场晨雾降临，
> 拖着她雪白的褶裙，
> 颤栗着歌吟，微笑着哭泣……

这里，可见诗歌中的独特"双韵"，即 aabbccdd 押韵。而下一句是下一节的首句："那飘动的窗帘后面，孩童的悄声细语……"而"随后，卧室结满冰霜……"

> 人们看见丧服摊在床边，散落一地：
> 冬日呼啸的寒流穿堂入室，
> 吹来阵阵悲风凛冽！

屋里缺了什么……人们这才发觉，
——两个小孩没了母亲，没了笑吟吟
望着他们，为他们骄傲的母亲？
她一定忘了在静夜良宵
独自俯身，从灰烬中燃起火苗，
忘了给他们盖上鸭绒被和毛毯，
忘了在临别之前说声：抱歉。
她或许没想到清晨地冻天寒，
忘了将冬夜北风关在门外面？……

可见兰波诗歌，开篇便精心描述了两个孩子失去母亲的凄凉，并与母亲在世时的幸福作对比，强烈的反差刺痛人心。然而，在现实生活中，兰波并没有失去母亲，相反，对母亲的严厉管教产生强烈抗拒——

母亲合上作业本，满意地离去，
很为儿子骄傲，却没看见孩子
高额头下，一双蓝眼睛，
充满了厌恶的神情。

这是《七岁诗人》的开篇，其中就出现了两个双关语：一是 le livre du devoir，指学生作业本，或《圣经》——devoir 本义是"责任""义务"，同时也是学生"作业"。在这首自画像式的诗歌中，兰波所要反抗的，是一切强加在自己头上的"作业""责任"与宗教"义务"——这种对立情绪也明显表现在《初领圣体》中——

孩子尤其亏欠家庭，简单的家务，
让人变愚蠢的繁重工作；可冲出门外，
就将基督的牧师强有力的手指按入
肌肤的麻木彻底抛开——
人们为牧师提供了一间荫凉小屋，
好让孩子们都去阳光里把额头晒晒。

再回到《七岁诗人》，看看这是怎样的"额头"，le front plein d'éminences，字面意思是"布满山丘的额头"，指隆起、凸出的额头，即高额头；而另一重意思则是"高贵的额头"，因为阴性名词 éminence 同时是"高贵""杰出"的意思。重译兰波，发现了诸多双关语、一词多义，包括反语、戏谑模仿，而所有这些，我想，正是"文字炼金术"的熊熊炉火。而对于现实中，逼迫、控制他的"母亲"，兰波坚决抗拒，并无情嘲讽——当"七岁诗人"对流落街头的苦孩子产生"不洁的怜悯"，并将他们当作"惟一的亲人"——

这种不洁的怜悯，让母亲心生恐惧，
倘若偶然发现，会震惊不已——
这孩子何以如此深情？
这很好。她有一双会撒谎的蓝眼睛！

可见在兰波精神深处，同时存在着两位"母亲"：一位是"甜甜微笑"，为孩子深深自豪的母亲——她本该在"静夜良宵，独自俯身，从灰烬中燃起火苗"，本该给孩子们"盖上鸭绒被和毛毯"，本该"将冬夜北风关在门外面",然而,她"忘了",而且她走了!永远离开人世间,甚至在临别前,没说一声"抱歉"——"她或许没想到清晨会有寒流袭来"。原来兰波从小就是这样一名"孤儿",从记事起("四岁"),心中渴求的母爱就只存在于想象中,而心中的"母亲"已经离开人世,"没有了"。家,或人世间对他来说"是没有羽毛,没有温暖的巢","一个冷风瑟瑟的巢,挂满冰凌……"……而现实中的"母亲",不仅"有一双会撒谎的蓝眼睛",而且"像七十三个戴铅头盔的衙门一样强硬"(1871年8月28日,致保罗·德梅尼书信)……

"孤儿"失去"母亲",他"惟一的亲人"(ses familiers)又在哪里?——

> 他们身体孱弱,露着脑袋,目光黯淡,
> 在集市上穿着气味难闻的老旧衣衫,
> 用枯黄的小脏手捂住眼睛,
> 说话时,语带痴痴的柔情!

原文 familiers(复数)一词,是指"知交",精神与情感上的"亲人";兰波的心,总是和他们在一起,一如"七岁诗人"——

> 他不爱上帝,却在阴暗的黄昏,
> 凝视着身穿黑色工装的人群返回小镇,
> 听差役敲响三通鼓,大声宣读公告,
> 人群抱怨着,发出阵阵哄笑……

而除此之外,还有"五个"《惊呆的孩子》——

> 雪雾茫茫,几个黑影
> 映入闪亮的大通气窗,
> 撅着浑圆的屁股——
>
> 五个可怜的孩子,跪在那里!
> 正眼巴巴望着面包师,
> 做着金黄的大面包……

可见"孤儿"的亲人还是孤儿,这些"可怜的孩子",他们在冬日寒风里,茫茫雪雾中,撅着屁股,"正眼巴巴望着面包师,／做着金黄的大面包","粉红的小嘴紧贴着铁网,／正对着网眼,／他们轻声歌唱……——因用力过猛,短裤破裂,／——衬衣在冬夜／寒风中,瑟瑟颤动。"

而这里,不禁让人联想到兰波的父亲弗雷德里克·里姆博(Frédéric Rimbaud,1814—1878),一名法国步兵军官,曾在阿尔及利亚服役,参加过克里米亚战争和撒丁岛战役。可见父母在兰波的生活与诗歌中双双"缺席"。在给魏尔伦的信中,兰波称自己的母亲为"寡妇",其实当时他的父亲还在,但一直不在家。而除了"孤儿""母亲""兄弟""姐妹"这些称谓,"寡妇"一词在兰波的诗歌中也反复出现,比如在《布鲁塞尔》一诗中:"恰似阳光中的玫瑰与冷杉,／藤蔓也围在一处嬉戏,／这小寡妇的巢穴(Cage de la petite veuve)!""这是怎样的鸟群……"在兰波眼里,这些鸟儿和他一样流落异乡,失去伴侣,成了"小寡妇"。而在《高塔之歌》

中，他又感叹："可怜成千的孤魂，鳏寡孤独……（Mille veuvages de la si pauvre âme）"其中阳性名词 veuvage，指"鳏居""孀居"，同样是指灵魂失去伴侣，如鳏夫、寡妇一般悲伤、孤苦。

通常在人们心目中，兰波更像是一名战士，彻头彻尾的"反抗者"；没错，但我看兰波反抗精神之底色，竟然是"孤儿""寡妇"一般的孤独，对于知己、亲人"深深的柔情"与"不洁的怜悯"。而所有这些，诗人从不挂在嘴边，或用"反语"——如"不洁的怜悯"，或直接呈现具体场景，如《惊呆的孩子》；还有一个令人感动的细节，与"不洁的怜悯"一脉相承，那就是兰波日后抛弃一切，身处荒山野岭，在 1880 年 5 月 23 日给家人的信中，最后不忘记问候的是米歇尔大叔和他的"伯爵夫人"（Cotaîche）；而米歇尔大叔是兰波的故乡罗石农场的一位老仆人，卢森堡人，"伯爵夫人"是他驾驭的一匹母马！

第二，黑色幽默："优雅精致，/让我丧失生命。"

1995 年 11 月，由阿格涅斯卡·霍兰执导，莱昂纳多·迪卡普里奥主演的关于兰波和魏尔伦的自传电影《全蚀狂爱》（《Total Eclipse》）在美国上映，轰动一时，尤其是莱昂纳多扮演的兰波给人印象深刻：处处风流倜傥，桀骜不驯。但我总感觉貌合神离：兰波是怎样一个人，谁也说不准，但不能凭空想象、猜测；而想要真正了解兰波的性格及内心世界，除了研究其生平自传，最好的方式莫过于研读他的诗歌本身。而细读兰波的诗歌不难发现，兰波原本是个细腻、敏感，且腼腆、害羞的少年；而正是为了掩饰这一切，诗人才故意做出一副"凡事不在乎"的样子。如《传奇故事》开篇：

> 十七岁的年龄，什么都不在乎，
> ——一个美丽黄昏，咖啡屋灯火闪烁！
> 人声鼎沸，啤酒和柠檬汁都不再喝了，
> ——人们这就去椴树林荫道漫步。

而这种掩饰欲盖弥彰，诗歌正是这样一种悖论。而此次重译兰波，最让我震惊的，还是《高塔之歌》的开篇：

> 闲散的青春，
> 饱受奴役，
> 优雅、精致，
> 让我丧失生命。

原本"优雅、精致"，而兰波对此极为不满，每每自嘲，让自己陷入最不堪，最尴尬、可笑的境地。也正因为如此，我以为真实的兰波，与莱昂纳多演绎的那个"狂野少年"大相径庭——不是说兰波不"狂野"，而是他的内心深处，同时包含着狂野的反面：内敛、含蓄、温柔、腼腆……诗人的内心从来不简单：充满矛盾，对立、冲突且浑然如一。仔细研读 par délicatesse（"出于优雅、精致"），似乎又有新发现：这个词通常是褒义：指精神气质的精致、优雅，对外界事物及他人的敏感。但同时包含贬义：指对自己的过度要求造成在现实中的软弱无力；过分看重自己的名誉，用今天的话说，就是太爱惜自己的"羽毛"；过分在意别人的意见和别人对自己的看法。而在兰波的诗歌里，显然是指后者。从兰波的诗歌总体来看，各种对立的情感"相克相生"：一方面是诸如《铁匠》《巴黎战歌》《巴黎狂欢节或人口剧增》《米歇尔与克利斯蒂娜》《让娜-玛利之手》这样的革命诗歌，充满铁血与战斗精神；另一方面，如《孤儿的新年礼物》《惊呆的孩子》《奥菲利娅》《深谷睡人》《星星在哭泣》……场景凄美，充满柔情，更有悲壮、肃穆的《乌鸦》《加西河》。而这些都色调鲜明，前者赤红，后者雪白，而在此，我们不妨再探讨一下自由的蓝色中所包含的"蓝调"，或者说"自嘲"与"自我颠覆"所带来的一种"绝对现代"的"黑色幽默"——

如《乐曲声中》的"我"，出现在奏乐的"广场上，草坪铺得整整齐齐，／一切都那样规规矩矩"，"花园中央，军乐队摇晃着圆筒军帽，／和着短笛华尔兹的节拍……"

——而我呢，像个大学生衣着寒酸；
青栗树下，机警的女孩们早已
发现，她们笑着回头朝我看，
眼神里充满挑衅和暗示。

我目瞪口呆：痴痴地望着她们
白皙的脖颈披着疯狂的发绺：
潜入她们的短上衣里，清凉上身，
从圆润的肩膀，滑向神圣的背后——

迅速脱去靴子、短袜……
——激情似火，燃遍我全身。
她们悄悄议论，看我的笑话……

——我感到阵阵亲吻正靠近我的嘴唇……

这里，岂止是"她们"觉得，"我"明明就是很可笑……在描述"自画像"时，兰波从不忘记自嘲。再看"七岁诗人"勇斗八岁"小野妞"的"壮烈"场景——

当邻居工人的女儿——八岁，疯狂，
栗色眼睛，身穿印第安布裙，
瞧这个小野妞渐渐走近，
在一个角落，一下跳骑
到他的背上，甩着小辫子，
他在她下面，猛咬一口她的屁股，
是的，那个女孩从来不穿长裤；
被她一顿拳打脚踢，
带着她皮肉的滋味回到屋里

仔细"观摩"这场"恶斗"，你就知道什么是"黑色幽默"，什么是对"优雅、精致"的彻底颠覆与嘲讽。——1966年，法国超现实主义诗人安德烈·布勒东曾编辑出版过一部《黑色幽默文集》，其中就收录了兰波惟一一篇日记体短篇小说《圣袍下的心：一个修士的内心世界》片段。小说用倒叙的手法，以第一人称记录了一名十八岁的年轻修士的初恋，开篇即感叹道："……哦，蒂莫狄娜·拉比奈特！今天，当我穿上圣袍，我又回忆起往日激情，如今它已在我的圣袍下冷却、沉睡，而一年前，它曾激荡着一颗年轻修士的心！……"通篇"精致、优雅"，文辞华丽、优美、感情"圣洁"

而"火热";然而所有这一切只是"铺垫",到头来,只是一出闹剧,一场黑色幽默!——修士被姑娘拒绝,丢人现眼——"从今往后,就让神圣的缪斯来抚慰我的伤痛;十八岁的爱情殉道者……今天,人们又给我披上圣袍;我将为上帝服务;我会在富裕乡村拥有一名女神甫和一位谦逊的女仆……对于我珍藏在心灵深处的这份残酷而又亲切的激情,我将忠贞不渝……或许有一天,我会回到这个村落,说不定我还能有幸向我亲爱的蒂莫狄娜忏悔?告诉她,我至今保存着那段甜蜜回忆:她送给我的那双袜子,一年来,我原封未动……那双袜子,我的上帝!我会穿在脚上,直至走进您神圣的天堂!……"而至此,所有这一切依然是铺垫、铺垫……若问这位女神蒂莫狄娜为何要送他袜子?因为他原先的袜子"有味儿",味道太难闻了!在情人家里做客,后果可想而知。原来"满纸荒唐言",所有"神圣"与"抒情"本身皆是一场笑话,好一个巨大的"黑色幽默"!

一如《妮娜的妙答》,前面洋洋洒洒,毫不吝啬,大段大段地"铺陈"乡村爱情——"乡村情人,／你撒种、春播,／狂笑阵阵,／如香槟泡沫……"原文 Amoureuse de la campagne 也是个双关语:是"爱上乡村",也是"乡村情人";原文 semant 是动词 semer("播种""撒种")的现在分词,发音如同 s'aimant,"彼此相爱"——就这样层层递进、大肆渲染——

> 夜晚?……我们将
> 重返白色小路,
> 小路四处游荡,
> 像一头吃草的动物……

直到全诗末尾,妮娜冷不丁开口说了句——这也是"女主角"惟一一句"经典台词",画龙点睛:"我的办公桌呢?"

时至今日,我甚至以是否懂得"自嘲",呈现"黑色幽默"作为判断一个诗人真伪的重要标准之一,尤其是在当今时代,有没有点儿"黑色幽默",不仅关乎一个诗人的真伪,甚至关乎其生死。

呵呵,时至今日,"存在还是毁灭",这依然是个问题。

第三,从"庄严隐退",到荒漠"失语":

重译兰波,转眼已近一年,人还在深山荒野,翻译还在进行中,逐字逐句,温故而知新——原来译诗和读诗一样,不仅可以认识诗人,还可以反观自身。而我这才发现,兰波此前心意已决——

> 我暗自思忖:就此
> 从公众视野消失:
> 并不许诺
> 无上欢愉。
> 什么也不能阻止
> 你庄严隐退。

这是《高塔之歌》第二节。在《地狱一季》的《永别》中,诗人叹道:"已是秋天!——但何必怀念那永恒的骄阳,既然我们已决心发掘神圣之光,——远离死于季节轮回的人群。秋天。我们的船航行在静静的迷雾中,转向苦难之港,火焰与污泥点染着这大都市的天空。"而最终,幻象消失,只见"腐烂的衣衫、淋湿的面包、酩酊大醉……"幻灭的诗人终于走投无路,选择"庄严隐退",远离故乡，连同"欧洲文明世界"，"将我钉在十字架上的万种柔情"；而与此同时，19 岁的兰波从此放弃了文学，结束了自己短暂而辉煌的"诗人生涯"，像一条河，独自深入荒漠，直到干枯。

从兰波日后的书信（地址）来看，兰波的足迹大致如此：16 岁离家出走，从故乡小城夏尔维勒（Charleville）来到巴黎，之后随魏尔伦一起去伦敦、比利时流浪。1873 年 7 月 10 日，在布鲁塞尔，魏尔伦醉酒，开枪打伤兰波；之后兰波徒步，从巴黎走回故乡夏尔维勒。在完成了《地狱一季》和《彩图集》之后再出发，独自一人，越走越荒凉：从塞浦路斯，到非洲的亚丁；从亚丁到哈拉尔，直到得了绝症，膝关节恶性肿瘤，"右腿肿得像个大南瓜"，不得不截肢，而这最终也未能挽回诗人年轻的生命——兰波 1891 年在归国途中，死于马赛港，年仅 37 岁。

这些日子，我在荒野"遇见"兰波，从字里行间，跟随他远行，渐渐地，兰波在茫茫荒漠，教会我像非洲游牧民族那样懂得隐忍，学会不说话，喝最少的水（旅途中严重缺水）；在荒凉与寂静的包围中，学会取悦自己，并自言自语，自己跟自己交流。然而，也正是在这样的时刻，兰波悄悄回头告诉我："我将留下那些灵魂，他们的痛苦因我的离去而与日俱增！你们在遇难者中选择了我；那些留下的人们，难道不是我的朋友？"

我无话可说。

王以培

2023 年元月，于北美荒凉小城莫拉加（Moraga）

图书在版编目（CIP）数据

兰波作品全集：典藏版 /（法）阿尔蒂尔·兰波著；王以培译. -- 北京：作家出版社，2023.11（2025.3 重印）
ISBN 978-7-5212-1640-0

Ⅰ.①兰… Ⅱ.①阿… ②王… Ⅲ.①文学 - 作品综合集 - 法国 - 近代 Ⅳ.①I565.14

中国版本图书馆CIP数据核字（2021）第244060号

兰波作品全集（典藏版）

作　　者：[法] 阿尔蒂尔·兰波
译　　者：王以培
统筹策划：王淑丽
特约编辑：王淑丽
责任编辑：杨兵兵
装帧设计：曹全弘
版式设计：曹全弘
出版发行：作家出版社有限公司
社　　址：北京农展馆南里10号　　邮　　编：100125
电话传真：86-10-65067186（发行中心及邮购部）
　　　　　86-10-65004079（总编室）
E-mail:zuojia@zuojia.net.cn
http://www.zuojiachubanshe.com
印　　刷：三河市紫恒印装有限公司
成品尺寸：145×210
字　　数：260千
印　　张：13.75
印　　数：3001-5000
版　　次：2023年11月第1版
印　　次：2025年3月第2次印刷
ISBN 978-7-5212-1640-0
定　　价：78.00元

作家版图书，版权所有，侵权必究。
作家版图书，印装错误可随时退换。